Assim na terra

ALFAGUARA

Davide Enia

Assim na terra

Tradução
Federico Carotti e Denise Bottmann

ALFAGUARA

Editora Objetiva Ltda.
Rua Cosme Velho, 103
Rio de Janeiro — RJ — Cep: 22241-090
Tel.: (21) 2199-7824 — Fax: (21) 2199-7825
www.objetiva.com.br

Título original
Così in terra

Capa
Marianne Lépine

Ilustração de capa
André Kitagawa

Revisão
Raquel Correa
Ana Grillo
Tamara Sender

Editoração eletrônica
Abreu's System Ltda.

PRISA EDIÇÕES

CIP-BRASIL. CATALOGAÇÃO-NA-FONTE
SINDICATO NACIONAL DOS EDITORES DE LIVROS, RJ

E49a

Enia, Davide
Assim na terra / Davide Enia ; tradução Federico Carotti e Denise Bottmann. - Rio de Janeiro : Objetiva, 2013.

Tradução de: *Così in terra*
307p. ISBN 978-85-7962-214-4

1. Ficção italiana. I. Carotti, Federico. II. Bottmann, Denise. III. Título.

13-1141 CDD: 853
CDU: 821.131.1-3

Sumário

e aqui estou eu
no auge de minha beleza
ainda de pé
as mãos tingidas de sangue
diante do grão escuro de sua boca de amora
ela que pega meus dedos ensanguentados
leva-os aos lábios
beija-os
um por um
chama-se Nina
é meu amor
tem nove anos

Estão em dois no ringue.

Um pesa cinquenta e sete quilos, mede um metro e sessenta e cinco, tem vinte e seis anos.

O outro, não se sabe o peso, não importa a altura, ainda vai crescer.

Não lhe enfaixaram as mãos, usa luvas, saltita no ringue.

Tem nove anos.

No fundo da sala, um homem fuma enquanto fala ao telefone.

— Zina, não se preocupe, ele está comigo, está bem. Meia hora no máximo e voltamos para casa, tchau.

Termina o telefonema, pega o jornal na mesa, estuda as cotações dos cavalos para emplacar uma trifeta memorável que lhe dê sossego na vida pelo menos por uns dois meses.

Na borda do ringue, apoiado nas cordas, um homem de boné na cabeça grita:

— Quando eu disser três.

Os pugilistas interrompem as flexões e o treino com o saco.

— Um, dois, três.

O menino adota uma distância segura entre si e o oponente. Inicia-se um jogo de pernas interessante: as pontas dos pés se desprendem e pousam em simultâneo.

No fundo da sala, o homem do cigarro bate no jornal com as costas da mão.

— Uma baita trifeta: Asansol, Regolo, Mastino III, vou voando apostar.

Arranca a página, coloca-a no bolso e se aproxima do ringue.

O pugilista de vinte e seis anos se chama Carlo. Está concentrado: a guarda alta, as pernas dobradas, os olhos fixos nos do oponente.

O garoto, depois de fintar à direita, dá um salto inesperado para a esquerda. Não tem consciência dos movimentos, executa-os e só. Carlo mantém a posição de defesa. Está fechado, como o portão de uma igreja à noite. Assim que toca o chão, o garoto faz subir a luva esquerda. Carlo apara o soco com o cotovelo direito. O homem de boné na borda do ringue está para gritar alguma coisa, mas a frase se afoga na garganta: sem que se esperasse, o garoto redobrou o golpe.

Com a esquerda roça o rosto de Carlo.

Tentou.

Falhou.

O do cigarro ordena sem emoção:

— Derrube ele.

O portão da igreja se abre.

Carlo solta um direto que acerta o rosto do menino em cheio, mandando-o à lona.

Depois de alguns segundos, o menino se levanta, mas perde imediatamente o equilíbrio.

Cerra os dentes para não cair outra vez.

O de boné lhe pergunta:

— Sabe pular corda?

— Estou zonzo.

— Não foi isso que te perguntaram — especifica o outro calmamente, antes de soltar a fumaça pela boca.

Tem o olhar do caçador antes de disparar.

— Não, não sei.

— Aprenda.

O menino tira as luvas, desce do ringue, pega uma corda e tenta. Erra todas as vezes.

— E aí? — pergunta o homem do cigarro para o outro de boné.

— Você viu, ele redobrou o golpe.

— E tem pernas também.

— Pois é.

— Chegou a hora.

— Bem se vê que puxou ao pai.

— Até amanhã, Franco.

O homem com o cigarro tira a corda das mãos do menino, depois de ver falharem todas as tentativas de pular.

— Você também vai aprender isso, com o tempo. Agora vamos para casa. E, preste atenção, pode contar tudo o que aconteceu para tua mãe, tudo, menos que eu te trouxe na academia. Jure para mim.

O menino jura.

— Mas, para teu avô, conte tudo.

— Posso?

— Deve.

Saem justamente quando o homem chamado Franco, tirando o boné da cabeça, grita ao boxeador chamado Carlo para fazer uma finta de esquerda cruzando um *uppercut* de direita, de novo, mais uma vez, de novo, porra.

Lá fora, no ar imóvel de calor, ressoam as sirenes da polícia. Pessoas paradas à sombra, em grupos, indicam um ponto distante. Alguém conta o que ouviu falar, outro faz perguntas, um arrisca uma resposta, todos fazem o sinal da cruz ao ouvirem a palavra Máfia.

O homem do cigarro anda com as mãos nos bolsos.

Não repara em nada nem ninguém.

Não se vira em momento algum.

Ele se chama Umbertino.

É meu tio.

O menino de nove anos sou eu.

PRIMEIRA PARTE

O tubarão vai à guerra

— Não, é como estou dizendo. Quando a gente mete pela primeira vez, o fiozinho se solta.

Nino Pullara foi peremptório. Era o mais velho, o mais alto e o mais forte do grupo. Decerto tinha razão.

— É assim, meu primo Girolamo me contou, ele já meteu doze vezes, tem quinze anos, na primeira vez o fiozinho do pinto se solta.

— Dói? — perguntou Lele Tranchina, pouco se lixando que perguntar sobre a dor é sinal de fraqueza.

— Dói sim, sai sangue, mas Girolamo falou que, se a gente enfia certo, o prazer bate de longe o pouco de dor.

Nos bancos da praça reinavam palavras feitas a canivetes rebeldes.

POLÍCIA DE BOSTA

ESTADO = MÁFIA

MENOS MEGANHA, MAIS HEROÍNA

Nino Pullara tirou um maço de cigarros, acendeu um, fez circular pelo grupo.

— Gerruso, imbecil que você é, quando tragar, empurre a fumaça toda para baixo, senão você não sente nada e aí não adianta.

— Mas me dá vontade de tossir.

— Isso porque você é um viado.

Gerruso, para ficar no grupo, suportava de tudo: pontapés, cusparadas, arranhões. Estava tão resignado com a ideia de levar um monte de bordoada que já nem resistia. O resultado era que dava cada vez menos satisfação espancá-lo.

— Eu — retomou Pullara — quando crescer quero fazer duas coisas: a primeira é meter na Fabrizia.

— Aquela da padaria? — perguntou Danilo Dominici, arregalando os olhos.

— Aquela mesma.

Fabrizia, dezessete anos retumbantes, dois peitos firmes. Desde que ela começou a trabalhar na padaria, todo o bairro ia comprar pão lá.

— Nunca se viu tanto homem querendo fazer compras — insinuava com malícia minha avó Provvidenza.

— Na Fabrizia vou meter mesmo, mas só depois de soltar o fiozinho.

Pullara ostentava a segurança de quem está no alto de seus doze anos.

— E a segunda coisa que você quer fazer, o que é? — perguntou Guido Castiglia.

Guido Castiglia nunca deixava passar nenhum detalhe. E com ele, com o Castiglia, era melhor não criar encrenca. Uma vez, pediu um chiclete a Paolo Vizzini e ele negou, não quis dar. Castiglia, quieto, sem pestanejar, foi embora. Dois meses depois, Vizzini despencou de uma alfarrobeira e caiu por cima da perna esquerda. Ficou com a carne toda estraçalhada, via-se o branco do osso.

— Socorro! Socorro! — gritava.

Guido Castiglia apareceu na rua de terra.

— Quer que eu vá chamar ajuda?

Vizzini implorava que sim.

— Assim você aprende a não me dar chiclete.

Largou-o lá sozinho, com a perna quebrada, chorando feito uma menina.

— Quero fazer o trabalho de meu pai: ser frentista.

A frase de Pullara soou como uma sentença. O tom de voz ressaltava a inexorabilidade do futuro. Ser frentista era um trabalho incomparável: ficar sentado à sombra, entre o mágico perfume da gasolina; um cão de companhia, preso na corrente, que, em caso de tédio, sempre se podia moer de pancadas; no bolso de trás da calça, um maço gordo e imponente de trocados.

— Eu também, quando crescer, quero fazer o que meu pai faz — comunicou Danilo Dominici. — É bom, fica sempre ao ar livre.

Seu pai asfaltava estradas.

— Também quero fazer o trabalho de meu pai, guarda de trânsito.

Olhamos para Gerruso com desdém, ser guarda de trânsito é trabalho imprestável, nem revólver tem.

— Gerruso, olha aqui.

Assim que se virou, Pullara lhe deu um tapa com a mão espalmada. Depois, virou-se para mim.

— E você, Davidù? No que quer trabalhar?

Respondi a primeira verdade que me passou pela cabeça, sem refletir muito a respeito.

— Eu? Hmm, não sei, não sou como vocês que querem fazer o que os pais fazem, posso fazer o que quiser, tenho mais sorte que vocês, sou órfão.

Em frente de casa encontrei minha avó, sentada num banquinho na sombra do jacarandá. Fumava um cigarro, apoiada no encosto verde e enferrujado.

— Alegria dos meus olhos, sente aqui do meu lado, teu avô está lá em cima, está fazendo o jantar.

— Mamãe ainda não voltou do hospital?

— Não. Parece que explodiu uma bomba na tua cabeça.

Ria, entre uma tossida e uma tragada.

Minha avó cheirava a tabaco e giz.

Era professora primária.

Me ensinou a ler e a escrever.

Eu tinha quatro anos.

Ficava me amolando.

— Davidù, vamos aprender a ler e a escrever?

Todo santo dia.

Venceu pelo cansaço. E também porque prometeu que depois me ensinaria a soltar arrotos conforme eu quisesse.

Cumpriu a palavra.

— O que você fez hoje?

— Na escola nada, a professora nos mandou desenhar porque está acabando os boletins, na praça conversei com os amigos sobre quando crescemos.

— Crescermos.

— Tá, mas dava para entender.

— Davidù, não interessa se o outro entende, precisa cuidar das palavras. O que a vó te ensinou? O que são as palavras?

— A expressão dos pensamentos.

— E por que usamos o verbo no futuro?

— Para dar um sentido aos projetos e às esperanças e coisas assim.

— Muito bem, alegria minha, se você fosse um pouco maior, eu te ofereceria um belo cigarro.

— Por que a senhora não está lá em cima com o vô?

— Eu queria fumar em santa paz, como se fossem vinte para as sete.

— Como assim?

— É um hábito que tenho desde mocinha. Era a guerra e os americanos tinham chegado a Capaci. Distribuíam chocolates e cigarros de presente. Eu tinha conhecido um soldado, Michael. Ele me deu o primeiro maço de cigarros de minha vida, em troca de uma dança.

— Vocês se beijaram?

— Não, seu tonto. Na época, já fazia alguns meses que eu trabalhava em Palermo, na biblioteca municipal, estava estudando para o concurso.

— Porque naquela época os concursos eram sérios, como a senhora sempre me diz, vó.

— Sei até grego antigo.

— Vó, a história.

— A biblioteca ficava ao lado da igreja de Casa Professa. As bombas acertaram as duas, durante o famoso bombardeio de 9 de maio de 1943. Na ala que ficou de pé, eu passava os dias arquivando os livros recolhidos dos escombros, anotando títulos, autores, as páginas que faltavam. As bombas não destroem só pessoas, casas e esperanças. As bombas apagam a memória. Quando terminava o expediente, eu me encostava no plátano na frente da Casa Professa e acendia meu cigarro preferido, aquele das vinte para as sete. Deixava para trás o dia e o cansaço, saboreava tranquila aquele gosto acre, da primeira à última tragada. Enquanto isso, aumentava o vaivém das pessoas de Ballarò. Naqueles anos, era no final da tarde que o mercado ficava mais lotado. Era tanta gente que as pessoas, para andar, precisavam erguer as sacolas de compras por cima da cabeça. As casas ainda não dispunham de geladeira e os feirantes tinham de vender os produtos antes que estragassem. Por isso, ao cair da tarde, os preços baixavam. Os meninos, na fila para o sal, brincavam de "papel, tesoura, pedra". As mulheres fofocavam sobre amores e escapadelas. Algum galã perfumado, na fila para as batatas, entoava uma ária de ópera, dando uma piscadela para quem cruzasse seu olhar. Não sei quantos cigarros fumo por dia, vinte, vinte e cinco, mas aquele que realmente me agrada, o meu preferido, é o das vinte para as sete, e se não são vinte para as sete, como agora, estou me cagando, faço de conta que é, me esqueço de tudo e todos, acendo o cigarro e foda-se.

Minha avó ensinava escondido palavrões aos alunos, para prepará-los melhor para a vida, que "não é apenas feita de verbos e matemática, mas também de lama e palavras feias, e é sempre melhor conhecer do que não conhecer as coisas".

Uma viatura da polícia se aproximou, diminuiu a velocidade, observou-nos, passou e seguiu adiante.

Na cama, uma folha escrita na letra de enfermeira de minha mãe.

"O tio quer que você vá com ele num lugar às quatro, passa para te pegar, tchau, alegria dos meus olhos."

Na cozinha, meu avô preparava o almoço. Na presença de estranhos, ficava praticamente mudo. Vô Rosario falava só comigo e com seu compadre Randazzo. Trabalhava como cozinheiro.

— O que está cozinhando?

— Macarrão com cambuquira.

Depois de escaldar e tirar a pele, cortou o tomate em fatias. Tinha mãos rapidíssimas, o vô.

— Como o senhor faz para saber todos os tempos de cozimento? Existe uma tabelinha com os números?

— É só aprender os ingredientes.

— E como se aprende?

— Errando.

Na prateleira da copa ficava a fotografia de meus pais no dia do casamento. Meu pai enlaçava o ombro de minha mãe com o braço direito, o cabelo dividido de lado, terno escuro. Sorria. Tinha uma esperança orgulhosa nos olhos azuis, não podia saber que morreria um mês depois. Na foto, meu pai era bonito como seu apelido, o Paladino. Mamãe usava um vestido branco e segurava uma rosa vermelha. Estava com os olhos fechados, pois aspirava a flor, serena, de uma serenidade definitiva.

— E então jogo essa bela trifeta: Pirollo, Francesino, Abracadabra. Uma combinação fantástica. Agora vamos para casa.

— Mas não vai ver a corrida, tio?

— E por que veria?

— Você apostou.

— Davidù, aprenda isso: depois de apostar, não é mais com você. O próprio Evangelho diz: primeiro avaliar, então apostar, daí se lixar.

O calmo distanciamento com que meu tio tinha apostado. Era nisso que eu pensava na praça, na tarde calorenta, enquanto enchíamos Gerruso de bordoada.

Nino Pullara tinha mandado:

— Vamos brincar de tabefes, Gerruso, vá até lá.

Aquele bobalhão, não entendendo que a brincadeira era apenas um pretexto para arrebentar com ele, avançou sem dizer nada. Foi até o muro arrastando os pés. Um avanço inexorável. Sabia que ia ao encontro de uma dor certa, mas fazia tanta questão de ficar com a gente que a dignidade fora derrotada pela resignação muito tempo antes. Mas por que Gerruso não procurava outros amigos entre os gorduchos e imprestáveis como ele? Por que aceitava tudo? Não me despertava nenhuma pena. Era um fraco. Os fracos não merecem respeito.

Gerruso chegou ao muro, cobriu os olhos com a mão direita, encaixou a esquerda sob a axila e a ergueu. Estava pronto para a brincadeira. Pullara, porém, decidira subverter as regras. Mesmo que Gerruso adivinhasse quem lhe batera, iríamos dizer que tinha errado, ele se viraria e receberia outro tabefe, depois outro, mais outro e mais outro.

O objetivo não era brincar.

O objetivo era massacrá-lo.

O primeiro tapa quem deu foi Danilo Dominici.

Gerruso o recebeu reprimindo um som de dor, depois se virou e nos olhou.

— Danilo Dominici.

— Não.

Pullara tinha respondido em nome de todos.

Gerruso não trapaceava.

Pullara sim.

Lele Tranchina tomou impulso e bateu com toda a força. Gerruso sufocou um gemido na garganta. Virou-se sem olhar ninguém em especial.

— Tranchina.

— Não.

Gerruso se virou sem replicar. Era um fraco. Merecia todo o mal do mundo.

Cuspi na palma da mão e esfreguei na outra, como no filme que tinha visto no cinema com Umbertino, que a cada massacre repetia: "Até que enfim um filme de verdade, não as bobagens francesas de gente enfastiada com a vida, olhe que bela explosão! Isso sim é arte."

A verdade era que você, Gerruso, você era um daqueles de filme francês.

Eu o atingi com tal violência que surpreendeu até a mim. A bofetada não explodiu com a retumbância de um tapa, mas foi absorvida por seu corpo inteiro num único gemido cavernoso.

Gerruso me olhou de imediato, ignorando todos os demais.

— Pullara.

Mas por quê, Gerruso? Por que fez isso? Você também tinha adivinhado daquela vez, devia dizer meu nome, não é assim que se brinca.

— Errado.

Da boca de Pullara voavam pingos de saliva. Suas pupilas ardiam em chamas. O próximo a bater seria ele, estava mais do que evidente.

— Vire-se, seu traste. Agora aposto que vai chorar.

Pullara não mostrava distanciamento na aposta; estava ferozmente fascinado. Saltitava, sacudindo a mão para aquecê-la. Infringiu novamente as regras, atingindo o ouvido de Gerruso com o punho fechado. Gerruso se dobrou como uma madeira rachada. Pullara soltou um grito animal, apontando o dedo para o céu. Gerruso se pôs de novo na vertical, largando os braços ao longo do tronco.

— Pullara — disse.

Não tinha derramado nenhuma lágrima.

Voltando para casa, uma Vespa branca cortou minha frente. Trazia dois passageiros, ambos com o capacete fechado. Vi meu reflexo nas viseiras. Meu olhar estava tranquilo, mas minhas mãos tinham saltado na frente do rosto. Um movimento instintivo. O corpo tinha se esquivado diante de um possível perigo, ativando os sentidos para enfrentá-lo. Em Palermo, a esquiva é uma arte que se ganha de presente. Ela se refina crescendo dentro da gente. Foram os capacetes que fizeram me esquivar. Na cidade ninguém usava capacete, principalmente naquele calor. Minha avó dizia que a insolação enlouquecia as pessoas.

— Você já se perguntou por que é justo no verão que as pessoas se matam por causa de uma vaga para estacionar? É o calor.

— E isso te preocupa?

— De jeito nenhum, meu querido, não pode me acontecer nada, nem tenho carteira de motorista.

Embaixo, na frente de casa, tio Umbertino já tinha chegado.

Saltitava na ponta dos pés.

— Você está atrasado, estou te esperando faz um tempão, pelo menos dois minutos.

— Estávamos moendo Gerruso de pancadas.

— Quem é Gerruso?

— Um fulano.

— Espancou direito?

— Sim.

— Bom, sempre existe alguma boa razão para moer alguém de pancadas. Mas no bairro está um tumulto: carros e motores, mais do que o normal.

— Por que será?

— E como é que vou saber, porra? Não sou mecânico.

— Mamãe ainda não voltou?

— E você acha que, se tua mãe estivesse em casa, eu ia ficar esperando aqui embaixo, no meio da rua, com esse calorão?

— Mas você não tem as chaves de nossa casa?

— Tenho.

— E por que não usou?

— Por dois motivos. Primeiro, queria ver se você estava com as suas.

— Aqui.

— Cuidado para não perder.

— E o segundo motivo?

— Esqueci as chaves da tua casa na minha, um absurdo, não é? Agora vamos ao barbeiro.

— Mas não quero cortar o cabelo, é minha mãe que corta para mim.

— Davidù, estou lá eu me cagando para teu cabelo, você vai ao barbeiro porque estou te pedindo com toda a gentileza para vir comigo, e agora mexa-se porque estou ficando de saco cheio.

A tabuleta da barbearia era pintada de vermelho.

TONI: BARBA e CABELO.

Lá dentro, sentado na poltrona giratória, um velho com o rosto coberto de espuma branca. A seu lado, navalha na mão, o barbeiro Toni.

— Tem hora livre? — perguntou meu tio.

— Esta barba, o cabelo daquele senhor, e depois vocês.

— Tem um bom jornal de turfe?

— Como não? Poderia faltar? Está ali.

Umbertino se sentou, mergulhando na leitura hípica. Sentei ao lado dele, numa cadeira vermelha que rangia toda. Na pilha dos jornais, uma revista de papel brilhante. Estava escrito PM 18. As páginas estavam amassadas.

— E então é verdade, Toni? — perguntou o velho ao barbeiro. Parecia a espuma falando.

Cada gesto do corpo de Toni mostrava preocupação.

— Juro que é verdade, era um viado rematado.

— Mas você não tinha percebido que ele era uma bicha?

— Olhando, parecia normal, um bom cristão, até conversei com ele sobre o jogo, sabe? Falamos de futebol.

— Que absurdo.

— É, sim.

O cliente que esperava a vez na nossa frente estava sentado à minha esquerda, tinha cabelo crespo e um bigode cerrado. Considerou necessário intervir exatamente naquele ponto do relato.

— Toni, mas você tem certeza de que ele não te contaminou?

— Justamente! Esse é o problema. Essa mossexualidade é uma doença desgraçada.

— A pior — concordou o cliente de bigode.

— Não é coisa de se brincar — reforçou o barbeiro.

Por fim ouviu-se a voz de Umbertino. Falou por trás do jornal.

— Dizem que, se a pessoa é contaminada, toma sonoramente no rabo.

Todos estouraram numa risada.

— Que merda, errei a trifeta de ontem, que seja, amém — constatou meu tio sem se alterar.

Toni, depois de rir, parecia mais relaxado. Começou a passar a navalha no rosto do velho.

— *Picciò*, quer saber como descobri que era viado? Juro que é verdade, por minha mãe: foi ele que me disse. Falou: amigo, gosto de homem.

— Não! — exclamou o cliente de bigode.

— Foi.

— É o fim do mundo.

— Pois é.

— Eles são a ruína da humanidade — murmurou o velho, mas devagar, pois, se mexesse demais o rosto, ainda podia ganhar um novo sulco na cara. A navalha não conhece indignação.

— E o pior nem foi isso. Não é que então percebi que aquele desgraçado tinha me oferecido cerveja da garrafa dele? Quer dizer, a garrafa onde ele tinha bebido o tempo todo com aquela boca doente.

— E você, Toni? — perguntou o velho com viva preocupação.

O barbeiro hesitou por um momento. Franziu os olhos, suspendeu a navalha, decidiu confidenciar.

— Eu me afoguei naquela garrafa infecta dele.

— Porra, que estrago.

— Porra, nem diga.

— O contágio! — disse o velho com voz aguda.

A navalha continuou suspensa no ar, um aviso.

— *Picciò*, juro que é verdade, fiquei transtornado. Podia ter me infectado com a mossexualidade dele, contágio pela boca através da garrafa. Fiquei transtornado.

— E o que você fez, Toni?

— E o que podia fazer? Em primeiro lugar, quebrei a garrafa na cabeça daquela bicha de merda.

— Muito bem, Toni!

A voz do velho readquirira segurança, quebrar garrafas na cabeça dos viados é comportamento de macho.

— Eu estava ficando louco.

— Dá pra entender.

— Tinha de fazer alguma coisa para me curar, imediatamente. Então pensei e...

Toni olhou ao redor, como que para proteger a informação de ouvidos indiscretos. Destacava solenemente cada sílaba.

— ... e entendi que eu devia me curar logo, e então...

Cada um vivia sua própria ação com intensidade crescente. Toni enchia os pulmões para dar ênfase à continuação da história; o velho espichava ainda mais as orelhas até a boca do barbeiro, para ouvir logo as palavras reveladoras; o cliente de bigode tinha se levantado e batia o pé no chão com ritmo irregular. Apenas tio Umbertino continuava igual, lia o jornal e não estava nem aí para nada. A curiosidade de saber se e como o pobre Toni tinha se curado daquela mossexualidade fascinava a mim também. Fechei a revista e acompanhei a história.

Toni mantinha o olhar fixo em outro lugar, além da vitrine.

— Eu.

Calculava o tempo de destilação das palavras. Quando sentia a tensão ficar insuportável, dignava-se a nos presentear outra.

— Fui.

O pescoço do velho estava retesado, o pé do cliente de bigode fremia.

— Até.

Toni nos observou. Quando o silêncio se fez ensurdecedor, puxou o ás.

— Pina.

— A puta? — gritaram em coro o velho e o de bigode.

— Isso.

— Aquela do beco Marotta? — replicaram em uníssono.

— Isso.

— Que tem o quarto cheio de espelhos? — insistiram.

— Isso.

E tio Umbertino finalmente dobrou o jornal, colocando-o na pilha com os outros. Toni tinha um espectador a mais. Satisfeito, continuou com maior entusiasmo.

— "Pina", falei para ela, "vamos trepar agora, imediatamente, senão corro o risco de ficar doente de mossexualidade e aí é melhor morrer, não?"

— Santas palavras — sentenciou o velho.

— Ainda bem que tive essa boa ideia: ir correndo dar uma bela foda e me curar daquele nojo. Essas bichas de merda, deviam todas morrer.

— Santas palavras — reiterou o velho. Vê-se que, no final da vida, a pessoa já está tão cansada que tem sempre os mesmos pensamentos e se repete o tempo todo.

— *Picciò*, eu a olhei direto nos olhos e, antes de meter o pau, disse pra ela uma coisa que nunca digo para as putas: "Pina, vá lavar a boca, que é onde vou te beijar, é pela boca que pode começar minha doença, entende? Tomei a cerveja da mesma garrafa do viado, vá logo, despache-se." E Pina, tudo certo, lavou a boca, toda organizada, usou até pasta de dente e, logo que apareceu, imediatamente lhe enfiei na boca dois metros e meio de língua, porra, nem minha mulher beijo tão fundo.

— E aí?

Foi Umbertino a falar. Ele tinha se levantado sem que eu percebesse. Nem vi quando ele se mexeu.

— E aí, como sou um cavalheiro e não posso entrar em detalhes, digamos que me curei dando uma trepada divina, e mais não digo, pois vocês sabem como é a brincadeira.

O barbeiro Toni ria satisfeito, não percebendo o que já estava claro para todos. Meu tio estava aqui, em sua barbearia, justamente por causa dessa história. Foi em sua direção sem fazer barulho, com uma leveza que ninguém julgaria possível num homem daquele tamanho. Pequenos pulinhos, rápidos e silenciosos. Quando se pôs diante de Toni, o barbeiro desapareceu sob a altura de seus ombros.

— Você me escute bem, seu bosta, eu é que vou te contar como termina essa história: você caiu e, que puta azar, quebrou o braço. Ou a perna. Escolha.

— Não estou entendendo.

Um instante depois, de joelhos, Toni gritava de dor. A mão direita de meu tio esmagava os dedos de sua mão esquerda.

— Toni, você não entendeu ou não quis entender, o que é pior. Você caiu, agora escolha: braço ou perna.

Toni chorava. O velho e o cliente de bigode não diziam nada, não faziam nada, o mero respirar já era um esforço.

Umbertino ergueu o punho esquerdo.

— Tio.

Minha voz estava calma.

Toni conseguia balbuciar apenas uma palavra:

— Pare.

— E quando a Pina te disse "pare", o que você fez, Toni, parou?

Quebrou-lhe o antebraço esquerdo com um só movimento: a mão esquerda segurou o cotovelo, a direita o pulso, dobraram-se ao mesmo tempo, crac.

— Toni, cuidado, você caiu, oh nááão, quebrou o braço, chamem a ambulância. Davidù, vamos sair daqui que está fedendo a merda.

Eu estava tão aturdido que nem pus a revista no lugar. Não sabia que um antebraço podia se quebrar assim.

— Você não viu nada, certo?

— Certo.

— Jure para mim.

— Juro.

— O que você tem na mão?

— Uma revista, estava no barbeiro.

Meu tio folheou com atenção.

— Muito bem, boa leitura, mas não deixe tua mãe ver.

— Por quê?

— Como, por quê? É uma revista indecente, se tua mãe descobrir, vai gritar. Ouça, vamos fazer assim, fico com ela e, quando você quiser olhar, vem na minha casa, está bem?

Sem ouvir minha resposta, dobrou-a no meio e guardou no bolso de trás da calça.

— Tio, quem é Pina?

— Uma espécie de amiga.

— Como assim?

— Digamos que cozinhou para mim algumas vezes.

— Cozinha bem?

— Não como antigamente.

A rua estava bloqueada por uma fila de viaturas.

— Outra pequena chacina? — perguntou Umbertino a um policial. Este inclinou a cabeça sem dizer nada.

Falei com meu tio em voz baixa, não queria que nenhum polícia ouvisse o que eu tinha a dizer.

— Por que você me levou ao barbeiro?

Em seu rosto, nenhum pingo de alegria.

— Você era o único capaz de me segurar.

— Do quê?

— Quer um bom sorvete?

— Ô se quero!

Pedi uma casquinha, pistache e amora.

— Ouviu? — disse Umbertino ao sorveteiro. — Uma bela casquinha enorme, de pistache, amora e chantili. Ponha bastante chantili.

— Tio, chantili eu não quero.

— Mas não é para você.

Devorou num só bocado.

Diante do portão, encontramos de surpresa meu avô. Umbertino foi até ele acelerando os passos. Fiquei para trás, estava quente demais para correr. Passavam carros, os passageiros olhavam ao redor, com o rosto suado por trás das janelas fechadas. Umbertino e meu avô apertaram as mãos, em absoluto silêncio. Depois Umbertino voltou até mim correndo.

— Davidù, me dê já as chaves da tua casa.

— Mamãe não voltou?

— Não, e teu avô está indo embora, vai, suba logo!

— Não estou com vontade, fico aqui embaixo com o vô, depois vou até a praça ficar com os amigos.

— Então me dê tuas chaves, depressa!

— Por quê?

— Tenho de dar uma cagada olímpica. Vamos, as chaves, depois te devolvo na praça, agora me dê, já.

E chispou para minha casa. Assim que o portão se fechou atrás dele, meu avô começou a falar.

— Vim trazer o jantar para vocês, no serviço sobrou uma torta de batata recheada de carne moída. Venha aqui um pouco, você está todo lambuzado de sorvete.

Pegou o lenço, pôs na boca, umedeceu a ponta, limpou meu queixo.

— Vô, o Pullara disse que homem de verdade deve andar sujo. Quanto mais lambuzado, mais macho.

— Lambuzados devem estar os miolos do Pullara.

— Como assim?

— Cuidado.

Uma súbita cantada de pneu nos surpreendeu. Meu avô me segurou pelos ombros. O carro fez a curva em alta velocidade, entrando na primeira travessa à esquerda.

— Calma, Davidù, pode abaixar.

Minhas mãos tinham saltado para diante do rosto, outra vez, sem que eu me desse conta.

— Um tumulto, é o que há — refletiu meu avô em voz alta.

— Foi o que disse o tio, exatamente essas palavras.

A distância, o som das sirenes da polícia era ininterrupto.

— Vô, entendi: é a Fabrizia!

— Quem?

— Fabrizia, aquela da padaria com os peitos enormes. Todos estão vindo ao bairro para comprar pão porque, meus amigos dizem, ela é muito boazuda.

— Você gosta?

— Da Fabrizia? Bom, é mulher, não sei se gosto de mulheres, elas vivem chorando, não sabem dar tabefe, veem sangue e gritam, são fracas.

— Não são fracas.

— Não?

— Não. Preciso ir até a estação buscar o compadre Randazzo, por que você não sobe para casa?

— Não, vou brincar com os amigos, tchau.

A primeira imagem da praça foi a de Pullara curvado sobre Gerruso, testa contra testa. Mas por que Gerruso não ficava em casa? Não tinha entendido que Pullara o odiava e era maior e mais forte do que ele?

Lele Tranchina e Danilo Dominici estavam com a bunda no encosto do banco e os pés no assento. De pé, ao sol, Guido Castiglia tinha as mãos nos bolsos. Sua sombra terminava na sombra maior da magnólia. Observava a cena com o mesmo distanciamento com que se olham as formigas. Alguns metros atrás dele, uma menina. Devia ser mais ou menos da minha idade.

Não repararam em mim.

Minhas pernas decidiram não se mexer mais.

O corpo estava se esquivando.

A menina usava um vestido claro que batia logo abaixo dos joelhos.

Tinha cabelo ruivo.

Pullara gritava.

— Demonstre!

Gerruso choramingava sons incompreensíveis. Pullara soltou na cara dele uma cusparada só, que grudou no rosto sem escorrer. Depois empurrou sua testa contra a de Gerruso com mais força, de cima para baixo, obrigando-o a se ajoelhar. Pullara tinha a voz estridente.

Estava calor demais para se agitar daquele jeito.

— Demonstre!

Pullara tirou um canivete do bolso, abriu-o e pôs na mão de Gerruso. Estava tão seguro de si que não considerou sequer por um instante a possibilidade de ser esfaqueado. Lele Tranchina tentou dizer algo. Não conseguiu. Danilo Dominici estava pálido. Guido Castiglia mantinha os braços cruzados. A única voz na praça foi a da menina.

— Pare com isso — começou. — Por que não me encara? — continuou. — Não tenho medo — concluiu.

Estas últimas palavras soaram para Pullara como uma ofensa mortal.

— O que foi que você disse?

— Não tenho medo — repetiu. Com decisão, firmeza, orgulho.

Pullara se movia aos trancos. Parecia um soluço. Estava para ir até a menina, reconsiderou, voltou a Gerruso ainda de joelhos, acertou-lhe um bofetão na cara.

A linguagem corporal de Pullara atestava que o limite fora transposto. Não havia mais lugar para delongas, jogos e brincadeiras. Agora era o mundo adulto.

— Demonstre já ou corto o pescoço da tua prima! — ameaçou indicando a menina.

Gerruso, de repente, deixou de se comportar feito um fracote. Ergueu a cabeça e, de um instante para o outro, parou de se lamuriar.

— Deixe ela em paz — disse. Tinha a voz calma e fria. Nenhum tom de súplica.

— Demonstre ou corto o pescoço dela!

Pullara se agitava inteiro: nas pernas, nos olhos, nas palavras.

Gerruso se levantou.

O canivete não tremia mais em sua mão.

— Jure que não vai acontecer nada com minha prima.

Pullara, elétrico, agitava os braços.

— Juro — gritava num frenesi crescente.

Estava possuído, o mundo fora daquela demonstração não existia. Nem percebeu que o pedido de juramento não se dirigia a ele. Os olhos de Gerruso, únicos na praça, fitavam os meus.

— Sim, sim, sim, eu juro, não vai acontecer nada, nada, mas você agora dê a demonstração, corte, corte.

Gerruso, imperturbável, insistia:

— Jure que não vai acontecer nada com minha prima.

Sem que eu me desse conta, minha boca pronunciou uma resposta.

— Juro.

Gerruso deixou de me olhar. Empunhou o canivete com a mão direita e pôs na altura da falange do indicador esquerdo.

Tranchina apertava a mão de Dominici, mordendo os lábios. Dominici se dobrou em dois devido às contrações abdominais. A prima saiu correndo.

— Desgraçado.

Castiglia decidiu intervir. Deteve a menina, apertando-a junto a si.

Pullara saltava no mesmo lugar.

— Demonstre! Demonstre!

Gerruso voltou a me olhar. Não chorava, não tremia mais. Olhou uma última vez para a prima, viu que Castiglia a segurava, concentrou-se no canivetinho e, por um segundo, me fez lembrar meu avô, sentado na frente do trinchante de fatiar cogumelos, a faca adiante do dedo, o polegar que apertava a haste, o chapéu do cogumelo que se soltava, o jorro de sangue que esguichava para cima, a falange do indicador que caía, Dominici que vomitava, Tranchina que chorava, a prima que gritava, Castiglia que a apertava junto a si, Pullara que uivava, a lâmina ensanguentada que ricocheteava no chão, Gerruso sem a falange do indicador esquerdo que caía desmaiado para trás.

Em meio a tudo isso, tive a impressão de que chamavam meu nome.

Um automóvel azul entrou na praça levantando areia e poeira. Não houve tempo para admirar a faixa de fumaça que subia no mormaço. Apareceu outro carro, prata metálico. Pela janela abaixada, no lado do passageiro, esticaram um braço, uma mão e um revólver. Vi meu reflexo na janela de trás. Novamente, minhas mãos se ergueram para proteger o rosto. Tranchina soluçava. Dominici apertava o estômago. A menina observava Gerruso desmaiado no chão. Castiglia continuava a segurá-la. Pullara, que não se tinha dado conta de nada, berrava.

E, enquanto se elaborava a reação àquela amputação, pela primeira vez na vida compreendi toda a potência, toda a mudança de perspectiva que acompanha a epifania imprevista de um tiro de revólver.

Em primeiro lugar, o tiro foi percebido pelos ouvidos, um som tão penetrante que, para absorvê-lo, o corpo precisou de uma contração imediata dos músculos. Durou um instante. Como uma onda, chegaram as consequências físicas da deflagração: o estrondo desencadeou uma dor aguda no tímpano, a realidade pareceu se dilatar. Tudo parecia mais lento, como debaixo d'água. Durou alguns segundos, depois a bolha se esvaziou.

Explodiu um segundo tiro.

Meus ombros se contraíram e se encurvaram para dentro, como se meu corpo quisesse diminuir de tamanho.

A janela traseira do carro azul se estilhaçou numa infinidade de caquinhos de vidro.

O número de disparos aumentou. Três, quatro, sete, dez. Difícil contar todos. A janela do Alfasud estacionado ao lado de Castiglia e da prima de Gerruso se despedaçou. Estilhaços voaram para todos os lados, atingindo as folhas da magnólia com um som de granizo. Nessa sinfonia irregular de vidros que se quebravam, paredes que se fendiam, rodas que chiavam, folhas que se perfuravam, revólveres que disparavam, como um eco distante ouvi gritarem meu nome. Do outro lado da praça, Umbertino. Corria em minha direção. Passadas largas, peito para a frente, braços engolfando o ar. Enquanto isso, do carro azul responderam ao fogo, atingindo e trincando o para-brisa do carro prateado. Derrapando, o automóvel bateu a lateral no Alfasud estacionado. No momento do impacto, vendo o carro arremeter contra si, Castiglia teve um acesso de nervos e, levando as mãos aos cabelos, soltou a prima de Gerruso. Começou a se debater de um lado para outro, no raio de poucos metros, como uma mosca presa embaixo de um copo. Danilo Dominici vomitava. Lele Tranchina enfiara a cabeça entre os cotovelos e os joelhos. Umbertino corria. Os revólveres continuavam a dominar.

Pullara, ébrio de fúria, permanecia imerso em suas visões. Abaixando-se, recolheu o canivete e se encaminhou até a prima de Gerruso, com o sorriso de quem vai cometer um estrago.

O automóvel azul virou à esquerda, depois da praça. O prateado seguiu sem hesitação. Houve ainda outros tiros, mas agora em outros lugares.

Umbertino não gritava mais meu nome. Estava com os olhos em Pullara.

— Que porra ele está fazendo?

Pullara cantarolava, apertando o canivete.

Ela não fugia.

Não abaixava o olhar.

— Não tenho medo.

Pullara tinha um ar invencível. Parecia o tubarão que vai à guerra.

Engano meu.

O tubarão não era ele.

O tubarão era eu.

E ainda não sabia disso.

Umbertino estava a uns dez metros de nós.

Longe demais.

Pullara ergueu a mão com o canivete já manchado com o sangue de Gerruso.

Ela não recuou.

Ele jogou a cabeça para trás para cravar mais fundo a estocada.

E só então, quando o perigo era concreto, naquele momento em que não restava nenhuma outra possibilidade, o tubarão se lembrou do juramento feito e finalmente ingressou no campo de batalha.

O corpo agiu sozinho.

Um impulso vindo de longe.

Uma semente plantada muito tempo atrás, que agora germinava.

As pernas me levaram à frente de Pullara.

Umbertino praguejava.

Lá estava eu entre a menina e o canivete.

Seus olhos eram escuros.

Tinha perfume de sal e limão.

Eu não sentia raiva, não sentia ira.

Estava calmo e sereno como a ira divina.

Afundei os punhos no rosto de Pullara, uma duas três quatro vezes. Sua tentativa de me esfaquear caiu no vazio. Um salto para trás, foi o que bastou. Pullara perdeu o equilíbrio. Um impulso dos pés e lhe cravei um soco com a direita no estômago, e ele se dobrou para a frente. A esquerda subiu quebrando seus incisivos. Antes que seu corpo encostasse no chão, fui voando. Aterrissei de joelhos na barriga dele. Com os punhos fechados continuei a atingi-lo, mais uma vez, outra vez, outra vez, até que Umbertino me arrancou dali. Erguendo-me com os dois braços, ele me apertou junto a si.

Eu estava com as mãos ensanguentadas, os nós dos dedos esfolados.

Para além dos dedos sujos, ela.

Na rua atrás da praça, gritos, ambulâncias e sirenes de polícia.

A trilha sonora de Palermo.

Meu tio examinou o que tinha sobrado de Pullara.

— Assim ele aprende a não ser infame com as moças, esse cabeça de merda.

Danilo Dominici e Lele Tranchina continuavam grudados no banco de ferro.

Castiglia, parado não muito longe de nós, estava com o olhar mortiço.

Umbertino estancou a hemorragia de Gerruso com um lenço.

Parecia finalmente sereno, agora que estava desmaiado.

Meu tio se dirigiu à menina.

— *Piccirì*, tudo em ordem? A ambulância e a polícia estão chegando, posso te deixar sozinha? Você consegue se virar? Eu e meu sobrinho precisamos ir, já.

— Espere — respondeu ela.

Calma e segura, deixou de olhar Gerruso e veio até mim.

— Oi — disse.

Não consegui responder nada.

Ela segurou meus dedos sujos entre os seus.

— É só sangue — murmurou —, vai sair.

E os levou aos lábios.

Um a um.

Lavou toda a dor.

Eu sentia um vazio no estômago, como numa gangorra.

— Sou Nina — disse ela. Depois sorriu e eu despenquei da gangorra.

Meu tio me fez um carinho na cabeça.

— Vamos embora, antes que chegue a polícia.

Meus dedos se abriram, se fecharam, não se despediam dela.

Alguns minutos depois, eu estava na academia, vestia as luvas e subia no ringue, pela primeira vez na vida.

Pensei nela o tempo todo.

* * *

Meu avô Rosario voltara para Palermo depois da prisão na África. Não lhe restara nenhum vínculo, com a guerra perdera a família, a casa, os amigos. O campo do presente não tinha mais os sulcos do passado. Sua vida era uma folha em branco. Vestia um uniforme militar dois números maior do que o seu. Dormia entre os escombros das casas destruídas. Passava os dias em Capo Gallo. Descascava uma maçã e guardava a casca num lenço, seria a refeição da noite. Olhava o mar.

Provvidenza se sentiu curiosa com seu perfil magro. Parecia uma estátua. Fechou o livro e estudou meu avô durante todo o tempo que o cigarro ardeu entre seus dedos, depois voltou a abrir o livro, o exame se aproximava e o ônibus para Capaci sempre atrasava.

No dia seguinte, a mesma cena. O rapaz de pedra ainda estava ali, no banco, como se não tivesse se movido em momento algum. Ela se sentou a alguns metros dele. Observou-o longamente. Ele não se moveu. Ela tentou se concentrar no texto de estudo, mas a imobilidade de meu avô se tornara para ela uma charada que exigia uma solução imediata.

— Soldado, o que está olhando?

Ele se virou e olhou para ela, em absoluto silêncio.

— E o que ele disse?

— Davidù, era teu avô. Ficou quieto, me olhando.

— Como ele era?

— Jovem, magérrimo, e com aqueles dois olhos claros indecifráveis. Estava confuso, pobrezinho.

— Foi então que a senhora se apaixonou por ele?

— De jeito nenhum. Na hora, sinceramente, pensei que era estranho. E muito, muito magro. Mas, sim, era atraente.

— Viu? Se apaixonou.

— Te falei que não. Mas...

— O quê?

— Ele tinha esses dois olhos que, bom, você sabe, é coisa de vocês, tua, de teu pai, do Rosario. Homens de olhos claros e olhar perigosíssimo.

— Em que sentido?

— O olhar de vocês perturba as pessoas.

— É mesmo? Nunca me dei conta disso.

— E nem teu avô, nem teu pai. É justamente por isso que vocês são assassinos, seus malditos olhos claros.

— Não entendo.

— Óbvio, você é homem.

— Soldado, me ouviu? Perguntei: o que está olhando?

Silêncio.

— Mas você ouve quando eu falo? Você é daqui?

A cabeça dele se inclinou em sinal de concordância. Um movimento mínimo, o estritamente necessário. Melhor do que nada. De repente, dentro daquele silêncio que aumentava, ela teve uma intuição.

— Você é mudo?

Ele deixou escapar um pequeno sorriso, uma resposta mais do que satisfatória. Não era mudo, só parco de palavras ao ponto da avareza.

— E o que está fazendo? Faz dois dias que te encontro aqui, parado, contemplando o mar. O que está olhando?

Nenhuma resposta. Uma esfinge. E ela adorava os enigmas. Tentou mudar a abordagem.

— Como você se chama?

— Rosario.

Que milagre, ele abriu a boca! Ou melhor, até acrescentou uma palavra:

— Você?

— Eu me chamo Provvidenza.

Os lábios se abriram num sorriso, espontâneo e cúmplice.

Nenhuma reação no rosto dele.

— Mas fez sinal para eu me sentar ao lado dele. Espaço para sentar havia, eu estava de pé, ele parecia não ter a menor vontade de se levantar, e assim me sentei ao lado dele.

— Vocês falaram?

— De que jeito, Davidù? Perguntar eu perguntava, mas ele resmungava, inclinava a cabeça, coisas assim. Comunicação não verbal. "Você esteve na guerra?", e ele abaixava a cabeça. "E onde esteve?", silêncio. "Fuma?", e com a cabeça fazia sinal que não. "Mas tem certeza que não é mudo?", e então um sorriso, mas leve, e nunca saía um som de sua boca. Como não dei uns tapas nele, é um mistério.

— A senhora estava caidinha.

— Não, seu tonto. Estava era curiosa. Como ele quase nem se dignava a me olhar, tirei o livro que tinha de estudar para o exame, o *De rerum natura*, porque naquela época a escola era uma coisa séria, para dar aula no primário a gente precisava saber latim. É importante conhecer o latim, ele traz em si o passado de nossa língua, sua estrutura lógica. Vamos: *rosa*.

— Não estou com vontade.

— Vamos, eu disse.

— *Rosa*, da primeira declinação: *rosa, rosae, rosae, rosam, rosa, rosa*.

— *Lupus*.

— Vó, a senhora estava me contando sobre o vô.

— É muito importante o latim, muito.

— *Lupus*, da segunda: *lupus, lupi, lupo, lupum, lupe, lupo*.

— Muito bem. Onde eu tinha parado?

— No livro.

— Bom, então pego o livro na bolsa e assim que o abro, Davidù, juro, eu me senti trespassada.

— O vô.

— Estava me olhando com uma expressão nova.

— Como era?

— Não sei, Davidù, mas naquele instante o olhar dele tinha uma luz, como dizer, suave.

— E a senhora se apaixonou.

— Foi.

Ele lhe pegara os dedos entre as mãos, com o cuidado com que se segura um broto, como se aquele contato fosse o último apoio que o impedia de naufragar.

— Me ensine a ler e escrever.

E, diante daquele inesperado desnudamento, diante da humildade daquele pedido tão direto, assim que se esvaiu o leve som de sua voz, Provvidenza, antes tão loquaz, agora se viu sem palavras. Simplesmente sorriu para aquele que seria seu primeiro aluno, o silencioso amor de sua vida.

* * *

— Putas, as bombas são todas umas putas.

Salvo Pecoraro praguejava, sua casa não existia mais. O quarto onde nascera, a mesa redonda de madeira escura, as cadeiras de palha, a cama com a cabeceira de ferro batido, a foto de sua mãe Assunta, descanse em paz, amém. Não restara nada. Neste mundo, não podemos nos prender a nenhuma certeza material. Umbertino o observava escavar entre os destroços. Os edifícios vizinhos estavam intactos, apenas aquele em que morava Salvo Pecoraro, atingido pela bomba, tinha desaparecido, desmoronando sobre si mesmo, morrendo de uma morte mortificada. Não se transformara numa miríade de fragmentos que voam para todos os lados. No azar, uma sorte memorável.

Quanto a Umbertino, tinha perdido a casa quatro dias antes. Um estilhaço que pesava uns cem quilos, vindo do prédio da frente, entrou sem pedir licença e aniquilou a cozinha, o piso do banheiro, duas paredes de sustentação, o quarto de dormir com a cama onde, com as mãos atrás da nuca, meu tio sonhava com mulheres de pele macia. A sacada da copa, no entanto, continuou incólume, com os gerânios vermelhos e maternos ainda orgulhosos e presentes, como se nada tivesse acontecido. Aquelas flores lhe lembravam as marcas dos beijos que permanecem no rosto depois do amor. Umbertino pensou que, decerto, os estilhaços não gostavam muito dele. Salvara-se daquela destruição pois estava trepando em outro lugar. Essa constatação lhe agradou muito. Conseguiu até sorrir diante daquela que, a partir de então e para sempre, não seria mais sua casa. O único parente que lhe restava, sua irmã, a mãe de minha mãe, evacuara para Terrasini, um pequeno vilarejo a trinta e cinco quilômetros da cidade. Ele quis ficar, não vou morrer, fique tranquila, eu sempre me viro. Não precisava prestar contas a ninguém. Era o único dono de seu destino. Tinha quase dezenove anos.

Pediu um cigarro com o olhar, obteve-o, agradeceu com a cabeça, acendeu e fumou. Por todos os lados cavavam, praguejavam, encontravam, se consolavam, choravam, gritavam que as bombas são todas umas putas.

Mas as bombas não são putas.

As bombas não têm sentimentos.

Já as putas.

Têm sentimentos.

Até de sobra.

Não todas, é verdade.

Mas algumas.

Algumas podiam acolher a vida sob sua guarda durante um bombardeio e a conservariam ilesa. E devolveriam, toda perfumada.

Como fez Giovannella, a puta.

Dizia que daria a vida por ele.

E deu.

Foi à noite. As bombas caíam do céu. Sim, vá lá que foi meu tio que lhe deu a mão e a arrastou numa longa corrida esbaforida, até a porta do abrigo ainda piedosamente aberta. Mas, quando o ar ficou incandescente e o som penetrou nos ouvidos a ponto de tirar o equilíbrio, foi Giovannella que o empurrou para o chão, enquanto um estilhaço de meio metro lhe atravessava o peito, detendo-se cravado em seu coração apaixonado. Giovannella voou para trás, caiu no chão e bateu a cabeça no calçamento liso da rua, mas já estava morta. Umbertino não conseguiu dizer nada. Nenhuma palavra de amor.

Não é o tempo que cria uma hierarquia nos afetos. Única e preciosa pode ser uma puta que se conhece apenas há duas semanas e depois desaparece assim, durante uma saraivada de bombas de um céu baixo. E, como por toda parte só havia imprecações, gritos, desabamentos, choros, rombos, sirenes, Umbertino decidiu mandar à merda todos os sons da guerra, acariciou a testa ainda quente de Giovannella, fechou seus olhos com cuidado e foi embora, deixando-a ali. Os mortos não podem salvar a própria vida.

Giovannella nunca o deixara pagar. Ela o amava mesmo. Umbertino era bonito, de uma beleza rude e melancólica. Quando se despiu pela primeira vez na frente dele, Giovannella sentiu uma ponta de vergonha ao se mostrar nua. Talvez eu não seja tão bonita, pensava. Tinha dezessete anos. Mas foi um instante, um minúsculo fragmento de tempo que a fez se apaixonar ainda mais, um daqueles momentos raros que serão lembrados para sempre, dilatando-se na memória. Foi uma inesperada pirueta de Umbertino nu diante dela. Giovannella, a puta, riu com os lábios, com os olhos e com o coração. A seguir, o abraço rude de meu tio dissipou qualquer dúvida, qualquer medo, qualquer vergonha. Beijaram-se num beijo úmido e despudorado. Como devia ser. E se amaram. Foram duas semanas. Catorze dias. Catorze noites. Um amor ruidoso, suado, apaixonado. A felicidade ao alcance da mão.

Depois, chegaram as bombas.

Em Palermo, havia cadáveres por todas as partes. Cada pátio, cada rua, cada família guardava um luto. Umbertino, que tivera ombros tão largos, agora os sentia estreitos e magros. Não tinham conseguido proteger Giovannella.

É a guerra, disse consigo mesmo.

Acontece.

O único modo de ferrar com ela é sobreviver.

Não se ligar a nada.

A ninguém.

Seguir o instinto.

Começou a frequentar constantemente as putas. Uma lhe salvara a vida. Outra, também. Uma tal Mariù, ruiva como Giovannella. Era com ela que estava trepando nos muros da cidade quando o estilhaço de cem quilos entrou em seu quarto de dormir sem o encontrar. Mariù, a puta. Fazia quatro dias que estava atrás dela. Lentamente. Como numa via-sacra que se preze. Sem pressa. Um passo depois do outro. A água molha, o vento enxuga. O calvário fica sempre numa subida.

Não conseguiam mais enterrar ninguém. A madeira para os caixões tinha se acabado. Não havia mais ferramentas para abrir as covas. Abandonavam-se os mortos, amontoados uns sobre os outros. Os corpos apodreciam. Os insetos dançavam sobre eles. As ruas fediam. No centro das praças ficavam os escombros dos desabamentos. Às vezes, cavando, encontravam um membro humano.

Em Borgo, um homem cantava: "Ó bela, bela minha, a quem dou esta garotinha?"

Devia ter uns trinta anos. Segurava junto ao peito uma mão pendurada num toco de braço, que acabava antes do ombro. A extremidade era branca: o osso que aparecia. Foi só o que sobrou de sua filha. O homem cantava, embalando-se para a frente e para trás, para a frente e para trás, depois sofreu um ataque epilético e parou de cantar. Ao socorrê-lo, ninguém se importou com o braço caído no pó.

Umbertino parou um segundo a mais num local que não conseguia reconhecer. Faltavam os pontos de referência. Ergueu os olhos e viu o céu resplandecer. Sentiu nascer no coração uma blasfêmia. Conseguiu bloqueá-la. Não é assim que se faz, para sobreviver é preciso ser insensível. Retomou a caminhada, mas, depois de sete passos, tropeçou num resto de perna. Estava coberta de moscas e vermes. Meu tio mandou à merda todos os propósitos de autocontrole e praguejou em voz alta, com raiva e desespero, blasfemando contra tudo e todos, exceto a Santa Rosalia.

Sentiu-se muito bem.

A casa com o jardim de rosas ficava na praça das Sete Fadas. Lugar ideal para levar as moças. Agora não existia mais, atingida por uma bomba numa tarde em que caía um daqueles temporais de março, rápido e imprevisto. A água era uma bênção naqueles dias de miséria. E todos saíam à rua para recolher o máximo possível de chuva. Quase imediatamente, uma inesperada sirene antiaérea anunciou a iminência de uma incursão. Aquele som rasgou o ar, dissipando a alegria de ficar em pé debaixo de chuva. Mas, afinal, que novidade há em bombardearem a essa hora? Enquanto o medo aumentava, recuperavam-se baldes e bacias e as pessoas corriam ao abrigo mais próximo, onde depois contariam os presentes, rezariam, teriam esperanças, se abraçariam, amaldiçoariam.

O céu se enchera de aviões, e a bomba já percorria o trecho que separa Palermo das nuvens. No momento do impacto, criou-se um pequeno sol que se encontrou com a chuva, formou-se um belo arco-íris e a casa com o jardim de rosas deixou de existir.

O silêncio da praça das Sete Fadas foi rompido por um rugido que se aproximava. Umbertino blasfemava contra todos os santos na cruz.

— Você esperava o que aconteceu depois, tio?

— E como porra poderia esperar, Davidù? Não sou adivinho.

— Estava com medo?

— Quer saber mesmo?

— Claro.

— Eu não desejava outra coisa.

— Como você chegou lá, tio?

— Como você.

— Instinto?

— O sangue não mente.

Ao ouvir aquela profusão de blasfêmias, as pessoas que estavam na praça das Sete Fadas pararam de cavar. Talvez a tensão, talvez o desejo sincero de defender a fé, talvez a mera necessidade de desabafar. Para quem se encontrava ali, aquela enfiada de blasfêmias se tornou insuportável.

— Fique quieto — alertou uma voz.

Umbertino parou. Envolto pela poeira, ninguém podia intuir as reais dimensões de seu corpo.

Mas sua voz.

Firme, calma, nítida.

O corte de uma faca.

Saboreou aquele silêncio. Depois blasfemou de novo, contra Deus e a Virgem.

Sentindo aquele desprezo, todos quiseram esquecer que ainda podiam encontrar alguma coisa sob os escombros. Ou talvez, mais simplesmente, tivesse chegado o momento de parar com as escavações. As mãos doíam e os pulmões ardiam.

— Já disse: fique quieto.

— Senão o quê?

Limparam os olhos para enxergar melhor contra quem iriam desabafar. A figura era indistinta, um contorno desfocado.

— Senão te arrebento a cabeça.

— E eu também — acrescentou um outro.

— E talvez eu.

— E eu.

Umbertino ergueu os olhos, abriu os braços e ofereceu ao embate a tábua do peito.

— Vamos.

Estavam em onze. Ninguém se mexia.

Naquela suspensão do som, não se ouvia nenhuma respiração, nenhum som de guerra.

Meu tio cerrou os punhos.

— Como você se sentia?

— Era uma sensação que nunca tinha sentido antes.

— Como assim?

— Me sentia livre como um assassino.

Não se decidiam a atacá-lo.

Não estava certo.

Faltava o confronto.

Faltava o sangue.

Faltava a chacina para que tudo ficasse perfeito.

Umbertino possibilitou a perfeição.

Blasfemou contra o imblasfemável.

Umbertino blasfemou contra Santa Rosalia.

Estava calmo e sereno como o mar em agosto.

— E agora venham, bando de viados.

A emoção prevaleceu sobre a estratégia. Os onze se lançaram contra ele. Um bando sem chefe. Agrediram-no para devorá-lo, sem intuir sequer remotamente que a presa não era ele. A presa eram eles.

Usou os punhos.

Não precisou de outra coisa.

Os homens desmoronavam como desmorona a areia.

Afundava os golpes na carne de um, depois de outro, depois de mais outro.

Uma fera feliz.

Não durou nem um minuto.

Arrebentou braços, queixos, costelas, dentes, zigomas.

No fim, cinco homens estavam no chão e os seis ainda de pé olhavam Umbertino, enquanto ele observava as próprias mãos e nelas lia o futuro.

Mariù, a ruiva, ele encontrou dois dias depois, no cemitério de Sant'Orsola. Usava uma saia encardida. Chamou-a pelo nome, ela se virou e não o reconheceu. Ele lhe contou como a trepada dos dois lhe salvara a vida. Ela se fingiu interessada. O relato acabou e seguiu-se um silêncio que não preencheu nada. Ele rompeu a demora e perguntou o preço. Ela deu a tarifa.

— Demais.

— Quanto você tem?

Passaram além da última fila de túmulos, atrás dos larícios. Quando terminou, Umbertino se levantou, abotoou a braguilha, foi embora sem se despedir. Nunca mais a viu.

Foi o primeiro pugilista de minha família.

O Negro.

Ninguém sabe como se chamava de verdade.

Umbertino o conheceu durante uma luta de rua. Havia uma roda de apostas, estabelecia-se o prêmio do vencedor conforme o que se apostara e, pronto, começavam os socos. Umbertino ficava de pé, os oponentes não. Ele ganhou a vida assim até meados de 1945. Tinha vinte e um anos, um soco letal e nenhuma técnica. Foi nessas condições que encontrou o Negro.

Quando o nomeava, Umbertino suspendia a frase. Ouvia o silêncio que se seguia à evocação daquele nome. O respeito pelo próprio Mestre é um sentimento que permanece inalterado ao longo do tempo.

O Negro desembarcou na Sicília com os fuzileiros navais americanos. Em menos de uma semana, desertou. Passava os dias nas tabernas entupindo-se de álcool.

— Certamente não passava despercebido, Davidù, era todo negro. Por que não o prendiam? Porra, antes teriam de bater nele e, se batessem, teriam de continuar de pé. Era mortífero demais o Negro, ele fez picadinho de mim.

Durante a primeira luta em que se enfrentaram, o Negro lhe deu tantos murros que Umbertino logo gostou dele. Era magro, nodoso e tresandava a álcool. Meu tio era maior, mais forte, mais sóbrio. Um peso médio contra um peso pesado. Não havia nem o que disputar. No entanto, depois de um minuto, ficou claro que a vitória já estava definida, mas não do lado que tinham imaginado. Umbertino não conseguia atingi-lo. Com seu tamanho, bastaria um soco, um soco só e o derrubaria. Mas o outro era um grilo. Pulava para longe, continuamente. Umbertino não conseguia focalizá-lo. Afundava a direita e com um salto o Negro já estava em outro lugar. Quando o punho de Umbertino retornava ao peito para recarregar, os golpes do Negro lhe martelavam o rosto, o peito, o antebraço. Nunca vira ninguém tão rápido. Umbertino ficava plantado nos pés e desferia golpes para todos os lados. O Negro girava ao seu redor e o desfigurava. Não, não era um grilo. Era uma libélula. Depois de sete assaltos, Umbertino estava com uma sobrancelha estourada, o lábio superior inchado, hematomas no queixo, o zigoma esquerdo sangrando, os nós dos dedos intactos. O Negro voava. Seus pés não faziam barulho. A luta terminou no décimo assalto, sem que Umbertino tivesse conseguido desferir um único ataque. O Negro pegou o dinheiro, apertou as notas na mão e disse: "Álcool." Umbertino se sentiu devorado pela vergonha. Atirou-se a ele e lhe agarrou o braço.

— Me ensine boxe.

O Negro o afastou, cuspiu no chão e foi se embebedar.

Aquela foi a primeira aula.

A humilhação queima mais do que os socos levados.

— Foi minha primeira e verdadeira luta de boxe. Eu pensava que o combate físico era uma questão de força. Atingir com mais força e mais maldade. Os golpes do Negro não só massacravam, eram realmente bonitos de ver. O que destrói é a precisão, não a força. Ele demoliu meu rosto. Tinha de ser meu Mestre, a qualquer custo.

Andou por toda Palermo. Foi encontrá-lo na Taverna Azzurra. O Negro estava se embebedando com Sangue de Cristo. Sua mão tremia. Estava com os sentidos tão toldados que, desta vez, seria fácil acabar com ele.

— Entende, Davidù, diante de mim, reduzido a um trapo, estava aquele que despejara uma saraivada na minha cara.

— E o que você fez?

— E o que podia fazer? A única coisa sensata, engoli o orgulho e fui conversar.

O Negro odiava todo mundo. Brancos, amarelos, negros. Todos. Pegou meu tio como aluno só porque ele lhe deu a resposta certa no momento certo.

— Me ensine os movimentos, as fintas, toda essa técnica, vamos, me ensine boxe.

Ele não se dignou sequer a um olhar. Estendeu a mão para pegar a bebida. Umbertino lhe imobilizou o pulso no copo.

— Isso de ficar chorando é coisa de mulher.

— Existe maneira de homem?

— Existe; enquanto você chora, sempre pode massacrar alguém.

O Negro o treinou ao máximo. Ensinou que o golpe não parte do braço, que o pé não se apoia, só roça no chão, que deslizando ganha-se espaço sem perder de vista os olhos do oponente. Mudou seu modo de andar e a postura dos ombros. Colocou-o na frente do espelho, fazendo-o atingir repetidamente o vazio, obedecendo a uma sequência estabelecida de golpes. Mostrou como descarregar as tensões musculares pulando corda. Determinou o que e quanto ele devia comer, proibiu que bebesse água no final do treino. Vetou o consumo de álcool. Às vezes, soltava uma gargalhada rouca, atirava ao ar uma garrafa de cerveja vazia e, quando os cacos se espalhavam pelo piso, dizia: "Tire os sapatos e pule no meio." Foi como Umbertino aprendeu a aterrissar com a menor porção de carne possível: cortando os pés descalços nos cacos de vidro.

O Negro lhe transformou o físico. Foi por isso que meu tio ficou tão ágil. Era um peso pesado forçado à leveza pelos ensinamentos de um peso médio. Mas a verdadeira metamorfose ocorreu em sua cabeça. Dia após dia, Umbertino se revestia cada vez mais de uma calma glacial, filha da consciência crescente. Estava entendendo a fundo seu talento para a luta.

Ele lhe ensinou as flexões. Instruiu-o sobre a série dos exercícios abdominais, os altos, os médios, os baixos, os dorsais e os alongamentos. Desenhou-lhe coreografias de ataque e de defesa, estratégias para ocupar o centro do ringue. E, mais do que qualquer outra coisa, o fez correr. Velocidade, resistência, arranque. Com sol e com chuva. Antes e depois dos treinos. De manhã logo que levantava. Todo santo dia, várias vezes ao dia, até cair de cãibra, vomitar de esforço, tremer de diarreia repentina e, apesar de tudo, continuar correndo. Meu tio tinha uma força de vontade inquebrantável.

O Negro falava italiano. Seu pai era um imigrante lucano e um sem-vergonha. Foi esfaqueado quando o filho tinha sete anos, uma questão de mulheres, melhor assim, ele merecia aqueles oito dedos de lâmina enfiados no coração. Sua mãe era uma negra. Fazia faxina, cozinhava, rodava a bolsinha, qualquer coisa para pôr o pão na mesa. Morreu de escorbuto quando ele tinha doze anos. O Negro explicou a Umbertino que nos Estados Unidos existem esses casais de raças diferentes, são pouquíssimos e é um infortúnio nascer de um casal assim. Contou que quem notou seu talento para o boxe foi um imigrante da Campânia, no meio da rua: estava quebrando a cara de um rapazinho irlandês que não queria que os negros andassem na calçada. Tinha treze anos. Entrou na academia como uma nulidade, saiu como um campeão. Disse que ensinar boxe a Umbertino era difícil, mas não impossível, tinha estofo e talvez um dia, quem sabe. Acrescentou também que lhe ensinar inglês era uma graça que Deus não lhe concedera. Parava de falar e mandava correr.

O Negro tinha vinte e sete anos e nenhuma marca no rosto.

— Você precisava vê-lo boxear, Davidù. Ganhava o centro do ringue, volteando para todos os lados, movia o pescoço para fazê-lo estalar, levantava a guarda direita e de repente, num passe de mágica, no ringue não era mais ele, era uma libélula. Valia a pena todo aquele esforço? Se pelo menos você o tivesse visto uma vez. O Negro não lutava. O Negro voava.

A primeira luta sob a direção do Negro foi depois de sete meses de treinamento. Realizou-se perto de Palermo, em Bagheria, no pátio de uma escola, com pouquíssimos espectadores. O adversário era um pai de família de Siracusa com trinta e três anos, cento e trinta e cinco quilos, ombros largos, mãos enormes, peito peludo e olhos bons. Umbertino não era mais o moleque fanfarrão que, sete meses antes, massacrava cristãos nos becos. Tinha desenvolvido novos músculos. Estava adquirindo uma técnica excelente. Dançava na ponta dos pés e era danado de rápido. Parecia um veterano, comedido e concentrado. O Mestre lhe insinuara que talvez pudesse realmente vencer algo importante.

O Negro não apareceu em Bagheria. Umbertino nunca soube o motivo. Encontrou-o no final da noite na Taverna Azzurra, totalmente bêbado. Sentou-se à mesa com ele, sem perguntar nada. Permaneceu em silêncio, observando seu Mestre se destruir. Quando desmaiou, carregou-o nas costas e o levou para casa.

Ele ganhara a luta por nocaute no segundo assalto. Os olhos do siracusano eram duas poças de sangue.

O Negro parou de beber no dia seguinte, de repente.

— Tinha cabeça de pugilista; então, se queria fazer uma coisa fazia, e pior para todos.

Esteve presente nas vinte e uma lutas seguintes de Umbertino.

Ao contrário dos outros treinadores, falava pouquíssimo. Quando se encontravam no canto no final do assalto, perguntava: "Como vai, Umberto?" A arrogância da resposta o mantinha tranquilo. Dava as instruções com uma calma que não admitia réplicas. De modo geral, a recomendação era sempre a mesma, deixar-se atingir por um golpe específico num determinado ponto do corpo, para testar a força do oponente.

— E depois? — perguntava Umbertino.

— Acabe com ele.

Vinte e uma lutas.

Vinte e um nocautes.

O Negro lhe explicou as regras do boxe e a lógica da divisão por peso nas diversas categorias. Umbertino treinava e ouvia. Disse-lhe quais eram os ataques que valiam pontos e quais não valiam, quais eram os necessários para derrubar a fortaleza. Umbertino se aperfeiçoava a cada luta. Ele lhe contou as melhores lutas de uma carreira, a sua, interrompida com a convocação para o exército, e o ensinou a entender o oponente pela maneira como usa os pés. Umbertino continuava a derrotar todos os pugilistas que desafiava. Ele lhe falou de Billy Bob Bartelli, dito "o Mago do Brooklyn", e de Foster "The King" Monroe, um escocês ruivo com o mais belo jogo de pernas que jamais se vira. Contou que chegou à final para o título de campeão de pesos médios e perdeu.

— Mas você, Umbè...

— Eu o quê, Mestre?

Desnecessário responder.

O título de campeão italiano de pesos pesados.

Fora estabelecido o objetivo.

A primeira luta da lendária série dos vinte e um nocautes sucessivos da dupla Umbertino-Negro foi no verão de 1946. A última, em dezembro de 1949. Entre uma e outra, várias lutas não oficiais, todas terminando com o oponente caído na lona.

Moravam juntos, em Vuccirìa, na praça Garraffello. Ocupavam clandestinamente a parte de cima da ala remanescente de um prédio bombardeado. Tinham conseguido uma casinha decente: dois dormitórios, uma cozinha, um banheiro, um pequeno terraço aonde levavam as moças. Com os prêmios, cobriam as despesas.

Começaram a falar da possibilidade de abrir uma academia juntos.

— Em Palermo não há uma porra que preste, o que acha, Mestre?

O Negro comprava material para montar sacos de treino, equipamentos para os pesos, cordas de pular. Umbertino gastava os trocados com as moças. Jamais tiveram qualquer divergência sobre a administração financeira. No mundo do pugilismo falava-se cada vez mais deles.

— Alguma vez já saiu de Palermo, Umberto?

— Uma vez estive em Cefalù, Mestre.

— Prepare-se, vamos a Bolonha.

— E onde fica?

— Na Itália.

— Fazer o quê?

— Arrasar com todos eles.

O Negro o inscrevera num torneio.

Começara a escalada até o título.

Umbertino não guardou os recortes dos jornais, as plaquetas, os troféus de rei dos pesos pesados italianos. Jogou tudo fora no dia em que comprou a academia.

— Nunca precisei do reconhecimento dos outros, basta-me cruzar os olhos com quem esteve lá naqueles anos.

— O que acontece?

— Ainda sentem medo.

Num dos últimos dias de dezembro de 1949, voltando para casa, Umbertino encontrou o Negro completamente bêbado. Ele sempre jurou para mim que jamais soube por que aquele velho desespero havia reaflorado em seu Mestre. Perguntou-se várias vezes nos anos seguintes, mas nunca encontrou uma resposta satisfatória. A parede oposta à cozinha estava toda rachada pelos murros que lhe dera o Negro. As costas das mãos estavam ensanguentadas, tinha escoriações em todos os dedos. Umbertino se acocorou a seu lado. O cheiro de álcool era pungente. Faltavam dois combates para o título nacional.

— Mestre, o que foi?

O Negro segurou seu rosto entre as mãos machucadas. Dirigiu ao aluno uma única frase.

— Você está treinado para ser um homem?

Não esperou a resposta.

Procurou nos bolsos e lhe estendeu um pedaço de papel.

Estava escrito: "Você se tornou o homem que queria ser? O que lhe dá equilíbrio? A fama? A força? O poder? Um passeio de barco? Tomar vinho fresco na época do siroco? O cheiro de berinjela frita? Você tem aquilo que quer? Tem uma mão que lhe acaricia as costas quando precisa? Então por que não perseguiu esta ideia de paz? Por que não treinou para construir aquelas longas tardes quando ressoam as cigarras e as vozes dos filhos?"

O Negro desapareceu de Palermo no último dia de 1949. Uma dúzia de pessoas jurou tê-lo visto no cais Santa Lucia, embarcando no navio para Gênova. Umbertino procurou notícias suas durante anos, sem sucesso. O Negro não deixou rastros. Como apareceu, desapareceu, um bater de asas e se foi.

* * *

— Tua mãe tem razão e ponto final.

— Mas, tio, se foi você mesmo que o deixou ali no chão.

— A polícia estava chegando e coloquei meu lenço para estancar o sangue dele; além do mais, é teu amigo.

— Não é meu amigo.

— É você que o conhece, agora fique quieto que está me deixando irritado.

Meu tio guiava com a atenção redobrada, o risco de novos tiroteios estava sempre presente. A cada veículo que cruzava, seus olhos vagavam em todas as direções. Inspecionavam o campo de batalha.

— Tio, eu não quero ir ao hospital visitar Gerruso.

— E até parece que eu, que tenho de te levar, estou muito contente. A verdade é que as mulheres deviam ficar em casa em vez de ir trabalhar, como tua mãe, que nunca está e sobra para mim a obrigação de ir com você.

— Mas, tio, o Gerruso é miserável demais, não o levaram nem para o hospital de mamãe. Não quero ir visitar alguém sem um pedaço de dedo. É uma perda de tempo.

— O que sabe você de perda?

— Tenho nove anos, sei das coisas.

Eu sabia que se perde o que se tem. Perde-se o fiozinho, perde-se a paciência, a falange de um dedo, o tempo, perdem-se as tardes no trânsito, as fichas de telefone, o apontador de lápis, os botões das camisas, as palavras na ponta da língua.

— Davidù, veja como é bonita esta mão aqui e veja também o tamanho dela. Você sabe o que a mantém no volante? A paciência. É isso aí. E, se eu perder a paciência, sabe onde vai parar esta mão? Entendeu, carinha de anjo? Espere, vamos parar um minutinho, neste bar fazem um café maravilhoso.

Ele estacionou o Fiat 126 azul em fila dupla, entrou no bar e se dirigiu ao balcão.

— Olá, um belo café como deve ser e um copo d'água com gás para meu sobrinho.

Chegou um trio de sujeitos bem-vestidos. Comentavam em voz alta o assassinato de três horas antes no Sperone, um bandido que encontraram com o terceiro olho na testa. Falavam de símbolos: se o morto está com os testículos na boca, é porque causou mal à mulher errada; estar com os pés num bloco de concreto e depois ser jogado ao mar é o destino de quem mexe com as crianças da família; o morto com um peixe na boca é alguém que falava demais. Estavam para destrinchar o significado de dissolver em ácido quando o mais alto dos três, com ar de gracejo, falou ao atendente:

— Bom dia, me faça três cafés de macho sem açúcar.

Umbertino virou a cabeça imediatamente, fitando o trio com insistência. Quando o desconforto aumentou bastante, dignou-se a lhes dirigir a palavra.

— Não, acho que não ouvi direito, acabaram de dizer que sou viado?

Os três sujeitos ficaram mais surpresos do que perplexos.

— Está nervoso com quem?

— Ah, agora fazem de conta que não entendem?

— Mas o que você quer?

Os presentes pararam para observar a cena. Nenhum teve a gentileza de intervir.

Meu tio se virou para o trio, dando as costas ao atendente. Mantinha a voz em tom baixo, obrigando que aproximassem os ouvidos.

— Ou seja, aqui estou eu, muito tranquilo com meu sobrinho, tomando meu café na santa paz, chegam vocês três e me chamam de viado na frente de todo mundo.

— Como é?

— Agora renegam até o que disseram um minuto atrás?

O atendente, o homem do caixa, os clientes, eu: todos nos perguntávamos aonde Umbertino queria chegar. Meu tio sentia os olhares dos presentes sobre si. Há sempre um ringue, há sempre espectadores.

Os três estavam nervosos. Não conseguiam manter os pés parados.

— Na verdade ninguém se atreveu...

Umbertino estava na ponta dos pés. Talvez um reflexo involuntário, talvez uma posição consciente para aumentar o drama.

— Ah, não? E quando chegaram e pediram "três cafés de macho sem açúcar", o que queriam dizer, hein?

— Mas...

Umbertino aproveitou aquela dúvida, a ansiedade que crescia, o perigo que amadurecia.

— Ah, fingem também que não entendem? Então vou explicar para vocês. Para gente como vocês, quem toma café com açúcar é viado porque vocês, os verdadeiros machos, são adeptos do café amargo, forte como fortes são vocês, o sabor puro, o açúcar é coisa de mulher, e, portanto, eu que estava tomando meu belo café com açúcar, vocês me dizem na frente de meu sobrinho que eu sou viado.

Os clientes murmuraram, ponderaram, decidiram ficar do lado dele.

Os três, demonstrando uma irrepreensível capacidade de se esquivar, logo entenderam a súbita mudança dos ventos.

— Ouça, peço desculpas, não tive nenhuma intenção de ofender, errei em falar, culpa minha.

O rosto de Umbertino mudou de expressão. Caiu uma máscara, apareceu outra.

— Mas então não aconteceu nada! Está tudo esclarecido! Vamos todos tomar outro belo café e ficamos amigos como antes! Bom, vocês pagam tudo, claro.

Os três aceitaram com entusiasmo. Até agradeceram.

Saímos do bar sem pagar.

— Você viu?

— O quê, tio?

— Como, o quê? Porra, acabei de te dar uma aula.

— Sobre o quê?

— Sobre a perda. Como perder a dignidade em trinta segundos. Ainda bem que estou aqui para te explicar as coisas da vida.

— Tio, posso fazer uma pergunta?

— À vontade.

— Desde quando você toma café com açúcar?

— Café com açúcar, eu? Está louco? Café com açúcar é um nojo, intragável, porra, bebida de viado.

— Mas então?

— Esqueci o dinheiro em casa, Davidù, você acredita? Absurdo, não? Mas me conte tuas impressões destes dias na academia.

— Tio, foram só três.

— Me conte assim mesmo.

A ala em que Gerruso estava internado era asquerosa, cheia de doentes.

— Cinco minutos, depois chispamos num raio, pois já estou de saco cheio — disse meu tio.

Ele me esperaria no corredor, ficaria incomodado demais se entrasse. Como não lhe dar razão? No quarto, não havia ninguém além de Gerruso. Mesmo os outros doentes sentiam repugnância dele. Até os parentes. Melhor não saberem que eu tinha vindo.

— Davidù! Meu amigo.

— Não somos amigos.

— Veio me visitar!

— Não ponha minhoca na cabeça, foi minha mãe que me obrigou. Mas e aí, puseram de volta o toco de dedo?

— Não.

— Então agora você é um cotó! Bem que merece, idiota do jeito que é.

— Tem razão.

— Eu sei. Mas tudo bem, vim te visitar, minha parte eu fiz, tchau.

— Tchau.

No corredor, Umbertino estava apoiado na parede. O cotovelo erguido, os pés cruzados, olhos nos olhos de uma enfermeira peituda.

— Tio, podemos ir.

— Davidù, por que toda essa pressa?

Ele estava contando para ela uma história emocionante de amizades e dedos cortados, de tiros e desejo de visitar o ferido, de um tio comovido e de um Fiat azul voando loucamente pelo trânsito para trazer o sobrinho adorado em visita ao pobre amigo. Abaixando a voz, com lábios trêmulos, confessou-lhe — "A propósito, como se chama? Ester? Que lindo nome" — que, ao ver toda aquela amizade, seu coração sensível se partira: "Bem aqui, pode tocar." Pegou-lhe a mão e pôs sobre aquele monumento de músculos esculpidos que era seu tórax. A enfermeira Ester soltou um "Oh" de admiração.

Por culpa dele, tive de ficar pelo menos mais vinte minutos no hospital com Gerruso.

— Você voltou! Meu amigo!

— Gerruso, se você disser isso de novo, te mato de pancada. Não somos amigos.

— Mas você voltou!

— Culpa do meu tio.

— Seu tio é gentil comigo.

— Ah sim, se preocupa muito com você, até parece.

— Por que está fechando a porta?

— Ninguém pode me ver a teu lado, seu cotó de dedo. De qualquer modo, com você não falo.

— Me disseram que você acabou com o Pullara.

— Quem te disse?

— Minha prima Nina.

A gangorra voltou a oscilar. A sensação de vazio no estômago. As vertigens. A garganta seca.

Para me recuperar, obriguei-me a falar.

— Sabe que me levaram numa academia?

— Para fazer o quê?

— Pugilismo, seu traste, que é isso que você é. Minha família é de pugilistas: meu pai, meu tio. Mas minha mãe implicou.

— Por quê?

— Não sei, disse que tenho de estudar, que não quer nem saber, que não devo ser pugilista, coisas assim, conversa de mulher.

— E então?

— E então, em primeiro lugar, se ela ficou brava é por tua culpa, se não tivesse decepado o dedo, eu não esganava o Pullara e não acontecia toda essa zona.

— É verdade.

— Eu sei.

— Desculpe.

— O mal já está feito.

— Sinto muito.

— Eu sinto ainda mais. Com minha mãe fizemos um trato. Isto é, Umbertino fez. Posso continuar no pugilismo se tirar notas boas na escola.

— Caramba, difícil.

— Gerruso, não sou um idiota feito você. E todos os meus dedos estão inteiros.

— O que isso tem a ver?

— Tem tudo a ver. Você perdeu uma parte de si, já era idiota antes, agora é ainda mais.

— Mas, desculpe, se perdi uma parte de mim devia ficar menos idiota, não é?

— Não.

— Por quê?

— Teu avô, qual é a profissão dele?

— Guarda de trânsito, como meu pai.

— Taí, para você não há esperança. Mas se tivesse um avô cozinheiro, como o meu, ia entender a inteligência dos dedos.

— Você me explica?

— Não.

— Por quê?

— Você é idiota, não ia entender.

— Tá bom.

— Viu, seu cotó de dedo, quer saber de uma coisa fabulosa?

— Quero.

— Aprendi a fazer almôndega.

— Muito beeem.

Não havia nenhum traço de inveja em Gerruso. Uma pena, pois qual é a graça de contar alguma coisa se quem está ouvindo não sente a menor inveja?

De qualquer forma, expliquei a lição de meu avô: antes de colocar o arroz para ferver, ele me fez sentir os grãos entre os dedos.

— São os dedos que reconhecem a qualidade da matéria — ele disse.

Suas mãos se moviam ágeis, uma carícia para cada ingrediente. Depois de cozinhar, acrescentar o açafrão, o picadinho de carne e as ervilhas, e depois de empanar a forma esférica, era fritar e admirar como, do óleo pelando de quente, subia aquela bolinha de carne, linda, redonda, apetitosa.

— Se você fosse meu amigo, eu te trazia uma, Gerruso.

— Obrigado, gentileza sua.

Sem qualquer aviso, a porta do quarto se abriu. Apareceu Umbertino. Tinha o olhar de quem está pronto para se deliciar com a cena que viria.

— Davidù, adivinhe quem veio ao hospital.

— Pullara.

Uma centelha rápida brilhou no centro de suas pupilas. No silêncio que se seguiu, compreendi que tinha errado na resposta, mas percebi o orgulho que ele sentiu ao me ouvir pronunciar justamente aquele nome.

Umbertino se limitou a sair um pouco de lado.

Atrás dele, além da porta, com um ramalhete de flores na mão, Nina.

O cabelo ruivo preso numa trança.

Vestido claro até os tornozelos.

Olhos profundos.

Sapatos brancos.

Lábios de amora.

E o balanço da gangorra chegou até aquele quarto de hospital.

Às suas costas, dois adultos. Nina tinha pai e mãe. Os tios de Gerruso não eram feios como o sobrinho e tinham os dez dedos das mãos. Foram até ele e disseram que era uma questão de minutos, seus pais já estavam vindo. Nina estava ali com eles. Não me olhava.

Encostei-me na parede. Sentia-me fraco, doente.

Por que Nina ficava com Gerruso? Ele era feio.

Por que não vinha aqui na parede, comigo? Eu tinha todos os dedos, inteiros.

Não consegui dizer nem fazer nada.

A parede era só o que me restava.

Umbertino já se inclinara até mim.

— Ei, tudo em ordem?

— Tio, estou doente.

— Olhe nos meus olhos. Eu te disse, olhe nos meus olhos. Agora.

Sua voz era quente. Falava baixo, quase um suspiro.

— Você não está doente.

— Estou sim.

— Davidù, você está só crescendo e descobrindo que não é apenas a cabeça que decide o que lhe agrada, mas também e principalmente o corpo. Quer ir embora?

Ele me ofereceu a palma da mão. Era grande e acolhedora. Eu tinha vontade de chorar e não entendia por quê.

— Passem bem, meus senhores, tchau Gerruso, fique bem, tchau *piccirì*, você é uma flor, tchau Ester, falamos hoje à noite.

Eu não sabia se Nina estava respondendo à despedida, não conseguia olhar naquela direção.

Mas as palavras eu tinha.

Tinha.

Foram as primeiras em que pensei.

Eu queria dizer a ela: Nina, veja, estou com a mão limpa, meus dedos não estão sempre sujos de sangue, posso enrolá-los em seus cabelos até desaparecerem?

Na saída, meu tio me parou.

— Davidù, está se despedindo de você.

— Gerruso?

— Levante a cabeça, meu querido.

A voz de meu tio tinha uma delicadeza que eu desconhecia.

Levantei a cabeça.

Nina sorria e acenava para mim.

Depois levou a mão à boca e me soprou um beijo.

E eu morri.

— Davidù, me desculpe, eu não tinha entendido o quanto você gosta dela.

No carro, meu tio acariciava minha cabeça.

Eu teria caído no chão diante de Nina, se meu tio não me tivesse segurado. Minhas pernas haviam me traído. Sentia uma dureza nova embaixo do ventre.

— É normal sentir vergonha. Quando gostamos de verdade de alguém, o corpo faz coisas estranhas.

— Aconteceu com você também, tio?

— Ôôôô.

— Embaixo também fica duro?

— Feito mármore, modéstia à parte.

— Então não estou doente?

— E desde quando sentir o corpo vivo é uma doença? A verdade é simples e uma só: essa *piccirìdda* mexe com você, e muito.

— É sempre assim quando gostamos de uma menina?

— Até pior, meu querido. Há aqueles pobres-diabos que, em vez de mármore, acabam tendo um balãozinho murcho.

— Não entendo.

— Eu sabia que, mais cedo ou mais tarde, precisaríamos chegar nisso.

— Nisso o quê?

— Que você está virando um rapazinho.

A voz dele não tinha nenhuma aspereza.

As palavras saíam como pãezinhos quentes.

Palavras de pai.

Dirigia devagar, com atenção. Ouvia o meu ouvir. Abria-se comigo, revelando medos, angústias, dores, sem esconder as zonas de sombra. Ele me explicou que, quando a gente gosta de uma mulher, o sexo se engrossa e endurece.

— E isso serve quando deitamos com elas. Pois, assim que entramos numa mulher, começa a maravilha, mas isso, ouça teu tio, isso nunca diga para as mulheres, elas são todas umas beijoqueiras, precisa ter uma paciência de santo com elas, até no Evangelho está escrito: abençoados os que suportam sem se lamentar todos os beijos das mulheres antes de chegar ao que importa. E, de qualquer forma, não, o fiozinho não solta, tudo isso é bobagem. Mais alguma pergunta? Não? Bom, agora teu tio vai te explicar as melhores posições.

Umbertino estava se desnudando. Aquecia-me, cobrindo-me com ele. Suas lembranças se multiplicavam junto com as explicações. Eu sentia o coração mais leve, embora um pequeno espinho continuasse cravado e não saísse dali. E ali permanecia quando cheguei em casa. Minha mãe não tinha voltado, mas desta vez era melhor assim. Deitando na cama, fechei os olhos. A única coisa que eu sentia era aquele pequeno espinho inesperado. Quem eu queria ali a meu lado, naquele momento, não estava. Nina. Queria lhe mostrar os dedos limpos, dizer que ela já tinha ganhado, estava dois a um, eram dois pais a um para ela. E depois, eu queria meu pai. Ele, que eu nunca conhecera, era ele quem devia me consolar, não meu tio, era meu pai quem devia me explicar que eu não estava doente, que o sexo se levanta em sinal de respeito pelas mulheres, que a gangorra no estômago é o coração que dança. Um tio é um tio, não é um pai. Mas ele não estava a meu lado, Nina não estava a meu lado. Fiz como minha mãe: fechei a porta do quarto e mordi o travesseiro para que ninguém no mundo me ouvisse chorar.

Nina, voltei a ver somente cinco anos depois.

* * *

Fazia quatro dias que Rosario, tendo tirado a roupa, ficava ao sol só de cuecas.

No primeiro dia, os demais vindimadores não lhe deram atenção, considerando-o estranho.

— É totalmente maluco, nunca fala com ninguém, não trabalha, fica se bronzeando como se fosse o patrão, que porra temos a ver com isso.

Não trabalhava, não ia receber, problema dele.

No dia seguinte, ao se repetir a cena, começaram a caçoar dele.

— Ô sua lagartixa.

Nenhuma reação.

No terceiro dia, passaram às infâmias de verdade, inventando uma lenda qualquer sobre sua viadagem, mas nada, a pedra ignora o verbo dos homens.

Foi no quarto dia daquela devoção ao sol que Melino Miceli, o chefe da turma, o rebatizou de "a névoa", a coisa inútil.

A "névoa" é aquilo que não presta para nada. Não se reconhecendo um uso prático para a coisa inútil, esse traste atrapalha, cria confusão, a ideia de ordem constituída é minada nas próprias bases. A relação com o sistema dos objetos fica comprometida. Porém, definir um objeto como traste indica uma derrota: se não se encontram outras possibilidades de uso, o jogo das combinatórias — ou melhor: o poder da imaginação de criar hipóteses — não é infinito como se acreditava. O objeto, em sua infinita piedade, permanece ali, na prateleira, numa caixa ou entre a sujeira, ocupado em cumprir o ato mais misericordioso de todos: continuar a servir à busca de nossas finalidades, deixando-nos fazer e deixando-se fazer tudo, sem julgar nossa inadequação.

Mas a colheita, o pagamento, os insultos, a demissão, pouco importavam à névoa.

Tinham-no convocado.

Embarcaria dali a dois dias.

Ia para a guerra.

Destino: África.

Sabe-se lá como era grande a África.

Contavam que a sombra não existe, na África.

Diziam que era toda a vida selvagem do mundo: os leões, as serpentes, os negros, a África.

Seu amigo Nenè haveria de gostar.

— Vamos, traste, venha tomar com a gente o primeiro copo.

Um dos vindimadores levou a meu avô um copo de vinho. Meu avô abriu a mão e pegou.

— Vejam, a névoa se moveu — disse um deles.

— Na hora de beber, até as pedras se mexem — sentenciou outro.

— Névoa, beba ou te esgano — disse Melino Miceli.

No silêncio que se seguiu à ameaça, a pedra decidiu mostrar ao mundo que era feita de carne e osso, portanto capaz de se mover. Virou a cabeça, abriu os olhos e emborcou o copo derramando o vinho no chão.

Melino Miceli decidiu que chegara a hora de mostrar por que o chefe da turma era ele e mais ninguém. Foi até Rosario praguejando, parou na frente dele e, sem qualquer aviso, ergueu o braço. No perfil do céu apareceu um bastão de madeira, nodoso e robusto. Uma sombra se projetou sobre o rosto de meu avô. Nem então ele se mexeu.

— Que coisa, esse Melino Miceli. Mas por que o senhor ficava lá debaixo do sol?

— O que você acha?

— Pela mesma razão pela qual não quis beber.

— Exatamente. Estava fazendo aquilo que você faz todos os dias.

— O quê?

— Treinando.

— Para quê?

— Para suportar o calor e a sede.

O bastão nodoso e escuro estava descendo do alto para atingir a névoa, quando um clarão iluminou o ar de setembro. A mão de Rosario arremetera o copo de vidro na vertical. Um movimento tão rápido que nenhum dos vindimadores viu se iniciar. O silêncio que se seguiu foi ditado mais pelo assombro do que pela perplexidade. O copo atingiu o rosto do chefe da turma, cortando-lhe a testa. Melino Miceli perdeu o equilíbrio e o bastão, desviando a trajetória, passou raspando por meu avô. No chão, os estilhaços de vidro cintilavam entre as gotas de sangue e as parras da videira. Rosario se vestiu, abandonou a colheita, voltou para casa e comunicou que o estavam mandando para a África.

Partiram do porto de Trapani em meados de setembro de 1942. Eram duzentos e oito sicilianos. Quase todos os recrutados eram praticamente analfabetos, rapazolas muito mais acostumados a construir estradas do que a segurar uma caneta. O retorno estava previsto para treze meses depois. Voltaram no outono de 1945, quando terminou a guerra. O navio que os trouxe de volta à Sicília zarpou de Alexandria, no Egito, e atracou no porto de Palermo, desembarcando os sicilianos sobreviventes.

Desceram dois.

Um era um camponês.
O outro, o vô Rosario.
A névoa.

* * *

A praia escolhida por minha família era Capo Gallo, o promontório que fecha Palermo ao norte. Uma pequena faixa de areia e ao redor, por toda parte, pedras, ótimas para mergulhar e ideais para catar ouriços-do-mar. Era aqui que mamãe, quando mocinha, recolhia os seixos bonitos para pôr em casa, vovô passava o dia inteiro fitando o horizonte, vovó vinha estudar, meu pai treinava correndo de casa até o farol, ida e volta. Todos eles mantinham com o mar uma relação baseada na contemplação cúmplice e silenciosa. Umbertino não. Entre os cinco sentidos, ele privilegiava o tato e, assim que via o mar, mergulhava imediatamente. Tirar a roupa e nadar até ficar esgotado, não importava o mês nem as condições atmosféricas.

— Vamos, um bom banho nunca matou ninguém.

— Tio, estamos em abril.

— Salte, seu medroso. Ou quer que eu te jogue?

Ele entrava na água com um entusiasmo contagiante. Parecia uma criança. Mergulhava e nadava muito bem.

— Ei, Davidù, a paz que me dá o mar, juro, nem a bunda da mulher mais gostosa do mundo me dá.

Foi ele que me ensinou a nadar.

— Precisa saber nadar, moramos numa ilha; se você quiser fugir, como vai fazer? Vai andar sobre as águas?

E a mergulhar de cabeça.

— O homem de verdade precisa saber mergulhar de cabeça; se você dá um mergulho espetacular, as mulheres ficam com desejo de te fazer um belo pijaminha de saliva.

As instruções eram simples.

— Preste atenção na bunda, bem contraída, feito aço, é a única coisa que precisa controlar no mergulho, o corpo cuida do resto.

Sua montanha de músculos, ao voar, desenhava uma curva harmoniosa. Penetrava na água sem erguer respingos. Durante as aulas, ele me observava lá de cima da rocha e também lá embaixo no mar, corrigindo minha abertura dos braços, a tensão elástica a descarregar nos glúteos, a posição correta das mãos.

— Mantenha os dedos bem esticados e o pulso firme, é a mão que decide a quantidade de água que vai deslocar.

Um mergulho depois do outro, Umbertino se empenhou em me ensinar a técnica que considerava a melhor do mundo: a sua. Quando aprendi, começamos a mergulhar juntos, em sincronia. O mesmo impulso, a mesma curva dos braços, as costas retas, entrar como uma agulha na carne do mar. Depois, nadávamos. E era então que nossa dança ficava realmente impressionante. Nadávamos de maneira idêntica. Meu tio me transmitiu o estilo de natação que considerava o melhor do mundo: o seu. O moinho dos braços, os dorsais abertos para cortar as ondas, o ritmo da boca que se abre, toma fôlego, solta ar, a batida metódica das pernas, o pé entrando na diagonal, a posição dos dedos. Ele estava plasmando meu corpo segundo seus tempos e seus ritmos, passando ao filho do aluno predileto sua sintaxe pessoal dos movimentos.

Uma senhora, vendo-nos nadar durante uma competição em que eu seria implacavelmente derrotado, pensou que éramos pai e filho.

— Senhora, sabe que seu marido e seu filho nadam iguais? Vê-se mesmo que são pai e filho.

Eram onze da manhã, não havia nenhuma nuvem no céu, mas o rosto de mamãe se anuviou da mesma forma.

A senhora se impressionou.

— Santa Rosalia, o que eu fui dizer?

A intervenção de minha avó devolveu o clima de verão.

— São iguais mesmo, minha senhora. Sabe, de fato, o que parecem? Duas boas cusparadas, um é o outro cuspido e escarrado.

A senhora desatou a rir, minha mãe se recuperou, deixaram o assunto de lado e se tornaram grandes amigas pelo resto do dia.

— Não me chamo Provvidenza por acaso, Davidù. Teu avô estava no banquinho de sempre, contemplando o mar, tua mãe tinha engatado na ladainha louvando as notas em teus boletins, você e teu tio nadavam, voltei a minhas palavras cruzadas, pois, no que se refere a charadas e enigmas, lembre sempre que sou poderosa.

Quando eu e Umbertino saíamos da água, nossos corpos narravam a diversidade de nossas histórias. Umbertino não conseguia ficar parado nem por um segundo, como se, longe do único lugar onde encontrava descanso, sentisse com maior intensidade a corrente sombria que lhe corria por dentro, e então saltitava de um lado a outro do quebra-mar, fingindo que perdera a toalha de praia, encontrava alguma mulher de aspecto apetitoso e sentava a seu lado.

— Desculpe-me, senhorita, poderia me emprestar sua toalha? Estou sozinho, carente e molhado.

As mulheres, diante daquela desfaçatez atrevida e depois de um instante de surpresa, sempre riam, ofereciam-lhe a toalha para uma enxugadinha, a abordagem estava com meio caminho andado e Umbertino, bem, podíamos esquecê-lo até a hora de voltar para casa.

Eu, à diferença dele, quando saía do mar, ficava de pé, as gotas escorrendo pelas costas, os olhos postos no mar, o corpo imóvel sob o sol. Tornava-me o vô Rosario.

* * *

Ao me contar a última luta antes da final para o título nacional, Umbertino estava lúcido e implacável.

— Eu não sentia nada, Davidù. Nada.

Uma cidade que não era a sua, entre pessoas com sotaques diferentes e incompreensíveis, sem o Negro no canto do ringue, não sendo favorito nas apostas, Umbertino guardou tudo para si. Não falou com ninguém. Não deixou transparecer nada. Não deu declarações.

— Era como estar num aquário. Água e silêncio, muito bonito.

Durante a pesagem, notou que havia emagrecido dois quilos, cento e dezoito, contra os cento e trinta e um do oponente.

O desafio terminou por nocaute no primeiro assalto.

No dia anterior, Umbertino não conseguia relaxar. Falou com o porteiro da pensão.

— Onde fica o bairro das putas?

Eram tão feias que declarou a um rufião insistente demais: "São elas que deviam pagar para fazer amor comigo."

Aceitou as desculpas depois de lhe ter esmagado três dedos da mão direita, ensinando-lhe que facas são brinquedos perigosos, principalmente se fosse ele do outro lado da empunhadura. Comprou um maço de cigarros e fumou metade. Pensou no Negro, no projeto que tinham em comum, nas cotas das apostas. Sentiu raiva e aceitou, como se aceita a chuva quando falta o guarda-chuva. Voltou para a academia onde ia lutar no dia seguinte, perguntou quem estava recolhendo as apostas e apostou todas as suas economias em si mesmo. Na rua, estava um lindo dia de sol, mas, sem um mar na frente, não servia de nada. Quando desceu a noite, voltou para a pensão. Dormiu muito bem.

A luta começou às quatro da tarde. Umbertino foi acolhido com indiferença geral, ao passo que o oponente recebeu aplausos e gritos de encorajamento. Era um milanês de vinte e oito anos. Seu currículo ostentava quarenta e uma vitórias, o papel de favorito nas cotas das apostas e o título de campeão atual da Itália. O que veio a acontecer no ringue, ninguém teria imaginado. Foram trinta segundos aterrorizantes. Assim que o árbitro soltou as luvas, Umbertino se atirou com todo o corpo contra o oponente, obrigando-o a recuar para o canto. Naquela manhã, olhando-se no espelho, fizera um juramento: nenhum sinal no rosto. Tinha um objetivo. Queria realizá-lo. E tinha tudo de que precisava: uma calma gélida. Não a calma do cirurgião que opera, o cirurgião pode falhar. A do bisturi. O mesmo distanciamento, a mesma indiferença. O milanês foi atingido por um tsunami. Um soco no baço e a respiração lhe foi cortada, um gancho na têmpora e o equilíbrio veio a faltar, um direto no estômago obrigando o corpo a ficar de pé. E tudo de novo, na mesma sequência, baço têmpora estômago. Depois de sete segundos e doze socos recebidos, o milanês vomitava suco gástrico e sangue. Umbertino aumentou o ritmo dos golpes. Quinze segundos mais tarde, o campeão desmaiou. Umbertino o atingiu com um direto no queixo, fazendo-o atravessar as cordas até cair no pavimento fora do ringue. Os jornalistas usaram exemplos novos para descrever o que tinham presenciado. Um comparou meu tio a um canibal, outro a um leão, outro o chamou de Umberto Furioso, tentando explicar o absoluto ineditismo de um boxeador ao mesmo tempo tão desenfreado e veloz. Esses artigos celebravam o intérprete de um pugilismo surpreendente. Uma mescla desconhecida de velocidade, força e agilidade. Um se saiu com o adjetivo "irreal". Outro escreveu que contemplara um jovem deus. Outro ainda aventou se não se estaria escrevendo naqueles dias um novo capítulo da história do pugilismo, não apenas italiano. Num ponto, todos os jornalistas concordavam: naquele momento, meu tio era o boxeador mais forte da Itália.

Mestre Franco tentou me explicar a implacabilidade do pugilismo de Umbertino. Como termo de comparação usava o mar, "que, faça sol ou chuva, vento ou bonança, não faz diferença, porque o mar nunca é sua superfície, o mar é o que fica embaixo e não se vê. Rapaz, teu tio foi o boxeador mais forte que jamais vi, até o aparecimento do Paladino. Como se faz para esmurrar o mar? Ele é muito maior, muito mais forte. Debaixo da água há água e mais água. O mar basta a si mesmo".

No dia da final, meu tio era o favorito nas apostas. O oponente era coisa pouca comparado a ele. Além disso, a luta seria em Palermo mesmo. Umbertino dera o sangue para chegar a esta luta. O título nacional. O objetivo estava a um passo.

Negro, por que você foi embora? Se ao menos voltasse.

Mas não haveria nenhum retorno, nenhuma surpresa. Os navios singram os mares e desembarcam os passageiros em outros lugares, outros portos, outras terras, outras línguas. O Negro era um capítulo encerrado. Virar a página. Prosseguir como fora estabelecido. Olhando-se no espelho, não fez nenhum juramento. Saiu do vestiário e subiu no ringue. Na sala baixou o frio.

Umbertino escolhia as palavras com atenção. Mesmo na luta interminável com a própria memória, meu tio tomava posição e combatia. Estávamos só nós dois quando ele me contou sobre a final. Não se admitiam perturbações, incômodos, outros seres humanos. Eu, ele e seus demônios. Pronunciava as palavras com inexorabilidade. Lembrar ainda doía muito. Não são todos que chegam a disputar o título nacional dos pesos pesados. E perdem.

O que realmente acontecera. Entender. Repassar. Recuperar a lucidez. Daí, uma braçada e mais outra, nadar e lembrar.

O movimento se tornava mais cuidadoso, o corpo se afastava da orla, as tensões se descontraíam no rosto ensanguentado de Umbertino.

O que acontecera.

Terminado o décimo e último assalto da final, a sala retumbava de gritos e assobios. A desaprovação se manifesta melhor nas reações histéricas descontroladas. Os dois lutadores estavam com o rosto deformado. Sangue por toda parte. Dez assaltos para uma infinidade de golpes maldados e malrecebidos. O oponente fora à lona duas vezes, no segundo e no quinto assalto. Meu tio não caíra nenhuma vez, mas seu rosto não ficava desfigurado daquela maneira desde a luta com o Negro. Quando o árbitro leu o resultado, os poucos aplausos na sala não encobriram os insultos. Em seu canto, Umbertino não tinha ninguém com quem partilhar a derrota. Deixou o ringue sem tirar as luvas. Atravessou a sala entre berreiros, vaias e cusparadas, entrou no vestiário, fechou a porta, tirou as luvas e começou a demolir o local.

O que acontecera.

Primeiro assalto. Fase de estudo. O oponente demorou para se defender de um gancho de esquerda. Meu tio o acertou duas vezes, a primeira no rosto, a segunda na têmpora.

Segundo assalto. Um *uppercut* depois de uma finta de esquerda. O oponente foi atingido no queixo. Caiu na lona junto com dois incisivos. Voltou a se levantar. Tinha grande resistência, as informações sobre ele estavam corretas. Umbertino manteve a distância pelo resto do assalto. Tudo ia bem.

Um treinador no canto poderia aconselhá-lo. Fazê-lo mudar de estratégia. É para isso que ele serve, para inspirar novas modalidades de ataque. Para oferecer um ombro de apoio. Mas seu canto estava vazio. O Negro o deixara, a poucos passos do ápice. Teria de se virar sozinho.

Final do terceiro assalto. Poucos socos desferidos, o suficiente para demonstrar a si mesmo que ele era muito mais rápido que o oponente.

Não concedeu nenhuma entrevista. Destruído o vestiário, saiu de macacão sem nem tomar uma ducha. Atravessou Palermo correndo, mochila nas costas, pernas devorando metro após metro, em direção ao mar. Desejava se anular na luta, não pensar mais, golpear e destruir. Chegou a Capo Gallo. Ali precisou parar, era o final da rua. O sangue misturado com o suor transformara seu rosto num pesadelo. Naquela noite sem nuvens, o reflexo do luar na superfície das águas aumentou sua raiva. Tinha perdido. Não conseguia encontrar paz. Bom Deus, como queria cruzar com qualquer ser humano e massacrá-lo. Suas preces foram ouvidas. No banquinho de ferro estava sentado um homem. Um esgar vindo do tempo das bombas cortou seu rosto em dois. Cinco passos silenciosos e Umbertino estava diante dele.

— O que vai fazer, não enxerga mais o mar? Hein? Quer que eu me afaste? E por que não se afasta você? Hein? Está com medo, seu viado? Te dou nojo porque estou todo ferido? Te assusta? Fica com nojo? Hein?

Suas mãos fremiam. Vamos, me dê uma resposta atravessada, faça alguma coisa, um gesto, uma palavra, qualquer coisa, vamos, quero te massacrar.

Nada.

O homem sentado continuou imóvel.

Meu tio não esperava por isso. Queria respirar seu pavor, alimentar-se de seu medo. Não queria descarregar a raiva. Queria destruir. Carregou um soco para desferi-lo com a máxima força possível.

Aconteceu o que jamais teria imaginado.

Sua mão topou com as duas mãos do homem. Claro que jamais deteriam o golpe, não constituíam um escudo suficiente.

Não era este o ponto.

Umbertino não percebera o início daquela tentativa de defesa. Conhecia apenas duas pessoas tão rápidas assim. Uma era ele. Relaxou a tensão nas costas. A outra era o Negro. Tamanha velocidade não podia ser ignorada. Merecia respeito. Olhou o homem nos olhos e reconheceu seu olhar. Era igual ao seu. O olhar de quem sobreviveu.

Sentiu o ardor das feridas no rosto. Estava recomeçando a ouvir o corpo. Ao mesmo tempo, a memória recuperou uma lembrança que pensava ter eliminado. A primeira vez que o Negro lhe explicou como esmurrar o saco de boxe. Há duas maneiras, a primeira quando o saco se afasta e aí o soco será um desabafo, estirado, abrindo as articulações dos ossos. A segunda quando o saco vem ao encontro, aí o golpe é baixo, os cotovelos próximos às costelas. Jamais golpear o saco quando está parado. Atinge-se o que se move, para desequilibrar ou frear. A vida está no movimento, o que é imóvel está morto. Golpear o saco parado só destrói os dedos.

— E aí, e agora?

A resposta veio na forma de uma pergunta, pronunciada num fio de voz.

— Sabe nadar?

Umbertino estava readquirindo a lucidez.

— Espetacularmente.

O homem inclinou a cabeça em sinal de concordância.

Umbertino despiu toda a roupa e mergulhou no mar.

Era março. A água estava gelada. Ótimo, redespertaria o corpo e lavaria o sangue. O sal desinfetaria as feridas. Era uma boa ideia tomar um banho. Braçada após braçada, de raivoso o nadar passou a harmonioso.

Quarto assalto. Golpear e se afastar, um salto após outro. Ainda faltava muito. Faltava demais.

Quinto assalto. Desferiu um gancho de esquerda, atingindo em cheio a têmpora do oponente, que foi à lona. O juiz contou até seis. Ele se levantou.

Podia vencer quando quisesse.

Umbertino era um junco furioso, insensível à correnteza do rio.

Sexto assalto. Começou a levar. Um gancho no queixo, vários *uppercuts* nos abdominais, um cruzado que acabou atingindo o nariz. O sangue voltara ao rosto. Era outra luta. Sétimo assalto. Meu tio não atacava mais. Sofreu uma longa série de golpes nas laterais. Durante o oitavo assalto, a sobrancelha esquerda se rompeu. No nono assalto rompeu-se o lábio superior. Não tinha importância. Não sentia nada. Pensava em Giovannella. Ela não se orgulharia dele. Que seja, assim são as coisas da vida. Quando o gongo do décimo assalto pôs fim à luta, o público estava endemoninhado.

O juiz leu o resultado.

Umbertino perdeu o título por pontos.

Mas ninguém lhe havia explicado que, quanto mais alto o objetivo, mais devastadora a queda. No momento em que foi anunciada a derrota, cortaram-se as raízes do junco, a calma e a razão de Umbertino foram à deriva.

— Eu me sentia... não, não me sentia, não. Estava. Eu estava só. Nenhum treinador no canto, nenhuma mulher a quem voltar.

— Chorou?

— À minha maneira. Destruí tudo.

— No mar, digo, enquanto nadava.

— ...

— Tio.

— Sim.

Enquanto a água do mar lhe traçava sulcos na pele, os pensamentos de meu tio se reorganizavam. As marcas começavam a criar formas dotadas de um sentido completo. O desenho final aflorava nítido, necessário. Umbertino inverteu a rota, voltando para a orla da praia, avaliando o que faria daquele momento em diante: abriria uma boa academia de boxe, em Palermo não havia porra de porra nenhuma, o plano prosseguia conforme o estabelecido, o mar lavara a raiva e o sangue. Os ferimentos do rosto se cicatrizariam, os do orgulho não seriam visíveis, era necessário apenas treinar para superar a derrota, só isso. Saindo da água, tinha uma nova expressão aguçada nos olhos. O predador acabara de trocar de pele. O luar projetou sua sombra nas rochas. O homem sentado no banquinho insistia em olhar o mar. Umbertino sentou a seu lado, sem se enxugar. Contou-lhe tudo. Sem pudor, sem rebuços. O Negro, as bombas, as putas, a derrota na final, as apostas, o projeto da academia, Giovannella.

Antes de levantar, perguntou-lhe:

— O que é que você olha com tanta insistência?

Rosario o fitou nos olhos e respondeu.

Umbertino levantou do banco, vestiu-se, pegou a mochila.

Deixaram-se sem se despedir.

* * *

O sol não os queimava mais. Havia penetrado neles, escurecendo a cor da pele.

— Somos carne e sol — dizia o tenente D'Arpa.

— Parecemos negros — replicava Melluso.

A noite era saudada como uma libertação do calor.

Rosario, na cama de campanha, abraçava a caixa do tórax, percorrendo com os dedos a escada das vértebras. Olhos fechados e indicador desperto a contá-las todas as noites. Agora sabia que tinha doze costelas na direita e doze costelas na esquerda.

Fazia um mês que, toda santa noite, vinham os ataques aéreos. Quando entenderam que o intervalo entre um e outro era de duas horas, alguns soldados aprenderam a adormecer após o último ribombo que ouviam, e o corpo despertava com uma eficiência surpreendente uns vinte minutos antes do ataque seguinte. Nem todos conseguiam, porém. Apenas alguns raros privilegiados. Entre eles, nenhum caso de histeria, nenhum rompante súbito de raiva.

Rosario perguntou a Nicola Randazzo se podia contar suas vértebras. Ele deixou. Os dedos de Rosario exploraram sua lateral. Se os homens têm o mesmo número de ossos, o corpo deles é igual. A mente é que é diferente.

— Nicola, você precisa dormir.

— Mas tem as bombas.

— Durma.

— Senão o quê?

— Você não chega até a semana que vem.

— Por que diz isso?

Se ele fosse acostumado com as palavras, argumentaria que estavam na guerra, que para sobreviver tinham de superar os próprios limites, a boca come arroz e sonha com carne, a mente come pesadelos e sonha com um descanso tranquilo, mas comer um pouco de arroz é tão necessário quanto sonhar os pesadelos: serve para não morrer.

— O apetite só passa comendo — limitou-se a dizer.

Na terceira semana de ataques noturnos sucessivos, quase todos já estavam acostumados com o zunido dos aviões. Houve apenas três casos de histeria, soldados que não conseguiam dormir. Depois de um mês, terminaram os ataques aéreos. Intensificaram-se os turnos de guarda. Seriam duplos. Olhar tudo, esperando não ver nada.

— Amanhã não estou nem aí, vou comer a puta duas vezes e ela que se atreva a falar qualquer coisa.

Para tornar aquele anúncio ainda mais teatral, Vincenzo Melluso mergulhou a lâmina entre as brasas. Quando tirou, ela continuava reta como antes, entrar no carvão ou na carne é indiferente para a faca.

O céu acima deles era tão vasto e estrelado que parecia mesmo se encurvar ao redor da Terra.

— Seu campônio viado, por que não nos conta o que vai fazer amanhã com a puta?

Melluso lançara a pergunta a Randazzo, para ver o calor da vergonha lhe aflorar no rosto, pois Nicola não gostava daquelas conversas de mulheres e trepadas.

— Randazzo, você ficou vermelho? E por quê? Em vez da puta, queria encontrar na tenda um negro bem-dotado?

Melluso nunca gostara de negros, embora nunca tivesse visto nenhum em Palermo. Antes do alistamento, Melluso não fazia nada, nem emprego tinha. Perdia tempo como se perde sangue. A guerra foi sua primeira verdadeira ocupação.

O silêncio da África em torno dos soldados era penetrante como o sol.

— Com todo este silêncio, é mesmo de enlouquecer, não é, Santin?

Santin era do continente, perto de Verona, onde não há mar. Falava do sabor da terra, contando que seu pai Gilberto, antes de começar qualquer atividade que fosse, podar, semear ou irrigar, mastigava um pouco de terra para provar; às vezes cuspia, às vezes engolia. Seu pai falava pouco. Ensinara-o a ouvir a natureza.

— Gosto do silêncio.

Santin era grande, o pescoço taurino, as mãos largas de quem descende de gerações de camponeses.

— Eia, mudo, você toma banho de silêncio.

Fazia umas duas semanas que Melluso tinha começado a insultar Rosario. "O mudo daqui, o mudo de lá; mudo, faça isso; mudo, faça aquilo." O mudo, fiel ao nome, não respondia. Melluso atirou uma pedra nele, acertando no ombro. Rosario se virou lentamente.

— Ora ora, o mudo está me olhando, estou me cagando de medo — disse Melluso. Depois mandou-o à merda e se serviu de chá.

Foi Mino Iallorenzi, filho de ferreiro, neto de ferreiro, ele também ferreiro em Acqua Santa de Palermo, que rompeu o silêncio.

— Em todo caso, não é justo que se possa comer a puta uma vez só e chega.

— E você faça a única coisa inteligente.

— E o que seria, D'Arpa?

— Iallorenzi, tenho de te ensinar tudo?

O tenente Francesco D'Arpa era um fascista da cabeça aos pés. Nascido em Monreale de uma família de proprietários de terra, usava a lógica de maneira invejável. Declarava que um problema só é problema porque existe uma solução, e, como sempre existe uma solução, na verdade o problema não existe.

— Iallorenzi, uma bela punheta, quinze, vinte minutos antes de enfiar o pau, assim, na prática, com a puta será a segunda trepada e a segunda sempre dura mais.

Iallorenzi acolheu a sugestão com um sorriso, pensaria seriamente nisso, porra, que cabeça tinha o D'Arpa.

Carmine Marangola pegara nas brasas a lata com chá e encheu o copo.

— Mas que problemas são esses? Chega de brincadeira.

Ele era de Posillipo. Filho de pescadores, falava do mar, de covos, de barcos, de várias formas de cortar o atum, de anzóis, de ressacas, de correntes, de ventos, de velas, de ervas para temperar o peixe. Faltava-lhe o quarto dedo do pé direito. Dois anos antes, durante uma tempestade em dezembro, caíra no mar que estava congelado de tanto frio. Conseguira voltar para a lancha, mas, para conduzi-la melhor entre as ondas, as correntes e os redemoinhos, não tirou os sapatos encharcados. A tempestade durou três dias e o dedo necrosou. Voltando para o porto, amputaram-no enquanto ele mordia uma ponta de corda para suportar a dor.

— Putas são putas. Você, Iallorenzi, é puta ou homem?

— Sou homem, Marangola, que conversa é essa?

— Então se comporte feito homem: entra, trepa e paga, em absoluto silêncio.

— Em silêncio?

Francesco D'Arpa retomou a palavra.

— O pau não quer pensamentos.

Mas pensamentos havia, e muitos. O medo de pegar alguma doença feia, o dinheiro necessário para pagar o serviço, o próprio tempo da trepada. Na última vez houve até uma briga, um soldado de Roma queria ficar com a puta até gozar. Existia uma regra tácita, que todos seguiam: o máximo de dez minutos para cada um, se o cara viesse, muito bem, do contrário tchau e bênção, era a vez do próximo. O importante não era gozar, mas meter o pau. Dava moral, sustentavam nos altos escalões do exército. A regra era incômoda mas necessária, na última vez eram cento e oito soldados e apenas quatro putas negras. Três militares tinham entrado na tenda, arrancaram o romano à força das coxas da puta e o levaram para fora. Ele começou a tresvariar e a dizer bobagens. Gritava que só ele era homem de verdade e todos os outros umas bichas desgraçadas. Dois belos pontapés na boca lhe devolveram a calma, a ordem foi restabelecida e os novos vãos na fileira de dentes do romano tinham se tornado um aviso a todos, que não ficassem na tenda um segundo a mais do que o estabelecido.

Iallorenzi observava as fagulhas saltando do braseiro, voando, desaparecendo como que tragadas na noite.

— Tomara, pelo menos, que desta vez as putas não sejam negras — disse Melluso.

— Como você quer?

— Brancas.

— E até tem razão — comentou Marangola.

— Mas claro que tenho razão, nossas putas são as melhores.

Rosario não concordava. A primeira vez que foi às putas tinha treze anos e estava com seu amigo Nenè. Os trocados eles tinham roubado do padre dos Capuchinhos, um infame que merecia o furto. Entraram na cripta do mosteiro, abriram a caixinha de oferendas, fugiram. Queriam tanto perder a virgindade que se atiraram na primeira que encontraram, atrás do albergue das Pobres.

A puta era gorda, faltava-lhe um dente da frente, as pernas eram cheias de hematomas.

Nenè foi categórico:

— Rosà, tínhamos decidido que seria a primeira e ela é a primeira, vamos.

— Quem vai antes?

— Você.

Rosario entrou no quarto. A puta não foi maternal. Recebeu-o com um sorriso cansado, pediu o dinheiro, contou, pôs no criado-mudo, mandou tirar a roupa, lavou o sexo dele numa bacia de água, ergueu a saia, deitou-se, fê-lo subir nela, mandou que levantasse e se vestisse, voltou a abaixar a saia, abriu a porta, fê-lo sair, recebeu seu amigo Nenè, pediu o dinheiro, contou, mandou tirar a roupa, lavou o sexo dele na mesma bacia com a mesma água, ergueu a saia e mais uma virgindade se foi entre suas coxas.

Rosario não viu mais o amigo Nenè, desde o final daquele verão. Um proprietário rural de um vilarejo perto de Enna precisava de braços, a família de Nenè precisava de dinheiro e os dois amigos se apartaram: Rosario em sua casa nos arrabaldes de Palermo, Nenè perdido no interior da ilha. Quando Rosario pensava nas putas, lembrava-se daquela primeira vez e do comentário de Nenè no calor da hora, ao sair do quarto: "Eia, essa puta é tão feia que eu não treparia com ela nem com teu pau." Estouraram numa gargalhada tão grande que doíam os lados. Voltando para casa, prometeram que já no dia seguinte dariam um jeito de abordar duas belas meninas e logo trepariam com elas, pois o que tinham de saber agora, já sabiam.

— E também porque, Rosà, se conseguimos foder uma puta tão feia, os fatos são dois: primeiro, não somos mais virgens e, segundo, nosso pau funciona é bem demais.

— Não, nossas putas não são as melhores — respondeu Rosario em voz alta sem olhar para Melluso. Ninguém discordou. Quando um mudo fala, pesa-se o valor exato de cada grama das suas palavras.

Sentado entre Moreno Santin e Nicola Randazzo na borda direita do caminhão militar, Rosario observava a infinita extensão da África: Marangola assobiava, Melluso dormia, Iallorenzi matava os pernilongos que atacavam suas pernas, D'Arpa contava em voz alta os africanos que encontravam ao longo do trajeto.

— Sete, oito, nove. Nove africanos em dez quilômetros. Certamente vemos as coisas de maneira diferente aqui nessa África, Rosario. Cá se vê que o mundo é menos curvo, a gente vê uma árvore, diz "Agora vou para a sombra", e anda, anda, anda, e a árvore está sempre lá adiante, muito longe. Não existem obstáculos, aqui o olho enxerga tudo a grandes distâncias.

Nicola Randazzo perguntava ao tenente D'Arpa qual era o nome de alguns animais que viam. Às vezes nem D'Arpa sabia a resposta.

Iallorenzi foi o único a dizer em voz alta o que todos pensavam fazia dias.

— Tomara que haja menos soldados e um pouco mais de putas do que da última vez.

Eram cento e oitenta e um soldados e três putas.

Trepariam em horário avançadíssimo.

Houve até um comunicado oficial determinando que os minutos diminuiriam de dez para sete. O mau humor se espalhou.

— Nenhum homem que se respeite goza antes de sete minutos, chefe.

Melluso propôs que o grupo se dividisse entre as três filas.

— Assim, depois, trocamos os detalhes.

Depois de uma hora, uma das filas foi abolida. Aconteceu alguma coisa, não se soube bem qual foi a dinâmica exata dos fatos, uma maca entrou numa tenda e saiu levando a puta que parecia dormir, mas talvez estivesse apenas desmaiada. Iallorenzi, Marangola, Melluso, Randazzo na primeira, os outros na segunda. A espera era desgastante, a água acabara, os soldados aparentavam segurança, mas abrigavam angústia. Começara a circular numa escalada crescente o medo de que na hora H, no ponto alto, talvez o pau não levantasse de jeito nenhum. O tempo passava com uma ostentação de descaso tão forçada quanto necessária. Na mais total indiferença voltou a se formar uma terceira fila: os que deixaram o serviço pela metade e tinham decidido terminar lá fora o que não tinham concluído na tenda.

Registrou-se apenas uma briga, um soldado de Favara cometeu um erro de cálculo e um jato de esperma acabou na ponta da bota de Santin.

— E agora limpe.

O favarês não conseguiu responder, pois já estava com a cabeça no chão, espremida entre as mãos de Santin, diante da ponta da bota manchada.

— E agora vai lamber.

Um conterrâneo do favarês esboçou uma tentativa de defesa, mas constatou o enorme desinteresse geral. Sem remorso, decidiu deixar pra lá, ainda havia doze soldados na sua frente, melhor guardar as energias para uma bela foda como deus manda.

— Melluso, Randazzo — disse Iallorenzi —, ouçam, eu e o Marangola tivemos uma ideia sensacional. Sete minutos não são nada. Por que não entramos dois por vez? Dobra o tempo. Eu e Marangola entramos juntos, façam como nós e o tempo de vocês também vai dobrar.

— E se a puta disser alguma coisa?

Melluso interveio decidido:

— Randazzo, agora te explico como é a vida: em primeiro lugar, ela é uma puta; em segundo, é negra; em terceiro, estou pouco me cagando, entro lá, pago e trepo com ela do jeito que eu mandar.

Nicola Randazzo procurou com o olhar os olhos de Rosario ou de D'Arpa na outra fila, mas não encontrou. Estavam observando um soldado que lambia a ponta de uma bota.

Nenè repetia com frequência que gostaria de ser marinheiro para tocar todos os cantos do mundo.

— Confio mais nas mãos do que nos olhos.

O primeiro cigarro fumaram juntos, aos oito anos. Foi Rosario que o ganhou, numa corrida contra Michele, o filho de dom Salomone, o farmacêutico. Michele tinha roubado um maço inteiro do quarto do pai e se vangloriava mostrando-o aos amigos: olhem que belos cigarros, olhem quantos, sintam que cheiro. Rosario propôs uma aposta: seu copo cheio de minhocas, frescas, frescas, recém-catadas, olha, estão vivinhas, contra o maço de cigarros.

— Uma corrida até o muro da igreja, sim ou não?

Rosario era magro, ombros estreitos, pernas finas. Michele Salomone, do alto de seus dez anos, considerou a proposta, avaliou o adversário e decidiu de acordo com o que viu. Ia acabar com ele. Inclinados para a frente, à espera do sinal de partida, Michele Salomone encarou Rosario e fez sua profecia.

— Sabe por que não pode vencer? Porque você é uma névoa.

O primeiro tabaco tem gosto acre, a língua conhece um novo amargor, os olhos se enchem de lágrimas, a tosse ecoa nos ouvidos. Mas como o primeiro cigarro é gostoso na lembrança.

— Rosà, mas por que você o desafiou?

— Sou mais rápido do que você, Nenè.

— Que besteira.

— Você está me desafiando?

— Estou.

— Agora?

— Agora.

— E quem ganhar?

— Fica com todos os cigarros.

— Tá bom. Daqui até lá.

— No três?

— No três.

Contaram juntos, um dois três. Partiram no máximo da velocidade. Correram a mais não poder, até o extremo, daqui até lá, nos limites dos próprios limites. Nenè ganhou.

— Então estamos combinados, Marangola.

— Sim, um na frente e o outro por trás.

— Você vai enfiar onde?

— Tanto faz, Melluso, é só ficar longe do teu saco.

Randazzo preferira mudar de fila, não quis topar a ideia da dupla. Por culpa dele, Melluso não teria tempo dobrado. Melluso jurou que ele pagaria por isso.

O tempo não passava. Os soldados mantinham a posição, de pé ou no chão, suados, moscas e pernilongos em toda parte, nada para beber. Não é assim que deve ser quando se vai dar uma trepada. Santin perguntava aos que saíam como era a puta de sua fila. Obteve um unânime e lapidar: "Quando você entrar, vai ver."

Randazzo estava sentado no chão, a cabeça entre as mãos:

— D'Arpa, não sei se estou com vontade, se quiser eu te deixo meu tempo, se for possível fazer assim.

— Nicola, não seja ridículo. Você entra antes de mim e fode antes de mim.

— Mas...

— Nada de mas, agora fique quieto e descanse.

Mais duas horas depois, era quase a vez deles. Lá dentro estava um soldado, depois finalmente seria a vez de Santin, depois Rosario, Randazzo e por último D'Arpa. Na outra fila, Melluso, Iallorenzi e Marangola tinham ainda três pessoas na frente. Faltavam alguns minutos até a entrada do vêneto, quando explodiu na tenda o grito da puta. O soldado devia ter aprontado algo de errado. Santin o agarrou quando estava saindo a toda pressa da tenda, derrubou-o e lhe desferiu uma saraivada de socos.

— Desgraçado, não admito que me estraguem a puta.

Alguns entraram para verificar as condições efetivas da puta. O médico militar restabeleceu a calma comunicando que estava tudo em ordem, uma tentativa de sodomia não realizada, nada de mais, que entre o da vez.

Chegou a vez de Rosario. Encontrou pela frente uma mocinha de doze, treze anos. Negra, deitada numa caminha de campanha, estava com as pernas abertas. Não conseguia mais fechá-las, depois de ficar com elas abertas durante cinco horas seguidas. No chão, ao lado de um balde de lata, uma esponja para lavar o sangue e o esperma. Rosario deixou de observar, baixou as calças e trepou com a puta.

Iallorenzi e Marangola entraram junto com Melluso. Decidiram que iriam em três, em vez de dezoito minutos, vinte e um. "*Picciò*, vamos ganhar três minutos." Algo, porém, deu errado. Iallorenzi saiu correndo e arrastou para dentro da tenda o oficial médico, enquanto os restantes da fila eram transferidos para a única que continuava ativa. Às perguntas do médico, responderam que tinha sido um acidente, uma brincadeira que terminou mal, não era realmente intenção deles.

Voltaram três horas depois do poente. A tempo do bombardeio aliado das dez da noite.

— A lua da África é maior do que o sol de Palermo, Davidù.

Quando havia um bombardeio, os aviões, iluminados pelo luar, pareciam mesmo feitos de prata, refulgiam. E, acima deles, eram tantas as estrelas que nem dava para contar. Podia-se desenhar no firmamento qualquer imagem que se tivesse na cabeça: uma laranjeira, a carroça puxada a cavalo, o sorriso de Nenè. A luz das estrelas só sumia quando uma bomba explodia e brilhava na terra.

— No que o senhor pensava durante os bombardeios?

— Na água.

— Como assim?

— Talvez uma bomba, sei lá, fizesse brotar água da terra.

— Tipo uma nascente?

— Isso.

— Aconteceu alguma vez?

— Nunca.

Nicola Randazzo chorava. Rosario se levantou da cama e foi deitar ao lado dele, observando-o sem falar nada. A paciência da porta aberta. Randazzo o notou e, enxugando as lágrimas, contou-lhe tudo. Rosario manteve um silêncio desprovido de qualquer julgamento. Terminada a confissão, voltou para sua cama, virou-se do lado direito e tentou adormecer, mas não era simples, Nicola continuava a emitir um lamento tênue e entrecortado.

Pouco antes, diante das latrinas, Melluso dissera:

— Randazzo, vem comigo lá atrás?

Batera a cabeça dele contra a parede.

Espancou-o várias vezes nas têmporas, com as mãos enroladas numa toalha molhada, para não deixar marcas.

— Então você não quis dividir a puta comigo.

Dera-lhe uma joelhada nos rins.

Quando Randazzo se abaixou sem fôlego, perdendo o equilíbrio, Melluso o pegara por trás.

As ordens chegaram no coração da noite, peremptórias. Preparar-se para evacuar o acampamento, as tropas inimigas haviam rompido o front. Três minutos depois das seis, começou a retirada. Partiram a pé, mochila nas costas, longe dos caminhos de terra batida, seguindo o deserto pedregoso. Precisavam cobrir sessenta e sete quilômetros no menor tempo possível, com a temperatura de quase cinquenta graus ao sol. A água foi racionada antes de se colocarem em marcha, meio cantil por pessoa. A fila avançava em silêncio, os soldados tinham aprendido a economizar esforço, falar exige saliva e saliva significa sede. Ao meio-dia, a situação era desesperadora. Cinco tinham desmaiado, Iallorenzi vomitara por causa do esforço, Randazzo perdia sangue pelo ânus. Francesco D'Arpa parou para ajudar os dois. Levantou Iallorenzi e ofereceu o ombro direito a Nicola como apoio. Ao redor deles, em todas as direções, o deserto. Rosario sentiu rachar o lábio superior, já desidratado, mas não saiu uma gota de sangue. Com a mão em pala nos olhos, mudou a direção da marcha exatamente no momento em que Melluso abria o cantil. Chocaram-se. O cantil caiu e a água se perdeu na areia. Melluso se jogou sobre Rosario. Conseguiu lhe acertar um soco no ouvido. D'Arpa separou os dois.

— Melluso, que porra você está fazendo?

— Ele me fez derrubar a água.

Rosario tinha levantado. Estava tirando a areia das roupas.

Melluso lhe apontou o indicador.

— Te mato, seu traste.

A névoa tinha voltado.

Quinze minutos depois, os soldados estavam em fila, um ao lado do outro, mãos para cima. O inimigo os alcançara, com caminhões e metralhadoras. A divisão de meu avô se rendera sem disparar um tiro sequer.

A fila ia perdendo partes. Exaustos pelo esforço ou pela desidratação, alguns tombavam no chão. O primeiro convite para se levantar era um pontapé no flanco. Depois, nenhum outro aviso. Quem não se levantava era morto. D'Arpa e Rosario sustinham Nicola Randazzo de pé, segurando-o pela gola do uniforme. Os calafrios aumentavam, o colapso por insolação era uma possibilidade cada vez mais concreta. Depois de duas horas, caiu Santin, o menos acostumado às inclementes fustigadas do sol. Caiu nas pedras sem passar pelos joelhos. Um oficial inimigo gritou alguma coisa, possivelmente a ordem para se levantar. Não teve resposta. Um tiro de revólver confirmou, se por acaso ainda fosse necessário, que não havia tempo a perder. O corpo foi deixado ali, as moscas e os insetos a descarná-lo. Nenhum dos soldados pediu para sepultá-lo, não tinham mais a saliva necessária para dizer uma única palavra. Durante a marcha perderam mais três companheiros. Chegaram ao destino no meio da noite. Um velho oásis adaptado como campo de prisioneiros. Não havia água, não havia camas, não havia latrinas. Um quadrado formado por um muro e três lados de arame farpado, alto demais, cerrado demais para ter qualquer ilusão de escapar. Os prisioneiros eram uma manada de bois, mas menos afortunados: faltava o bebedouro. Naquela primeira noite, houve imediatamente uma tentativa de fuga, um rapazinho de Crotone de menos de vinte anos. Imediatamente recapturado, foi jogado de volta no cercado. Pela primeira vez, os guardas se dirigiram aos prisioneiros em italiano. Disseram que fugir era impossível, além do mais qualquer tentativa seria punida privando todos de água por dois dias. Aquela punição começava naquele momento. D'Arpa foi até o calabrês e o fez sentar ao seu lado. A jogada dos carcereiros era fazer os prisioneiros se comerem entre si. Ninguém ergueu a mão contra o rapazinho, ninguém o censurou. Na segunda noite, o calabrês tentou fugir outra vez, mas foi detido por quatro prisioneiros, três o imobilizaram, mas foi D'Arpa que o fez se vergar em dois com um tremendo golpe nos testículos.

— Se tentar fugir de novo e não nos derem água por mais dois dias, eu te mato com minhas próprias mãos.

— Nicola, ponha as mãos em concha e não deixe cair nada, por favor. Depois eu faço o mesmo para você.

D'Arpa pegou Randazzo para ajudá-lo a recolher a própria urina. Se ele dizia isso, se ele fazia isso, não era porque enlouquecera com o sol. Era porque devia ser verdade. Ele tinha estudado. Todos observavam a sequência atentamente: os exemplos ajudam a sobreviver. Quando viram que o tenente tinha urinado nas mãos do companheiro e depois bebido sem vomitar nem desmaiar, acabou-se qualquer hesitação. Alguns puseram as mãos na frente do próprio pênis e tentaram mijar ali dentro, mas, se já é difícil controlar o jato em condições normais, imagine-se então comandá-lo quando o sujeito está desidratado. Assim, alguns perderam o primeiro jato entre as pedras, onde se evaporou e sumiu. Observar, estudar, aprender: D'Arpa tinha mijado nas mãos de outro. Não estavam em condições de perder nenhuma gota de líquido potável. Bastava encontrar um companheiro em quem confiassem, alguém que não tentasse beber a urina alheia. Rosario mijou nas mãos de D'Arpa, bebeu metade do líquido, olhou Randazzo e lhe fez sinal de que podia terminar. Nicola estava com febre, não conseguia mais ficar de pé, o ferimento no ânus tinha infeccionado. Rosario e D'Arpa o sustentaram e apoiaram-no junto ao muro, onde havia um pouco de sombra, e fizeram-lhe um travesseiro com as próprias camisas.

Transcorridos dois dias intermináveis, trouxeram a ração de água. Era a reserva para três dias, avisaram os guardas. Francesco D'Arpa sentiu sobre si o olhar dos outros prisioneiros. Os soldados reconheciam nele, mais do que a patente, a autoridade de tomar decisões para a sobrevivência de todos. Quando se está esgotado, confia-se a própria existência a outra pessoa, esperando que tenha a força necessária para não cair.

D'Arpa avaliou e disse:

— Uma mão para cada um.

Sentiu a garganta queimar. Não acreditava que emitir um som pudesse ser tão dolorido.

— E se sobrar? — perguntou Iallorenzi em voz baixa.

Era realmente gente demais para poder confiar em todos, e a sede era excessiva. Melhor então acabar logo e tentar resistir bebendo a própria urina.

— Segunda vez para todos.

A panela de água foi posta perto do muro. Sem brigas, sem palavras, formou-se uma fila.

Fazia cinco dias que não comiam nada. O inimigo estava esgotando as forças deles, pela desnutrição e desidratação. Pediram várias vezes que um médico viesse ver os que tinham sofrido um colapso, mas foram sistematicamente ignorados. Sete estavam com febre alta e tremiam. Nicola Randazzo começou a delirar. Falava da festa do santo padroeiro de seu vilarejo e de Gigliola, a filha de Ina, que tinha mãos pequenas e tranças compridas. Quando finalmente veio o médico, falou numa língua desconhecida e ninguém entendeu nada, depois foi para a saída. Rosario, num salto, agarrou-se a seu pé esquerdo. Mantinha a cabeça baixa. Os dois militares que escoltavam o médico começaram a lhe chutar os flancos e os ombros, mas ele continuou agarrado ao pé, absorvendo os golpes como se absorvem as coisas. O oficial médico estava mais surpreso do que assustado. Ordenou que interrompessem os pontapés. Naquele exato instante, quando os coturnos pararam de golpeá-lo, Rosario, sem perder uma fração de segundo, levantou a cabeça, olhou o médico nos olhos e, flexionando o braço para trás, indicou um ponto no muro. O médico resolveu ir verificar e foi assim que levaram Nicola Randazzo para a enfermaria e meu avô para a solitária.

A solitária era um cubo de ferro do outro lado da cerca de arame farpado, com um orifício do tamanho de um dedo para o ar. Rosario passaria três dias lá dentro. Sem água, sem alimento. Três dias dentro de um forno. Os soldados não tinham força para protestar, imagine se conseguiriam gritar palavras de estímulo ao companheiro. E no entanto ele estava ali, alguns metros além do arame farpado. Talvez uma voz tivesse ajudado. Ou talvez não. Talvez tivesse aumentado seu desconforto. Ninguém sabia nada. Era a primeira vez que um deles era castigado daquela forma.

— Vai acabar assado — pilheriou Melluso.

De Nicola Randazzo, nenhuma notícia.

Houve uma briga, alguém tentou beber o mijo de outro.

Cinco desmaiaram e ninguém teve a compaixão ou a força de levantá-los.

Agarrar moscas voando para comer ficava cada vez mais difícil, os reflexos estavam embotados, as moscas pareciam cada vez mais rápidas. Alguns começaram a manter a boca aberta na esperança de que um inseto acabasse lá dentro. De dia fazia mais de cinquenta graus, à noite uns trinta. Tinham-se passado vinte e quatro horas e Rosario ainda estava dentro do cubo.

No dia seguinte trouxeram uma nova ração de água. Formou-se a fila, cada um bebeu o gole a que tinha direito, depois aconteceu uma coisa. D'Arpa bloqueou o segundo turno.

— É para Rosario — disse apontando a água.

— Ele morreu — retrucou Melluso, plantando-se na frente dele. Depois intimou: — Saia daí, preciso beber.

— Não — respondeu o tenente.

Com os olhos, Vincenzo Melluso procurou apoio entre os outros soldados, mas nenhum quis apoiá-lo, estavam todos com D'Arpa. Deu as costas ao muro e se sentou naquela pequena faixa de sombra. Fitou o cubo de ferro.

— Morra, seu traste.

D'Arpa pegou a panela e levou-a para a sombra do muro. Ficaria de guarda nela.

À noite, uma nova discussão. D'Arpa havia adormecido. Melluso, depois de lhe empurrar a cabeça com o pé, se atirou à panela. A água estava quente, mas era tão bom afundar as mãos dentro dela. Levou as mãos em concha à boca, mas não conseguiu beber. D'Arpa estava sobre ele.

— Esta água.

Atingiu a cara de Melluso com um soco da direita.

— É.

Um de esquerda atingiu o queixo.

— De.

Um outro de direita.

— Rosario.

Um de esquerda, o último.

Vincenzo Melluso ficou no chão, os braços abertos e as pernas estendidas. Parecia um Jesus Cristo na cruz. Estava com a boca arrebentada. Os outros prisioneiros não entenderam muito bem a dinâmica da coisa, mas não tiveram nenhuma dúvida de que o punho do tenente era devastador. A panela não tinha derramado, a água ainda estava lá. D'Arpa se virou para o cubo de ferro e gritou com todas as forças que podia.

— Rosà, resista, assim que sair tem água.

Todos se viraram para o cubo e, sob o claro luar, viram o que jamais acreditariam ser possível. Do orifício de ventilação saiu um dedo magro que flutuou para cima e para baixo, depois voltou a entrar e não o viram mais. Rosario ainda estava vivo. O sacrifício da água não fora inútil. Os prisioneiros sentiam no corpo uma tal descarga de adrenalina que, sem se aperceber, explodiram em uníssono num grito libertador e primitivo, os braços levantados e os punhos cerrados. Exultaram como se fosse um gol da Itália. Eram prisioneiros, mas ainda estavam vivos. Rosario tinha de voltar para eles. Sua sobrevivência se tornara o motivo para resistir.

O terceiro dia parecia não acabar nunca. Desde o amanhecer, os prisioneiros começaram a perguntar aos guardas quando Rosario seria libertado, quanto tempo faltava, vamos, já faz três dias que ele está lá dentro. "Doze horas", responderam. "Dez horas e meia." "Nove horas." O cubo de ferro era o ponto de fuga de todos os olhos. Força, Rosario, pensavam eles. Alguns até conseguiram murmurar. Gritariam, mas não tinham a saliva necessária para emitir qualquer som.

Faltavam cinco horas. Um oficial entrou no cercado dos prisioneiros. Falou em sua língua incompreensível. Notou que todos olhavam para o cubo de ferro. Riu em voz alta, depois deixou todos petrificados com um italiano perfeito.

— Nunca ninguém sobreviveu à solitária.

Ele saiu do cercado e se manteve próximo ao arame farpado, observando enquanto se afundavam, uma a uma, as barcas de suas esperanças.

Faltavam quatro horas. O olhar dos prisioneiros ia e vinha do cubo à panela de água. D'Arpa compreendeu que os ventos tinham mudado. Encheu o peito de ar e o fez vibrar com um grito rouco e enferrujado, enquanto o ar lhe arranhava as cordas vocais. No final do grito, sentiu tanta dor que teve ânsia de vômito e expeliu sangue. Alguma coisa se rompera em sua garganta. Francesco D'Arpa tinha gritado:

— Rosà, mostre que está vivo.

Não apareceu nenhum dedo, nenhum gesto pelo buraquinho. Baixou um desespero cego no coração de todos os prisioneiros.

Dario Tomasello era um camponês de Bronte. Foi até a panela decidido a beber seu gole d'água. D'Arpa não lhe deu tempo sequer de tentar se explicar por gestos. Um soco direto no estômago o dobrou em dois. Tomasello caiu de joelhos e tombou de lado. O tenente D'Arpa se plantou diante da panela e fitou os companheiros. O sentido ficou claro para todos: esperariam o final do isolamento, melhor ficar quietos ou os punhos dele arremeteriam contra qualquer um, para defender a água de Rosario.

Fora do cercado, dois guardas fumavam. Nenhum deles se preocupava mais com o prisioneiro na solitária. Davam-no por morto. Ainda nenhuma notícia de Nicola Randazzo.

Os soldados passaram o resto do tempo empenhados nas únicas duas atividades que ainda lhes restavam: sobreviver e não enlouquecer. O calor era irreal. Quando dois guardas se aproximaram do cubo de ferro para abri-lo, todos se puseram de pé e foram na direção da cerca.

O cadeado foi removido com luvas, pois fervia. Quando abriram o cubo, apareceu Rosario encolhido em posição fetal. Não se movia. Chegou um oficial e chutou suas pernas com a bota. Nenhuma reação. Virou-se para os prisioneiros: "Não se sobrevive à solitária." Apontou Rosario. Tinha sinais de queimaduras por todo o corpo: costas, braços, pernas. Francesco D'Arpa sentiu os lábios tremerem e os olhos se encherem de lágrimas, mas não teve tempo de se perguntar como seu corpo ainda tinha algum líquido, pois viu o que viu, não conseguiu mais se conter, agachou-se no chão e chorou como nunca tinha chorado em seus vinte e sete anos de vida. O corpo inerte de Rosario estava confirmando a derrota dos prisioneiros, tinham apostado nele e tinham perdido. O inglês percebeu o frêmito cada vez maior daquele desespero e, sem olhar, acrescentou em italiano: "Está morto." E foi naquele momento que, daquele corpo magro e imóvel, inesperado, imprevisto, abençoado, ergueu-se ao céu um dedo, sustentado pelo cotovelo e pulso: o dedo indicador de Rosario, vertical, tinha se alçado contra a morte e contra a solitária, contra o inimigo e contra deus. Ainda estava vivo, puta merda, e todos os prisioneiros gritaram, tinham apostado nele e tinham ganhado, e D'Arpa chorava e os soldados se abraçavam e os guardas olhavam admirados aquele indicador vivo e erguido.

O corpo de Rosario, reconduzido ao campo, foi estendido num leito feito de roupas, na sombra, junto do muro. D'Arpa umedeceu a ponta da manga da camisa na água e começou a molhar os lábios dele. Estavam secos, rachados, mirrados. A língua estava rígida e a garganta cheia de chagas. Não havia pressa. Uma gota depois da outra. Era a única maneira de fazê-lo beber.

A testa ardia e todo o corpo fervia.

A febre estava altíssima.

Francesco D'Arpa cobriu Rosario com três camisas. Foi até a cerca e começou a gritar.

— Um médico, um médico.

Tossiu sangue, mas continuou.

— Um médico.

Era a primeira vez que alguém sobrevivia ao cubo de ferro. Até o inimigo julgou correto lhe tributar a devida honra. Quando a maca saiu levando meu avô para a enfermaria, todos os prisioneiros ficaram de pé acompanhando a saída, todos menos Melluso.

A bagagem para a partida estava pronta e bem ali, entre ele e Nenè. Uma parede intransponível. Mais alguns minutos, e depois o relato dos dois teria palavras diferentes. Nenè estava indo trabalhar para um patrão num lugar distante de nome difícil. Aqueles minutos eram as últimas sílabas da história de ambos. Trocaram um vigoroso aperto de mãos, como os adultos. Orazio, o pai de Nenè, fez um carinho na cabeça de Rosario.

— Agora temos de ir.

A separação dos dois amigos foi sancionada pelas únicas palavras possíveis.

— Tchau, Nenè.

— Tchau, Rosà.

Poucos gestos, palavras menos ainda, mas tudo claro e preciso.

Nenè sorriu pela última vez, pegou as malas e rumou com o pai para a estação, desaparecendo por trás das oliveiras.

No dia anterior, sentados nas encostas da montanha de Capo Gallo, tinham olhado o futuro pela frente, além da linha do horizonte do mar. Ao redor, silêncio e setembro. Rosario estava sentado à esquerda do amigo e tinha entre os lábios uma espiga de trigo.

Sem olhá-lo, Nenè confessou:

— Sabe do que eu gostaria? De roubar o frio do inverno.

Rosario ouviu em silêncio o breve testamento do amigo. Quando se acabaram as palavras, os dois amigos se levantaram e, um ao lado do outro, desataram numa corrida ágil e vibrante, os pés comendo a estrada e os braços acompanhando o impulso, enquanto os olhos, sem nenhum sinal prévio, choravam.

Doze dias depois chegaram os caminhões militares. Carregaram os prisioneiros. Estavam sendo transferidos. Francesco D'Arpa abraçou Rosario e ficou sentado a seu lado durante toda a viagem. D'Arpa tentou contar tudo, mas os outros soldados intervieram, aumentando a quantidade de detalhes. Acrescentaram pontos de vista únicos e indispensáveis, os deles.

— Por quê? — perguntou meu avô ao tenente.

— Você precisava de água, mais do que qualquer outro.

— Nicola está melhor, trataram dele, estava na cama ao lado da minha.

— Se não fosse pela infecção no rabo, foi quem passou melhor.

— Como você é tão forte?

— Faço pugilismo.

— Você é boxeador?

— Nas horas vagas.

— Você salvou minha vida, obrigado.

— Como conseguiu sobreviver, Rosà?

— Eu lembrava.

— O quê?

— Meu amigo Nenè, os momentos que passamos juntos, suas últimas palavras.

Viram uma longa fila de elefantes e o céu que se tingiu de rosa à passagem dos flamingos. Uma hiena deitada na beira da estrada e a carcaça de um gnu envolta por uma nuvem de insetos. As estrelas cadentes e as árvores baixas da savana. Depois de dois dias, os caminhões pararam. Haviam chegado ao campo de prisioneiros. A viagem terminara.

— Sabe do que eu gostaria? De roubar o frio do inverno, assim, quando viesse o siroco, eu sempre teria um pouco de frescor do vento na pele e no coração. Das histórias, porém, eu queria lembrar apenas os instantes anteriores. O instante antes de pescar o peixe, o instante antes de tocar os seios, o instante antes de provar a laranja. Depois, se um dia eu aprender a escrever, vou inventar uma história toda de "não": quando não parti, não me despedi de você, não fui para outro lugar, não trabalhei para um patrão e quando não fui à festa da praça, não dancei com uma mulher muito gostosa, não dei um beijo longo e saboroso na boca e ela não me disse logo em seguida: me beije outra vez, meu amor. De qualquer modo, sou mais rápido do que você.

— Não é não.

— Sou sim.

— Acabo com você quando eu quiser.

— Vamos apostar corrida, daqui até lá.

— Vamos.

E correram juntos, saindo da infância, um ao lado do outro, pela última vez na vida.

Nenè ganhou.

* * *

Umbertino fechara o círculo de seu raciocínio. A brisa noturna de março começou a se fazer sentir. Era melhor se vestir. Rosario, sentado no banco a seu lado, ouvira em silêncio, sem abrir a boca.

— Em todo caso, resumindo a história, as coisas estão neste pé: como em Palermo não tem nada, vou abrir uma bela academia de pugilismo.

Mesmo naquele momento meu avô continuou quieto. O luar criava um tênue reflexo em seu rosto comprido e descarnado. Um falcão, era o que parecia. Um falcão.

— O que está olhando? — perguntou Umbertino.

Virando a cabeça, Rosario fitou meu tio nos olhos. Um pequeno soluço lhe inchou o peito, a cabeça e os ombros subiram juntos, depois os ombros descaíram.

— Olho para trás.

SEGUNDA PARTE

O campo de batalha

— Já eu, quando morrer, queria renascer como javali.

— Você sabe que é um animal, Gerruso?

— O javali é feliz.

— Como você sabe?

— É fácil, os javalis não escrevem.

— E quem escreve é infeliz?

— Senão não escreveria.

— E faria o quê?

— Sairia ao ar livre, sob o céu, recobrindo-se com toda a felicidade na floresta. É o que você me explicava, a lógica da troca.

— Você precisa parar de repetir aquilo que te ensino.

— Tem razão, desculpe.

— Em todo caso, é verdade: tudo tem um preço, nem a morte é grátis, paga-se com a vida.

— De fato, é esta a troca dos animais: eles pagam a felicidade com o fato de não saberem escrever. Vivem sem pensar no amanhã, considerando a morte um incidente da felicidade.

— Mas por que justo o javali?

— É muito bom com batatas. Você, porém, não é um javali, de jeito nenhum. Ontem, em tua primeira luta, eu tentava entender que animal você era. Javali não, com certeza. Nem camelo. Lagartixa, nunca.

Teve um lampejo no olhar. Chamando-me pelo apelido, perguntou com que animal eu achava que me parecia enquanto boxeava.

Não respondi.

Não se fala debaixo d'água.

Os peixes são mudos.

* * *

Minha primeira luta.

Marcello Brullera, da Catânia. Largando os estudos depois do primário, o primo o levou à academia, um bom diletante que nunca conseguiu dar o salto de qualidade. Tinha um físico anômalo: altíssimo para seus catorze anos, era inatacável se não abrisse a guarda. Seus braços mantinham todos a distância.

Foi meu primeiro oponente no ringue.

Durante o terceiro e último assalto, ele me atingiu com um soco no lado esquerdo, aquele machucado.

Eu me encolhi, mordendo o protetor bucal para não fechar os olhos.

Estava no canto.

Sentia o coração bater no lado.

— Esse seu roxo no lado é do tamanho de minha mão, rapaz.

— Consigo me mexer, Mestre Franco, dói menos do que ontem, obrigado.

— Se você diz... em todo caso, faltam cinco dias para sua primeira luta, rapaz, acho que já chega de burradas, portanto recomendo: não beba, deite cedo e principalmente não trepe.

— Sim, mas...

— Mas o quê? Quantos anos você tem?

— Catorze.

— Justamente, nessa idade se raciocina com o pau, rapaz. Ouça e aprenda uma grande verdade: antes da luta, nunca se deve trepar. Mas o verdadeiro ensinamento da vida é que nunca se deve trepar depois da luta. Falo de todo o coração, por experiência própria. Terminada a luta, não se consegue fazer nada, o cara fica tão dolorido que é melhor desistir logo. E vai fazer o quê? Se pôr a chorar na frente de uma mulher? Jamais! Então me escute bem: depois de uma luta, você deve ficar sozinho pois precisa ouvir o corpo, entendeu? Mesmo que o pau grite, dane-se, deixe gritar. Você precisa entender como respira, se as costelas se abrem bem, como o pescoço se mexe, se os olhos estão grudentos. E, principalmente, deve fazer os exercícios para a memória para verificar se está funcionando bem. Faça como eu, rapaz, siga este conselho sensacional que teu tio me ensinou: pense em todas as mulheres que você comeu, todas, as loiras, as morenas, as ruivas, as irmãs de teus amigos, alguma puta que às vezes pode acontecer, precisa pensar em todas. E precisa lembrar o nome de todas. Deve ser honesto e preciso, há feridas que não se veem, e são exatamente os socos que levou na cabeça. Portanto, esqueça o pau, antes e depois da luta. Me faça vinte flexões leves sobre os pulsos, pule um pouco de corda com Carlo. E, no ringue, em tua primeira luta, do jeito que for está bom.

— Mestre, posso perguntar uma coisa?

— À vontade.

— Meu pai estava nervoso na primeira luta dele?

— Quem? O Paladino? Nunca ficava nervoso, pelo contrário.

— Eu também estou calmo, mas o senhor e Umbertino parecem nervosos.

— Jovem, existe uma regra não escrita no boxe: a primeira luta é para perder.

— Não diga!

— Sim.

— O senhor perdeu?

— Claro. E o Paladino também.

— Mestre, me desculpe, mas não é a primeira luta para meu oponente também?

— É, sim.

— Não dá para os dois perderem.

— Pare de querer se exibir.

— Como se fosse para meu pai?

— Não, para teu tio. E lembre-se de colocar uma toalha molhada no flanco quando for se deitar.

Tio Umbertino, na primeira fila, agitava os braços para que eu me afastasse do canto. Mestre Franco torturava o boné entre as mãos. O vô Rosario, em pé no fundo da sala, não se mexia. Gerruso apertava uma latinha de refrigerante e gritava meu apelido.

Nina não estava.

Não veio.

Quem sabe o que estava fazendo, talvez procurando uma música no rádio, sublinhando um livro ou desenhando um cisne num vidro embaçado.

Em outro lugar, não aqui.

Abri uma brecha na frente do rosto deixando entrever a testa.

Era o terceiro assalto.

Brullera se iluminou.

Minha primeira luta estava prestes a terminar.

Carlo, ao lado de Mestre Franco na qualidade de assistente, olhava o alinhamento de meus pés.

— Mas por que chamou esse movimento assim, Davidù?

— Histórias de mergulhos e putas.

Carlo parecia uma folha. Leve, mantinha as pontas dos pés defasadas, como eu tinha explicado. Parecia nem se soltar do chão. Os únicos sons que se ouviam eram os da corda girando e do suor pingando. Os joelhos para a frente, os cotovelos que rodavam, o olhar adiante.

Carlo foi durante anos o lutador mais forte da academia. Disputara duas vezes o título nacional. Topou com oponentes mais fortes, só isso. Tornara-se ajudante do Mestre Franco, assim como Franco tinha se tornado ajudante de Umbertino. Carlo realmente gostava de mim. Foi ele que me derrubou quando eu tinha nove anos.

— Vamos tentar mais uma vez, gosto dessa arrancada, é poderosa — disse-me com um entusiasmo sincero.

Mais uma vez, de novo, um salto logo depois do outro, para aperfeiçoar o movimento que me fora desvendado no mar no verão anterior.

O movimento de pernas da Puta.

Começava defasando os pés.

Brullera acabara de atingir meu lado lesado. Dobrando-me em dois, esperei que ele prosseguisse o ataque. Não perdeu tempo. Carregou para trás o cotovelo direito para me desferir um direto em pleno rosto, onde se abrira uma brecha. Durou um nada, mas, ao fazer o movimento, ele abriu a guarda. Era um rapaz de catorze anos em sua primeira luta, feliz, orgulhoso de seu pugilato, certo da vitória. Por um instante, um breve instante, Brullera me deu pena. Meu soco direito já tinha chegado ao queixo.

Arremetia com ferocidade. A luva voltou a subir até arrebentar seu septo nasal. Bastara que ele se descobrisse uma única vez. Três assaltos para conseguir aquela brecha: deixar-me atingir no lado para liberar, com o movimento de pernas da Puta, um soco vertical. Da boca de Brullera saiu um jato de sangue. Manchou a parte de cima de minha luva, o antebraço, o peito. O protetor de dentes voou na camisa do árbitro. Brullera caiu de costas na lona.

O árbitro suspendeu imediatamente a luta.

Mestre Franco aplaudia.

Carlo estava entusiasmado.

— O movimento de pernas da Puta! Você fez! Eu sabia!

Gerruso gritava meu apelido, sacudia a latinha de refrigerante e molhava os vizinhos. A quem lhe pedia que se contivesse, ele respondia:

— Conheço o vencedor e vocês não, e com perdedores eu não converso.

Umbertino subiu no ringue. Seus olhos brilhavam.

— Você me fez lembrar o Paladino, meu querido.

Depois se dirigiu para a sala.

— Ajoelhem-se, viados.

Meu avô também veio até o quadrado. Observava meu lado ferido.

— É só dor, vovô, depois passa.

Ele se aproximou e me deu um abraço inesperado, ele que era tão arredio, desafiando os olhares de todos.

Eu pensava em meu pai.

Ele se orgulharia de mim.

Minha primeira luta.

Nocaute no terceiro assalto.

* * *

— Oi, vovó.

— Davidù! Você veio.

— É, senão a senhora ia reclamar o resto da vida.

— Idiota.

— O vô está?

— Está lá no jardim, cuidando das plantas.

— Ele vai me dar outra de presente?

— É provável.

— O cacto que ele me deu de aniversário, às vezes eu olho e ainda não acredito que vai demorar tanto para florir.

— Quantos anos ainda?

— Treze, vovó. Vai florir daqui a treze anos.

— Você sabe que essa tua planta é filha daquela que o compadre Randazzo deu para ele?

— A planta que vovô levou para a Alemanha?

— Exatamente.

— Vovó, existe parentesco entre as plantas?

— Em minha imaginação, sim. Teu vô pegou um broto da planta-mãe, fez uma muda e deu para você. Planta-filha.

— O que a senhora tem na mão?

— Redações.

— Está corrigindo?

— É sempre instrutiva a violência que meus alunos praticam contra a língua.

— Tipo o Gerruso.

— Como assim?

— Ele inventa maneiras de dizer, erra os verbos intransitivos, destrói sistematicamente as regras e procura sempre uma justificativa para o erro. Por exemplo, muitas vezes diz: coisas de endoidecer, filmes de rir, livros de assustar. Diz que é mais rápido.

— Ele não está errado.

— Como?

— A questão é que, para decompor a língua, precisa ter consciência dela. Gerruso conhece tão bem a língua que pode se permitir violá-la?

— Acho que não, de jeito nenhum.

— Então é um erro azul e vermelho ao mesmo tempo, sem brincadeira. Para violar uma regra, precisa antes sabê-la de cor como uma ave-maria.

— A senhora gosta quando a língua é massacrada.

— É sinal de que a língua está viva e continua a trabalhar. A imediatez indica que se adquiriu um código comum.

— A construção de um vocabulário ágil.

— Os tempos mudam e as expressões acompanham o que acontece ao redor. Antes se falava em latim, agora há o italiano, e além do mais nós falamos palermitano, um dialeto belo e profundo, capaz de velocidade e força. Mas você entendeu por que eu pedi para você vir?

A voz de minha avó estava mais fina. Levara também a mão à boca.

— Vá ao jardim e convide seu avô para depois de amanhã.

Um conselho, uma sugestão, o sinal de uma estratégia e, ao mesmo tempo, quase uma prece.

No jardinzinho de casa, meu avô estava entre a sálvia e o alecrim. De costas, antecipou-se à minha saudação levantando a mão esquerda. O dorso da mão limpo, os dedos encardidos de terra.

— Oi, vô.

Suas mãos voltaram a arrancar os matos e os trevos, a endireitar os ramos com barbante, a dar água a quem tinha sede.

— Eu queria lhe dizer uma coisa.

Meu avô executava gestos mínimos, ordenados, essenciais. A precisão nasce de um treino contínuo.

— Eu queria convidar o senhor para minha primeira luta. Vai ser depois de amanhã, em nossa academia, quer vir? Eu ficaria contente.

Meu avô deixou as plantas e se virou para mim. A cabeça levemente inclinada para a direita, as maçãs do rosto se salientando nas faces encovadas. Num leve movimento, confirmou que viria.

— Certo, estou indo, então até amanhã.

— O lado?

— Bem, obrigado, isto é, mal: está doendo, ainda tenho todas as marcas das batidas, veja.

Meu avô abriu a torneira, lavou as mãos com cuidado e, sem enxugá-las, apoiou-as ainda molhadas em meu flanco.

— Todo homem tem doze costelas de cada lado, sabia?

As mãos que haviam criado o Paladino estavam me acariciando.

Meu avô ficou sorrindo até a água se secar em minha pele.

* * *

Rosario ofereceu o prato a D'Arpa. Na divisão das tarefas, ele acabara na cozinha com Nicola Randazzo. Francesco D'Arpa e Marangola foram designados para a carpintaria, Melluso e Iallorenzi para a limpeza.

Para meu avô, tinha sido uma beleza, na cozinha ficava-se à sombra, falava-se pouco, revistavam-no apenas na entrada e na saída, tinha bastante liberdade de movimentos, quase nunca encontrava Melluso.

Tinha criado uma receita com feijão e queria que o tenente fosse o primeiro a experimentar. D'Arpa agradeceu, pegou o prato e continuou a lhe explicar o empenho do partido nacional fascista contra a Máfia.

— É realmente uma disputa para ver quem tem o pau maior. Na Sicília a Máfia não pode vencer, seria o fim, assim como não podem vencer aqueles infames dos comunistas.

Ele os odiava. Quando era adolescente, quatro comunistas o encheram de bordoadas. Seu erro era ser filho de seu pai, um proprietário de terras.

— Por isso comecei a aprender boxe, para poder me defender melhor quando acontecesse outra vez.

Uma vez por semana, no campo de prisioneiros, organizavam-se torneios esportivos, também de pugilismo. D'Arpa ainda não quisera lutar, sentia-se cansado, precisava recuperar as forças para aguentar os murros que certamente receberia.

— Então você nunca tinha cozinhado antes, Rosà? Nem em casa?

— Não.

— E agora até inventa pratos. Pois não é que os acasos da vida às vezes revelam talentos desconhecidos?

Provou uma colherada e aprovou.

— Saboroso, muito bom, gostei. Mas você, quando menino, que profissão queria ter?

Rosario deu de ombros, nunca havia falado sobre isso com seu amigo Nenè. Sonhava com uma profissão na qual se falasse pouco, isso sim.

— Eu sempre soube que devia me dedicar às terras da família, mas desde menino sonhava em ser mercador: viajar, ouvir novas línguas, conhecer o mundo, ter um porto para onde voltar.

— O que está achando da carpintaria?

— Sabe que não é ruim? Cortar a madeira, aplainá-la, colocar os pregos, construir uma cadeira, entender como se faz um móvel, como se fez uma porta, realmente não é ruim.

Apoiou o prato na mesa e começou a gesticular.

— Sabe quem eu invejo? Randazzo. Ele aprendeu o ofício de lavrador desde criança, conhece as plantas e os tempos certos do cultivo. Você o viu usando a enxada? Faz um gesto preciso ao cravá-la no solo. O corpo dele está acostumado a certos movimentos, faz desde sempre, suas mãos conhecem as árvores, os ramos, os frutos. Deve-se começar a aprender uma profissão desde criança, Rosà. Eu, se tivesse crescido num barco, agora conheceria os ventos, as correntes e as posições das estrelas para as rotas, e pela intensidade das ondas saberia o ponto exato para lançar as redes. Mas me coube a administração das terras da família. Agora preciso ir mesmo, tenho de acabar uma mesa para o oficial que chegou anteontem, nos vemos mais tarde no dormitório.

Rosario parou para observar a horta cuidada por Randazzo. Toda manhã, depois da revista, Nicola tirava os matos, removia as pedras, cobria as plantas maltratadas pelo sol. Regava-as filtrando a água com uma camisa.

— Tem sal demais e não faz bem para as plantas — explicava.

Protegidas por uma cobertura rudimentar de tábuas de madeira, estavam suas plantas preferidas: pequenas, verdes, de folhas macias. Nicola tirava a água da sua boca para molhá-las.

— Cuidar das plantas é como cuidar de nós mesmos — confidenciava a meu avô, enquanto lhe mostrava a profundidade em que se deviam plantar os bulbos das cebolas. — As plantas são honestas. Se cuidar delas, dão flores e frutos. Fazem companhia e nunca reclamam.

Um guarda chamou meu avô. Era hora de voltar ao trabalho. Rosario pegou o prato que D'Arpa deixara na mesa e foi para a cozinha. A meio caminho, provou a nova receita com o dedo. Estava horrível. Salgadíssima. Tinha se esquecido de filtrar a água. Descascou as batatas fazendo os gestos que Nicola lhe ensinara, o polegar em cima da faca, a batata que gira na outra mão, a casca que sai inteira.

* * *

— Não tem nada a ver com paciência, precisa saber ler as pegadas no terreno, senão as armadilhas para os coelhos ficarão sempre vazias.

Mino Iallorenzi caçava desde menino com seu pai. Animais silvestres, coelhos, lebres.

— Mas o animal melhor de todos e também o mais perigoso é o javali. Se está sozinho, há uma boa chance de capturá-lo. Se está em bando, não se deixa pegar de jeito nenhum, correm furiosos e devastam tudo.

— Como tanques de guerra.

D'Arpa conseguia sempre achar a comparação cabível.

— Estou com vontade de comer carne — disse Marangola.

Quanto tempo fazia que não comiam? Meses. Nunca serviam carne aos prisioneiros.

— Aqueles bostas que trabalham na cozinha traçam toda ela.

Melluso não tinha dúvida. Rosario e Nicola comiam carne sem dividir com os companheiros.

— Não é verdade, nunca vimos carne na cozinha — respondeu Randazzo na hora.

— Não perca tempo com ele — aconselhou D'Arpa.

Melluso fungou e cuspiu no chão.

— Se eu for fazer limpeza na cozinha e tiver carne, você vai me dar, está claro?

Rosario não ignorou aquela ameaça. Se não houvesse as revistas, ele obrigaria Nicola a andar com uma faca. Melluso era como erva daninha. Sua presença estragava as plantas.

Iallorenzi explicava algumas técnicas de caça, o melhor modo de montar as armadilhas, como reconhecer os animais pelos sons e pela cadência dos passos.

— O animal deve fugir quando o caçador decidir, grande parte da caça consiste nisto: mandá-lo direto para a armadilha.

Marangola interveio para comentar algumas diferenças com o mundo da pesca. Segundo sua experiência, os únicos peixes realmente a ser caçados eram o atum e o peixe-espada. Peixes de força insuspeitada, respeitados por todos os pescadores. Às vezes, os arpões não bastavam. Contou que tinha visto peixes-

-espada vivendo com arpões de meio metro enfiados na carne e atuns conseguindo arrastar barcos para debaixo d'água.

Iallorenzi exprimiu seu ponto de vista:

— No mar o sangue se perde, na terra vira rastro para os caçadores. Na terra, o animal atingido está com as horas contadas.

Randazzo concordava. Ele conhecia bem os animais. No campo onde morava, criavam-se coelhos, galinhas, porcos. Tinha cães de guarda para o galinheiro. Nicola sabia disto: um animal selvagem ferido está destinado a morrer logo. Os caçadores seguem os rastros de sangue até o fim.

— Vocês já abateram um animal? — perguntou Nicola.

O único a responder afirmativamente foi Mino Iallorenzi, que retrucou:

— Algumas partes precisam ser tiradas ainda quentes.

— Isso, o fígado, os miolos, o coração, os rins e os testículos, além de recolher o sangue do pescoço ainda quente num balde, para fazer chouriço, fica muito bom.

Se chegasse carne ao campo de prisioneiros, Nicola saberia preparar.

— Como é abater um animal? — perguntou D'Arpa.

— O cheiro é forte, o sangue é quente e sente-se a vida fugindo.

O pai de Nicola o fez abater o primeiro porco aos sete anos. Devia aprender a cortar a jugular com um talho preciso, para diminuir o sofrimento do animal: o porco morreria antes se o sangue saísse mais rápido. A cabeça tinha de ficar erguida, para que as mulheres recolhessem o sangue quente no balde.

— Todo animal tem uma morte própria dele.

Com as galinhas, a regra é simples: uma das mãos segura firme o corpo, a outra torce o pescoço. Na primeira vez, Nicola errou, torceu os dois lados e a cabeça da galinha lhe ficou na mão. Assustado, soltou o corpo da galinha. Ela ainda se mexia, correu alguns metros, depois o movimento diminuiu até se apagar na queda final.

— Como vivem os animais em sua região?

— Nós os tratamos bem.

— Vivem melhor ou pior do que nós?

Nicola não respondeu.

Do lado de fora tocou a sirene, apagaram-se as luzes das velas e logo a seguir alguns já roncavam, sem ligar para o calor, o mau cheiro, os insetos.

— Não, juro que é verdade, ela não ligou, fico sempre em casa, minha mãe nunca me deixa sair, ela diz que Palermo anda perigosa demais. Se quiser, eu ligo para Nina.

— Sim... não... não sei... ou melhor, sim, sim, ligue para ela, mas não diga que...

— O quê?

— Nada, Gerruso, não diga nada a ela, só pergunte como está. E se vai à luta no domingo. E lembre a ela que é minha primeira luta. E pergunte também se ela pensa em mim, de vez em quando. Ou melhor, não. Esqueça tudo o que eu disse. Pergunte como ela está. Ou melhor, não, não ligue de jeito nenhum. Olha, vamos acabar este telefonema que é melhor.

— Está bom, mas eu desligo antes. Tchau, P...

— Não se atreva a usar esse apelido.

— Por quê? É bonito.

— Não estou nem aí.

Fazia três dias que eu tentava ligar para Nina. Quando finalmente atenderam o telefone, era sua mãe do outro lado da linha.

Ela não passou a ligação.

— Não ligue mais — começou.

— Não quer mais falar com você — acrescentou.

— Eu nunca gostei de você — concluiu.

— Então estamos nos despedindo?

— Eu já me despedi de você, Gerruso.

— Mas por que está tão nervoso?

Contei o que tinha acontecido na academia, de tarde.

O Mestre Franco queria verificar a rapidez de minhas mãos.

Meu lado esquerdo estava bastante machucado.

Tinha espalmado suas mãos e esperava as minhas.

Disputa de rapidez.

Fui três vezes e ele desviou três vezes.

Levantou minha camiseta para olhar a contusão.

— Vê se sara logo.

— Então posso lutar, Mestre?

Franco comprimiu o boné na cabeça.

— Você o que acha, Umbè?

— Claro que pode subir no ringue. O oponente dele, Brullera, o catanês, é mais alto e mais forte. Carlo, venha cá, pegue estas vinte mil liras e vá apostar em Brullera como vencedor, meu sobrinho vai perder sem dúvida.

Ele esperava que eu reagisse, mas não aceitei a provocação. Meu tio então declarou que eu perderia mesmo que estivesse inteiro, pois meu pai também perdera em sua estreia. Foi então que senti uma ponta de ódio por ele.

Não me arrependi nem um tico.

— De qualquer modo, Gerruso, pare de me ligar.

— Mas não sou eu que te ligo.

— E quem é então?

— É meu dedo, é ele que disca o número.

— Não me diga que você disca o número aqui de casa com teu toco de dedo.

— Ele entra certinho nos buraquinhos, é muito prático.

— Ouça, estou cansado, acabei meu treino agora há pouco, ainda preciso passar pomada na lateral, tchau.

— Quer que eu vá e espalhe?

— Você está doido?

— Talvez te faça bem, minha mão tem um peso diferente, o dedo cotó talvez seja milagroso.

— De jeito nenhum, e você faz a mais remota ideia do quanto te desprezo?

— Não, noventa e um?

Na delegacia, apresentaram-se mamãe, meu tio e vovô. Minha mãe se lançou em minha direção.

— Como está, alegria minha? Como estão vocês dois? O que aconteceu?

Foi Gerruso que contou tudo, confirmando a versão que eu acabara de expor aos carabineiros. Quando passou a descrever a pancadaria, fez com abundância de detalhes o que eu havia calado em minha descrição.

— Levante a camiseta, Davidù.

O tamanho do hematoma assustou até os militares.

— Senhora, ele não nos disse nada.

Não lavrariam nenhuma queixa. A detenção era só rotina. Agora que os parentes tinham chegado, podíamos ir embora. Ninguém me repreendeu por ter agido daquela maneira. Chegou também a mãe de Gerruso. Gritava. Primeiramente, ao invés de perguntar "Como está", deu um tabefe no filho, pegou-o pela orelha e saiu pela porta. Gerruso jogou o braço para trás e se despediu de nós acenando a mão do dedo decepado. Umbertino inseriu uma ficha no telefone do corredor da delegacia e ligou para Franco.

— Temos um problema, houve um estrago.

Não abri a boca durante toda a viagem de volta.

Em casa, minha mãe medicou meu flanco.

— Se existisse uma pomada para colocar em teu coração para você ficar bem, alegria minha, eu colocaria imediatamente, mesmo que tivesse de pagar com minha própria vida.

Os hematomas no lado desapareceriam. Mas a ferida por ter revisto e perdido Nina outra vez demoraria a cicatrizar.

Gerruso tinha me ligado uns dois dias antes.

— Neste sábado minha prima Nina vai à Feira do Mediterrâneo, minha tia me pediu para ir junto, mas falei que só vou com meus amigos.

— Você não tem amigos.

— Você vem à Feira comigo?

— Não sei.

— Deixa disso.

— Tá bom. Me diga, tua prima vai sozinha na Feira? Com as amigas? Não vai levar junto aquela loira lá, a Puta Imperial?

— Não sei, se quiser eu pergunto.

— Perguntar? E por quê? Saiba que pouco estou ligando para a Nina.

Fazia dois meses que eu não a via, desde aquela tarde na festa de Giusi. E não a ouvia desde o dia seguinte, quando o telefone ficou pesado e o clique no final da ligação era aguardado como um alívio.

Fazia dois meses, quando as palavras entre mim e Nina se acabaram e, com elas, também nossa história terminara em silêncio.

— Gerruso, que merda de roupa é essa?

Ele se apresentou na frente do portão de casa com um traje de cerimônia reluzente: paletó e calças escuras, camisa branca, sapatos de verniz, gravata fúcsia.

— Por quê? Estou elegante.

— Estamos indo a um parque de diversões, não a um casamento.

— Minha prima gosta quando eu ando elegante.

— Vamos logo, antes que eu mude de ideia.

A Feira do Mediterrâneo estava lotada de grupinhos, algodões-doces, casais de namorados, jogos, luzes coloridas, mulheres gritando, assanhados abordando, carrosséis disparando músicas barulhentas.

— Não acredito em milagres.

— Mas eles acontecem.

— Como você pode ter tanta certeza?

— Minha mãe diz. Aliás, sempre rezo a Jesus pelo milagre, toda noite.

— Já te fez algum milagre?

— Ainda não.

— E a que conclusão você chegou?

— Que Jesus anda muito ocupado. Embora seja pequenininho o milagre que eu peço a ele.

— E qual é?

— Que faça crescer de novo...

— O toco de dedo?

— Mesmo um pedacinho de unha já estaria bom.

— Gerruso, as unhas estão crescendo é na tua cabeça.

Gerruso parou diante do saco de pancadas.

Os que estavam jogando eram muito ruins de soco. Erravam tudo o que podiam errar, atingiam o saco apenas com a força dos braços. Ninguém alcançou a pontuação máxima.

— Você, quanto faz com um soco?

— Não sei, nunca tentei.

— Vamos tentar?

— Gerruso, daqui a uma semana eu tenho uma luta, não quero fazer nada que possa derrear.

— Está bem, mas você é forte.

— Isso é verdade.

— Bato antes eu, assim te digo se dói.

Juntou-se a nosso redor um grupo de gente. Caçoavam de Gerruso pelo jeito como estava vestido. Escarneciam e insultavam, com razão. Eu os invejava.

— Então, Davidù, bato?

Eu estava para negar com a cabeça quando surgiu o problema. Um rapazinho, quinze, dezesseis anos, repetiu a frase de Gerruso imitando voz de mulher:

— Então, Davidù, bato?

Dali a sete dias seria a luta.

Deixei a provocação passar.

Ele continuou, com ênfase:

— Davidù, amoooor, agora bato.

— Gerruso, venha cá, tire o paletó, me dê seu lenço.

Assim que ele tirou o paletó, os rapazinhos berraram que éramos viados.

— Mande à merda e me ouça: o paletó prende os movimentos dos ombros. Depois, não pense no braço, e sim no pé que gira. Me dê sua mão boa, o cotó não quero nem ver.

Enfaixei seus dedos com o lenço. E o posicionei no ponto exato para desferir o soco.

— Os pés, Gerruso, gire os pés.

Observei a coluna da pontuação. Em média, as pessoas chegavam a setenta pontos. Se Gerruso chegasse a sessenta, já seria meio milagre. Ele me olhava, como se eu fosse seu treinador ou, pior ainda, seu amigo.

— Vamos, Gerruso, rápido, vamos acabar logo.

Ele se concentrou, olhou o alvo e carregou o soco.

Os rapazinhos pararam de berrar.

Gerruso foi e atingiu com o máximo da força.

Virou-se para mim, perguntando-me com satisfação:

— Foi forte?

Quarenta pontos.

Menos da metade.

Gerruso.

Mas como você é fraco.

Os rapazinhos endoideceram.

— Viados, viados.

Com a mão ainda enfaixada, Gerruso foi até eles.

— Vamos apostar que Davidù consegue cem?

— E quem é Davidù?

Os passantes pararam. A música silenciou e as lampadinhas coloridas deixaram de piscar. A cena tinha uma solenidade própria. Parecia um faroeste. E Gerruso cuidou de estragar tudo.

Estendeu a mão e me apontou.

Com o toco de dedo.

— Ele. Agora ele vai ganhar de todos vocês.

Poucos sons conseguem realmente ferir os ouvidos: um tiro de revólver, o barulho de vértebras se quebrando, o rugido zombeteiro de um grupo de gente. Gerruso, que ignorava o funcionamento do mundo, insistia.

— Vamos apostar que ele consegue cem?

— Quanto?

— Duas mil liras.

— Eu topo.

Gerruso, duas mil liras é um monte de dinheiro, e se eu não conseguir cem, perdemos e depois encontramos Nina, como vou poder convidá-la para um passeio no carrossel se fiquei sem um tostão por tua culpa?

Nina.

A ideia de que ela podia estar escondida em algum lugar me observando mudou radicalmente meu modo de enfrentar a questão.

Fui direto ao chefe do bando.

— Ei, vamos apostar cinco mil liras. Ou vai fugir?

— Está bom.

O saco de pancadas era áspero, melhor enfaixar os dedos.

— Gerruso, o lenço.

Um novo pensamento me assaltou. E se Nina não estivesse? Seria inútil todo esse teatrinho aqui.

— Gerruso, me jure que Nina está aqui.

— Mas você falou que não se importava.

— Jure para mim.

— Minha tia disse que sim.

— Não é suficiente.

— Eu juro, Nina está aqui.

Ninguém viu partir o soco. Seguiu-se apenas um silêncio de espanto quando o marcador indicou a pontuação máxima. Eu não tinha sequer enfaixado a mão.

Enquanto procurávamos Nina na selva da Feira, diante de nós apareceu, majestosa, a diversão mais impressionante de todas: o galeão.

Por que somos atraídos pelos jogos radicais, aqueles que criam um vácuo, fazem subir a pressão, aqueles que, se eu não me segurar, caio e morro? O que é esta vontade de levar o corpo ao limite extremo da resistência? Esta necessidade de descarregar adrenalina que se agita em cada centímetro da pele? Na academia, uma vez por mês, fazia-se uma sequência de cambalhotas: cinco para a frente, cinco para trás, cinco para a esquerda, cinco para a direita, e então tínhamos de nos levantar num salto, de uma só vez. Paredes, piso, forro rodavam vertiginosamente, eliminando a certeza de um apoio. Alguns pugilistas tentavam dar meio passo em frente, mas perdiam o equilíbrio e caíam no chão. Os que continuavam de pé ficavam com as pernas tremendo, os olhos procurando um apoio, enquanto na boca ocorria uma revolução de sucos gástricos. Era a sensação mais semelhante que se pode criar num treino para entender, tirando a dor, o que se sente quando se leva um soco nas têmporas. Quando o corpo recuperava a vertical, era preciso desferir diante de si a maior quantidade possível de socos, na maior velocidade possível, em todas as direções, para atingir todo fragmento de espaço disponível.

— Mas como é que você inventou esse exercício, Franco?

— Eu estava na taberna e Peppuccio estava lá, mais chumbado que o habitual. Tinha uma garrafa de cerveja na mão, caiu no chão sozinho e fez uma coisa nova: levantou feito um raio e, empunhando a garrafa, começou a movê-la para cá e para lá, tipo uma espada, como se quisesse cortar todo mundo.

— Atacar para se defender. E assim você nos ensina essa sensação do corpo.

— Mais do que isso, Umbè, quero ensiná-los a pensar com o corpo. Se a cabeça estiver muito abobalhada, o corpo deve fazer a coisa certa no momento certo.

Gerruso me perguntou no que eu estava pensando.

— Nos socos dados no vazio.

— Como nos fantasmas?

— Mais ou menos.

— Mas não adianta, fantasma a gente nunca acerta, é ele que pega a gente de surpresa, gelando o coração.

— Gerruso, o que está dizendo?

— Os fantasmas. Eles existem. Minha mãe me disse. Às vezes Concetta, a tia dela, aquela que morreu do coração, aparece em sonho. Minha mãe lhe pede proteção para a família e ternos e quadras na loto.

— Alguma vez ganharam?

— Não.

— Vocês são Gerruso até nos mortos. Agora vamos no galeão, mas só se você ficar quieto.

No galeão todos gritavam: mulheres, homens, adultos e Gerruso. Só eu não abria a boca. Eu observava a multidão, ora perto, ora distante. Nina, onde está você?

— Vamos ficar no lugar mais alto de todos, Gerruso.

O melhor ponto para observar a maior extensão de mundo. Minhas mãos seguraram com força a barra de ferro da frente. O galeão aumentou progressivamente a velocidade. Subia e o chão se afastava, descia num mergulho e um arrepio percorria a espinha. Continuava a criar vácuos de ar, pouco se importando com os berros dos passageiros. Gostei dessa atitude. Ele daria um bom boxeador. No outro extremo do galeão, à nossa frente, estava um grupo barulhento de meninas. Eram sete: sete bolsas iguais e sete penteados idênticos. A menina que estava em frente a Gerruso era bem bonita. Tinha uma faixa vermelha nos cabelos. Um colar de contas coloridas desenhava um pequeno círculo entre o pescoço e o peito, o ponto que eu decidi olhar fixamente para evitar os acessos de náusea. A garota estava de mãos entrelaçadas com as duas amigas vizinhas. Todas gritavam. Antes que o galeão se movesse, todos tinham começado a apontar Gerruso de paletó e gravata. Gerruso ria com os olhos e saudava com a mão do dedo cotó. Parecia o papa, mas vestido de homem. O funcionário interrompeu aquela bênção manca e o brinquedo se moveu. Quando a velocidade aumentou sensivelmente, terminaram as hesitações e começaram os berros. Todos se esgoelavam, menos eu. Se Nina me visse, eu ganharia muitos pontos. Tirei os olhos do peito da mocinha bonita, para verificar se ela estava lá embaixo me olhando. Mas meu senso de equilíbrio sofreu uma pequena derrapada, como quando o pé, distraído, entra num leve desnível do terreno e, por um instante, tudo — mundo, corpo, raciocínio — sai dos eixos. Durou um nada, foi mais uma intuição do que qualquer outra coisa. Mas foi mais do que suficiente. Na mesma hora, meu corpo sentiu um impulso de boxear. Desferi no vazio à minha frente a maior quantidade possível de socos. Não estava apenas aprendendo uma gramática do movimento. Minhas mãos tinham se soltado da barra de ferro. Eu estava assumindo estruturas de pensamento autônomas. Os dedos já tinham se fechado. Minha carne pensava e agia segundo uma finalidade precisa, a primeira e mais premente que vinham me ensinando desde os nove anos de idade: sobreviver. A direita havia atacado, retomara a posição liberando a esquerda, já disparara um cruzado.

Desferi três socos no vazio, num piscar de olhos.

Sem me dar conta.

Eu estava pensando com o corpo.

Para o cúmulo do azar, não era o único.

Gerruso também pensou com o corpo. Começou a vomitar. Sem qualquer aviso. Sem alarme. Vomitou num jorro reto, bem reto, e onde pegou, pegou. Vomitou um monte, atingindo em cheio a pobre infeliz que estava em sua frente. Rosto, contas coloridas, faixa vermelha. Tudo emporcalhado com o vômito de Gerruso. Coisa que ia precisar um ano inteiro de lavagem na máquina. Iniciou-se uma hecatombe de tais proporções que seria digna de figurar na Bíblia. Atingida em cheio pelo vômito, a garota reagiu com a única ação que foi capaz de gerar: vomitar também. Tampouco ela teve consideração pelos passageiros do brinquedo e a gentileza de vomitar entre as pernas. Seu rosto se transformou numa careta pouco graciosa e espirrou vômito sobre tudo e todos. O galeão, pouco se importando com aquele inferno gástrico, aumentava os trancos e a velocidade. Criou-se uma galáxia colorida de vômito, suspensa no ar. A cada vez que descíamos num mergulho, novos exploradores a atravessavam e, para não ficar devendo nada a ninguém, enriqueciam-na com suas novas contribuições. Os gritos tinham cessado. Todos vomitavam. A democracia do parque de diversões. Com as mãos fechadas, eu protegia meu rosto. Mantinha a guarda alta, os olhos abertos, o tronco em tensão, pronto para me esquivar. Chegaram as primeiras vozes lá de baixo: pequenos meteoros ácidos tinham atingido os passantes. Vomitava-se até lá embaixo. O rosto de Gerruso estava cortado ao meio pela gravata. Sua camisa estava em condições piores do que a toalha de mesa depois de um almoço de Páscoa. À minha esquerda, um rapaz magro estava vomitando entre as pernas. Num ímpeto de solidariedade feminina, as amigas da moça que antes parecia bonitinha vomitavam uma em cima da outra.

Eu estava na última fila do galeão. Minhas costas estavam a salvo. Em minha trajetória, dois planetas de vômito. Ainda tinha tudo sob controle.

A nova descida foi impetuosa. Soltei um cruzado de direita e um gancho de ataque de esquerda. Os dois planetas, após minha passagem, não existiam mais, destruídos em múltiplos fragmentos que espirraram para baixo, na multidão. Depois me esquivei com um jogo simples dos quadris, direita, esquerda, direita de novo. Lá embaixo imploravam para parar a máquina. Desferi quatro golpes, executados à perfeição. A cada passagem minha, novos planetas de vômito eram destruídos. Meu rosto continuava limpo. Eu estava pronto para minha primeira luta. Quase fiquei triste quando uma compressão de ar ruidosa e imprevista desacelerou o galeão até sua definitiva parada. Os funcionários nos ajudaram a descer, garantindo-nos com seu sotaque eslavo que alguém já correra a um telefone para chamar uma ambulância. Muitos não conseguiam ficar de pé. Caíam no chão sem suavizar a queda com as mãos. Gerruso estava um trapo, mas tinha no fundo dos olhos um brilho feliz que resistia orgulhosamente por trás das lágrimas.

— Caramba, Davidù, minha mãe me mata.

Vomitou uma última vez, depois seu rosto melhorou. Sorria. Tirou o vômito do rosto usando a gravata fúcsia. Quando achou que tinha acabado, veio até mim, pegou minhas mãos e, com a gravata suja, começou a limpá-las.

Naquele exato momento, naquele silêncio nascido do final da hecatombe, apareceu Nina. Veio correndo em nossa direção. Os cabelos livres e soltos, do jeito que eu gosto. Parou na frente de Gerruso.

— Como está? O que aconteceu? Você está bem?

Ela me deu as costas, ocupada naquele diálogo entre primos do qual me excluía.

Gerruso, vamos, faça ela se virar, já entendi que, para fazer as pazes, tenho de pedir desculpas pelo que aconteceu na festa da amiga Giusi, vamos, faça ela se virar, você consegue e eu te autorizo a vir na minha primeira luta, vamos.

— Nina, Davidù está aqui, meu melhor amigo, você o cumprimentou?

Fui atravessado por um arrepio gelado. Gerruso, agora você e eu nos comunicamos por telepatia? E se você me infectar os pensamentos? E, além do mais, não somos amigos, não divido o pão com você na mesa.

A pergunta de Gerruso impôs um silêncio que era tudo, menos uma imobilidade. Era um silêncio lacerado. Ele se dilatava, mais e mais a cada segundo.

Nina, ah vai, vire-se, vamos esclarecer, estou disposto a admitir que errei com a Giusi, é só você se virar, Nina, estou aqui, olhe, não tenho nenhum pingo de vômito na cara.

Mas aconteceu o inimaginável.

Chegou um sujeito, enorme, altíssimo, passo pesado, cabelo curto, camiseta branca sem nada escrito, jeans justo, um capacete de moto com viseira debaixo do braço. No mínimo uns dezenove anos. Vinha acompanhado de outros três motoqueiros, cada um com o próprio capacete debaixo do braço. Chegou sem se apresentar, sem perguntar nada, sem entender a importância do momento. Destruiu a solenidade do silêncio conquistado entre mim e Nina e, ignorando-me, sem nenhum fascínio na voz, disse:

— Vamos, minha linda?

E com a mão peluda cobriu a mão delicada de Nina.

Ela não retraiu os dedos àquele contato animal; pelo contrário, sorriu ao rapaz, tão alto e maior de idade.

E assim, na reta de chegada, bem diante da linha final, faltando quase nada para o fim, a ânsia de vômito também atacou a mim.

E pensar que apenas dois meses antes viríamos juntos aqui, no parque de diversões, você e eu, Nina. Ficaria você a meu lado no galeão, não Gerruso, não haveria nenhum vômito, nenhum namorado de mãos peludas. Porque só dois meses antes,

Nina, você e eu estávamos juntos. Depois, houve a maldita festa da tua amiga Giusi. E eu que disse a verdade. E você que se irritou. E o precipício que se abriu entre nós.

Dois meses.

E agora já estava namorando outra vez.

Você não perdeu tempo, Nina.

Por isso não se virou?

Porque não queria que eu lesse a vergonha em teu rosto?

Como é isso? A gente desmanchou e você perdeu o atrevimento?

Não conseguia mais me olhar nos olhos?

Mas não, Nina se virou.

E olhou dentro de meus olhos.

— Tchau.

Sua voz não pertencia ao presente. Vinha de dois meses antes. Tínhamos acabado de brigar pelo telefone e, depois de um longo silêncio, disse "Tchau". Rendição mais ao cansaço do que à derrota. Nenhuma palavra de amor para preencher o vazio entre nós.

Com o tempo eu iria entender que, na comunicação entre os seres humanos, as palavras transmitem apenas um nível mínimo do sentido. No sexo, por exemplo, os corpos dizem mais e melhor: as contorções, a excitação, o gosto, os gemidos, o suor. Ou quando termina uma relação. Pouquíssimas experiências são tão narrativas quanto o silêncio entre duas pessoas que acabam de se deixar. E no entanto é na constatação do abandono que finalmente um ouve ao outro, num silêncio puro, pois absoluto. E compreende-se que o abismo representado pelo outro jamais foi explorado.

Porém um pouco antes, Nina, não havia nenhum fosso entre nós dois, nenhuma beira de precipício. Havia eu, havia você, havia o papel vermelho que envolvia o presente para o aniversário da Giusi.

— Quinze anos é uma idade importante — você dizia.

— É verdade, fazemos só uma vez na vida.

— Idiota.

Entre nós dois, naquele tempo, ainda existia um silêncio envolvente, familiar e reconfortante. É bom estar com alguém sem ser obrigado a falar. Assim, foi uma série de ações inócuas na aparência, falar pelo interfone no portão da mansão, atravessar o jardim, subir as escadas entre tapeçarias e quadros, pensando de si para si, quanto, mas quanto, mas quanto dinheiro tem essa Giusi. Depois abriu-se a porta e vieram a nosso encontro, juntos, o brilho da tarde e os quinze anos de Giusi. E naqueles saltos em que mais parecia uma pernalta, naquele tubinho preto com rolos de gordura se salientando das axilas, com uma maquiagem exagerada para disfarçar os cravos e espinhas, imersa num turbilhão adocicado de perfume enjoativo, com dois lustres pendurados nas orelhas e duas molduras irregulares em lugar dos olhos, apareceu Giusi.

Chilreava.

E você, Nina, me disse baixinho: "Você se comporte bem."

Fui grosseiro? Sim, inegável.

Fui hipócrita? Não, inegável isso também.

Giusi era feia.

Era melhor continuar a fingir, como todos os outros? Como, só porque é rica está imune às regras da estética? E quando sair do jardim de sua mansão, quando atravessar a vida real, faz ideia do mal que vai encontrar? Uma garota dessas, Nina, está destinada ao massacre. Os socos, é melhor levá-los o quanto antes. O corpo começa a se acostumar, até quase não sentir mais.

Foi por isso que, depois que Giusi te abraçou e quando me perguntou "Como vai?", eu, Nina, respondi aquilo que respondi.

Não me orgulho, de maneira nenhuma. Mas ali estava você na frente dela, ali estava você a meu lado. Outra categoria. Possível que não se desse conta? Que fosse cega? Naquele triângulo, o lado errado não era eu, não era você, Nina.

Eu não podia mentir.

— Você pode até ter um vestido caro, brincos valiosos, um penteado da moda, é rica e pode se permitir, mas elegância, Giusi, elegância: ela não tem preço e você não vai conseguir comprar em loja nenhuma.

Você me empurrou para longe, apoiando Giusi e me apontando como "o imbecil de sempre que não entende merda nenhuma". E a porta que se fechou e eu que voltei para casa e o telefone que não tocou por muitas e angustiosíssimas horas e depois foi aquele toque e era você e não conseguimos falar porque gritávamos, eu um pouquinho, você muitíssimo, e as palavras que começavam a faltar, as frases que fugiam, o silêncio que aumentava cada vez mais e, enquanto eu me agarrava no telefone para não me afundar, do outro lado da linha tua voz que dizia: "Tchau". E, no silêncio do abandono, vinha em ondas a deriva dos continentes.

Dois meses antes.

E agora, quem era esse que te segurava a mão?

Era esta a vergonha que queria esconder de mim?

Como por telepatia, Nina se virou para Gerruso, respondendo à minha pergunta. Nina conseguia me ler por dentro. Terá sido por isso que me disse "Você se comporte bem"? O que era, uma advertência?

— Este é Raul.

Raul?

Mas que porra de nome é Raul?

Os três amigos de Raul se apresentaram a Gerruso, e a situação piorou.

Igor, Loris e Mattias.

Vieram até mim e me estenderam a mão direita, enquanto seguravam os capacetes com a esquerda. Ficaram com elas abanando no ar. Não estendi a minha. Não sabiam quem eu era, tinham mais anos, mais centímetros e mais quilos do que eu, mas a meus olhos realmente não eram ninguém para me pedir essa honra.

Numa bolha de desconforto que se avolumava, entre um cheiro pungente de vômito que nossas roupas continuavam a exalar, foi Gerruso quem falou:

— Ele se chama Davide, um nome normal, é meu amigo.

Nina, a única que poderia, que deveria dizer alguma coisa, não julgou conveniente desperdiçar palavra alguma.

Quem falou foi Raul.

— Vamos embora.

— Não.

A voz de Gerruso soou tão impertinente que conseguiu deixar todos nervosos.

— Rapazinho, por quem você me toma para achar que pode se meter?

— Raul, não falte com o respeito a meu primo.

— Belo primo que você tem, todo vomitado. E esse aí, quem é? O namorado dele? Você não me falou que os dois estavam juntos.

Muito bem, Raul, muito bem mesmo. Você estava fazendo tudo sozinho, e à perfeição.

— Ô seu viado de merda, se não consegue andar no galeão, melhor ficar em casa chupando o pau do teu namorado, entendeu?

— Pare com isso, Raul!

— Não, antes esses dois mijões têm de me pedir desculpas.

— O quê?

— Eles me torram o saco. Vamos, seus bostas, peçam desculpa.

— Raul, eu te disse para parar.

A voz de Nina era decidida, sem nenhuma vacilação.

Os amigos de Raul se puseram ao lado do escroto.

Me avaliavam com desdém.

Para complicar ainda mais as coisas, Gerruso entrou na conversa.

— Está bom, se é assim, então desculpem, tchau, podem ir embora.

Recebidas aquelas desculpas, Raul se sentiu todo importante.

— E agora se desculpe você, seu fracote.

Aquele parêntese de silêncio, aquela inércia do corpo duraria o infinito. Eu era menor, mais baixo, mais leve. Eles estavam em quatro. Meus olhos avaliaram as opções, examinaram as possibilidades. Meu corpo estava imóvel. Na cabeça, um único e incômodo pensamento: a primeira luta dali a sete dias. Não podia me dar ao luxo de fazer nenhuma burrada. Mas nenhum som sairia de minha boca, eu não me desculparia e tudo continuaria assim, em suspenso, indeterminado, isento de dor. Não aconteceria nada, eu subiria ao ringue sem nenhuma lesão, com o corpo inteiro. Se pelo menos você, Raul, não tivesse estragado tudo usando as únicas palavras cuja gravidade só se lava com o sangue.

— Filho da puta.

Depois de muito, muito tempo mesmo, uma calma feroz voltou a tomar conta de mim.

Tinha sentido falta dela.

Eu não esperava outra coisa.

Nina, eu sei que você está me ouvindo, entre nós é assim que é, eu penso e você entende, portanto, eu te peço, não se meta nisso, vá embora, fuja e leve também Gerruso, eu sei que você está me ouvindo, Nina, eu te peço, vá embora, já, faça isso por mim.

Nina se colocou entre mim e Raul.

Suas costas permaneceram retas e a mão firme quando lhe deu um tabefe.

— Não se atreva! — disse imediatamente depois do tapa.

Atingido em público, com o orgulho ferido, Raul decidiu reagir. Partiu para revidar o tapa. Nina ficou lá, sem se mexer, firme e aguerrida. Eu estava longe demais e o tapa a acertaria. Eu me sentia morrer.

Só mesmo um milagre.

Ocorreu.

Entre Nina e a mão aberta de Raul apareceu o rosto de Gerruso. Lançando-se com os braços estendidos e a bunda contraída, ele interceptou a bofetada com o rosto. O barulho do tapa foi um estrondo.

E se tivesse acertado Nina?

As costas se tornaram nadadeiras, o mundo mar e as mãos dentes.

Raul não teve nem tempo de entender o que estava acontecendo. Meu soco lhe cortou o fôlego. A vantagem de ter um baricentro baixo: o punho acerta até as bolas do saco. A subida em vertical da esquerda terminou no queixo, fechando-lhe o maxilar. Raul caiu de joelhos. Ficou praticamente da minha altura, eu de pé.

Nina, como é que você foi ficar com um cara tão alto?

Um fogo se espalhou entre minhas omoplatas. Tinham me atirado um capacete. A luta era dali a uma semana. Eles eram muitos. Eu não tinha a menor chance. Joguei a toalha, levantando os braços em sinal de rendição, enquanto Raul se arrastava pelo chão, apertando a virilha com as duas mãos. Gemia.

Gerruso, estendido no asfalto, massageava o rosto ardente.

Os olhos de Nina estavam postos em mim.

Nina.

Você não me olhava assim desde aquele momento antes de aparecer Giusi, quando me sussurrou: "Você se comporte bem."

E agora, novamente aquele olhar.

É assim que você me quer?

Numa luta contínua?

Eles se arremessaram sobre mim. Igor, Loris, Mattias. Maiores, mais altos, mais fortes. Nina estava ali, a hipótese de fuga estava excluída. Então aguentar, esperando que durasse o menos possível, alguém haveria de intervir. Fechei-me como um ouriço, escondendo a cabeça entre os antebraços. Um chute me acertou a canela direita, um capacete o ombro esquerdo, fazendo-me cair de lado. Que seja, é assim que funciona, tudo tem um preço, sempre é preciso sacrificar algo. Os motoqueiros não estavam fazendo nada a Nina. No final das contas, era uma troca aceitável. Uma infinidade de chutes, dados com o tacão das botas, abateu-se em meu lado esquerdo. A maldição da primeira luta, pensei, vou perder por desistência. Ouviu-se um grito. Criou-se uma pausa inesperada na pancadaria. Gerruso tinha se jogado sobre Loris. E, junto com ele, Nina também interviera.

Gerruso, você é um imbecil. Se acontecer alguma coisa com a Nina, eu te mato com essas minhas mãos.

A multidão olhava, levava as mãos à boca, mantinha distância.

Eu precisava ser rápido. Causar o maior dano no menor tempo possível.

Nina, eu te peço, não se machuque.

Estou chegando.

Uma chicotada nos abdominais e me pus de pé. Me protegi de um capacete com o antebraço direito e com um gancho arrebentei a sobrancelha de Mattias.

Nina.

Igor estava tentando tirá-la das costas erguendo os braços para trás. Um salto para a frente e meu murro lhe arrebentou o septo nasal. Ele se afrouxou, caiu de lado numa poça de sangue e muco. Nina me olhava. Estava com a respiração pesada. Espera, Nina, espera. O tubarão ainda não terminou.

Gerruso.

Ainda estava pendurado em Loris. E não, Gerruso, não, morder não vale, é só criança que morde. O motoqueiro gritou. Meu soco no estômago lhe tirou a voz e o fôlego.

— Gerruso, pare de morder.

E só então, quando tudo terminou e o risco desapareceu, os circunstantes decidiram que era mais civilizado se dar conta do que acontecia.

Fariam perguntas e criariam barreiras.

Eu tinha pouco tempo. Pouquíssimo.

— Nina.

Ela estava com os olhos inchados de chorar.

— Sinto muito por Giusi. Errei em dizer o que disse. Fui ruim com ela.

Ela estava tremendo.

— Você não entende mesmo.

— O que eu não entendo, Nina?

Suas mãos tremiam.

— Não foi com ela que você foi ruim.

— Não?

Seus olhos seguravam as lágrimas.

— Foi ruim comigo. Você devia mentir para ela por mim. Devia ser gentil com ela por mim. Mas você é de um egoísmo tão grande que nem se dá conta. E eu tinha até te pedido.

Se comporte bem.

Não era uma ordem.

Era uma súplica.

Chegaram estranhos. Agora se apressavam em perguntar como eu me sentia.

Pouco, pouquíssimo tempo para um último, desesperado ataque.

— Você vem domingo na minha primeira luta?

Seus olhos não aguentaram mais e explodiram num choro.

A multidão criou um vórtice que me separou dela.

Desapareceu.

Chegaram os carabineiros, pegaram a mim e Gerruso e nos levaram embora.

Fazia dois meses que não nos encontrávamos, Nina.

Não há muito o que fazer, realmente.

Sempre se deve perder a primeira luta.

* * *

Franco voltou à academia depois da série de arrancadas em subida, enfaixou as mãos, colocou as luvas, começou a boxear com seu oponente de treino. Atingia com uma violência que desconhecia, uma, duas, três vezes. Achava que Livia gostava dele, achava que gostava muito, e no entanto aquela puta deixou que aquele desgraçado do Pino, o mecânico, pegasse nos peitos dela. Ele estava tão irritado que instintivamente mudou a sequência estabelecida, acabando quase por atingir o rosto do colega de treino. Por pouco. Umbertino precisou apenas dar um pequeno salto para trás para evitar o soco. Depois, agiu como era de se esperar. Derrubou-o com um um-dois no rosto que Franco nem viu de onde vinha. Do chão, enquanto o sangue lhe desenhava um novo rosto, ouviu: "Bobalhão, a guarda: alta." E queria rir, mas não conseguiu, seu Mestre acabava de lhe quebrar o nariz. Teve uma ânsia e, pela primeira vez na vida, vomitou sangue. Arrastou-se até o banheiro, encheu uma bacia de água, mergulhou o rosto, lavou-se. Meia hora depois, estava deitado no banco de madeira do vestiário, uma toalha com gelo no nariz e nos ouvidos as reclamações de Umbertino.

— Eia, o gelo me custou duas liras, Franco, você está me depenando.

Chegou outro aluno, Ugo Moscato, vinte e seis anos, do bairro de Noce.

— Então, e a luta daqui a dez dias?

— Então o quê?

— Luto eu, Mestre?

— A quanto te pagam?

— Pouco, sou o favorito.

— Então não. Em teu lugar luta Franco.

— Aquele moleque?

— É.

— Mas está com o nariz quebrado.

— E você acha que mando um boxeador meu lutar sem o nariz quebrado?

— Mestre, o senhor já tinha decidido?

— Você cuide de sua vida. De qualquer forma, daqui a dez dias o nariz de Franco já vai estar muito bom. Vá avisar o Meio-quilo que apresentaremos um novo boxeador de quinze anos. Ressalte bem que será a primeira luta dele.

— Certo. Vamos apostar em Franco como vencedor?

— Moscato, sempre te disse que você deve até ser bom rapaz, mas da vida não entende merda nenhuma. Vamos apostar contra Franco. É a primeira luta dele. Para perder.

— Como o senhor disser, Mestre.

— Isso, Moscato, como eu disser, e agora saia daqui, porra. Franco, como vai o nariz? Dói? Fique tranquilo, cheiro de boceta é o que se sente sempre.

Ele tinha aprendido com os americanos no final de 1943. O prêmio era uma barrinha de chocolate, um chiclete ou um cigarro. *"Fight! Fight!"*, instigava o soldado, e a molecada se engalfinhava. Quem ficava de pé ganhava o que estivesse em jogo.

Na praça Zisa, diante dele, estava acontecendo uma briga com uma dúzia de moleques, desorganizada, pouco harmoniosa. Estavam brigando porque alguém tinha dito alguma coisa sobre a mãe de algum outro, e porque os pegas no meio da rua são bonitos, e porque não há nada de melhor para se fazer em Palermo; dez anos depois, a cidade ainda estava destruída, o lugar ideal para sair na porrada. Depois de uns dois minutos, decidiu intervir. Entrou na briga, amansando-a com sua presença. Os moleques, muito espertos, se protegeram imediatamente pressentindo o perigo que aquele gigante trazia consigo. No entanto, uma agradável surpresa: aquele homem enorme tirou do bolso da calça um pacote de chicletes.

— Estas são as melhores gomas de mascar do mundo, são americanas. Vocês querem?

Os meninos inclinaram a cabeça.

— Então, faite.

Eles o olharam antes com curiosidade, depois com ar de dúvida, por fim com a clara expressão de quem não entendeu.

— Faite — repetiu, mas ninguém se mexeu.

Um garoto de cabelos crespos se armou de coragem.

— O que é faite?

— É para vocês se pegarem em dois, mas só com os punhos, nada de pontapés nem mordidas. Quem vencer leva o pacote todo.

Ficou uma hora observando os moleques se engalfinharem.

Três dias mais tarde, retornou à Zisa. Alguns meninos o reconheceram, pararam de torturar a lagartixa e correram até ele.

— Tem goma de mascar?

Ele continuou a andar, dando-lhes a importância que se dá a um bando de moscas. Um moleque parou em frente, com ar carrancudo e olhos duros.

— Me dê um chiclete.

— Quantos anos você tem?

— Dez. Quero um chiclete.

— Saia da minha frente, porra.

— Antes o chiclete.

O gigante tirou as mãos dos bolsos, mostrando as palmas ao menino. Convidou-o com os olhos a apoiar as mãos sobre elas. O menino obedeceu e aguardou as instruções para ganhar a goma de mascar.

— Se você evitar o tapa, eu te dou o chiclete, está bom?

— Tá.

O moleque foi atingido em pleno rosto por um tabefe tão forte que os olhos se inundaram de lágrimas. Ele esperava um tapa nas costas da mão e veio aquilo. Filho da mãe. Fitou-o com ódio. Tentou reter as lágrimas, mas não conseguiu. O gigante, olhando-o com calma, disse: "Bobalhão, a guarda: alta." Depois acrescentou com seriedade: "Ah, um conselho para a vida: jamais me torre o saco." Não era um gigante. Era um animal. Seguiu seu caminho.

No lado direito do rosto do moleque, a marca a fogo dos cinco dedos continuava a arder. Os amigos o chamavam, mas ele não respondia. Um deles foi até seu lado e o pegou pela mão.

— Franco, venha, vamos voltar para casa, já é tarde.

Franco não se mexeu. Continuou a repetir em voz baixa: "Eu te mato", até que os ombros largos do Animal se perderam além das ruínas à esquerda do castelo da Zisa.

Voltava correndo para casa, na cabeça um boné tinindo de novo, presente do Mestre.

— Daqui a uma semana vai ser tua primeira luta, Franco, e como agora você já tem pouco cabelo, e daqui a pouco vai estar todo careca, pelo menos esse boné vai te evitar a pneumonia dos pensamentos.

Franco estava tão feliz que nem conseguiu agradecer. Mas na cabeça continuavam a florescer imagens triunfais: ele venceria, o Mestre Umberto ficaria orgulhoso, Livia deixaria o mecânico Pino e ele iria passear com ela pelo cais de Mondello.

Na praça Ingastona, um imprevisto: dois sujeitos, mais altos, mais robustos, maiores do que ele.

— Ei, você — intimaram-no.

Franco entendeu imediatamente que seria inútil tentar conversar.

— Passe o dinheiro e o boné — ordenou o mais alto dos dois.

Na semana seguinte seria sua primeira luta. Devia manter a calma, ter uma reação madura, digna dos seus quinze anos.

— Não.

Quando os malandros estenderam a mão para pegá-lo, os pés de Franco deram um impulso para trás. Atingiu um deles com um direto no rosto, depois com um gancho dobrou o estômago do outro. Os dois caíram no chão, nem ameaçaram se levantar. Franco examinou as mãos. Nenhuma marca. Ajeitou o boné na cabeça e retomou a corrida para casa.

Enquanto esmurrava, vieram-lhe à mente as palavras que Mestre Umberto tinha dito naquela mesma tarde, durante a sessão de abdominais baixos.

— No papel existem as leis, por exemplo, se chover a pessoa se molha. Bobagem. As leis você é que faz. Se chover, você pega um belo guarda-chuva e manda o molhado à merda. Sempre chega a hora em que a gente tem de mandar ver, sem ficar se preocupando se o adversário é maior. Na vida nunca lutamos com pesos iguais. Portanto, como diz o Evangelho, na dúvida a mão antes bate, depois pergunta.

Estava ao mesmo tempo agitado e amedrontado. O medo produz adrenalina, mas o canivete que trazia no bolso o tranquilizava. Lâmina comprida e larga, era um *liccasapùni*, que se chamava assim porque antigamente era usado para alisar sabão. Os tempos modernos tinham transformado sua finalidade, e agora servia para esfriar os escrotos que se faziam de valentes com os garotos pequenos. O Animal. Ele o esperou todos os dias por três intermináveis semanas, bem ali, lá onde a bofetada mais forte da história lhe marcara o rosto a fogo por seis dias seguidos. O Animal. Ele ia pagar por isso. Quando finalmente voltou a passar pela Zisa, seguiu-o às escondidas, sem ser visto. Foi assim que descobriu a toca: uma persiana que ocultava uma porta por onde entravam e saíam uns sujeitos que, tão logo punham o pé na porta, começavam a correr, sumindo de vista. O plano que havia elaborado era infalível. Ele esperaria que o Animal ficasse sozinho e entraria na toca, batendo a porta com força. Uma entrada temerária e ousada. Desembainharia o *liccasapùni*. Não mostraria nenhuma piedade. Iria esfaqueá-lo como deus manda. Depois lhe daria um baita de um tapa, de mão espalmada, em cheio na cara. Por fim, para fazer as coisas direito, cuspiria na fuça dele uns três chicletes. Perfeito.

Fazia vários minutos que não saía ninguém. Sentiu-se pronto para a ação.

Conforme planejado, começou a mascar três chicletes ao mesmo tempo. Custara-lhe um trabalho imenso conseguir os chicletes com seus amigos endinheirados, aqueles que podiam se dar ao luxo de comprá-los. Para o primeiro, teve de capturar doze lagartixas vivas e com cauda: difícil, levou uma tarde toda, as malditas caudas sempre se rompiam. Para o segundo, precisou cobrir de pancadas um tal de Pasquale Mistretta: fácil. Para o terceiro, precisou prender uma mosca viva dentro de um copo, o filho do advogado queria arrancar as asas de um inseto vivo: dificílimo, levou dois dias inteiros.

Franco se sentia importante e invencível. Não podia perder. Deu uma boa respirada, avançou e entrou na toca para tirar satisfação. Escancarou a porta sem nenhuma hesitação e porra, por esta não esperava, lá estava o Animal sentado numa cadeira, muito à vontade, as pernas esticadas e as mãos cruzadas atrás da nuca.

— Olá, demorou, hein? Faz um século que estou te esperando.

A entrada memorável tinha se estragado. Franco decidiu aumentar a aposta. Cerrando os dentes, fitou o Animal nos olhos, como fazem os adultos antes de se pegarem a pauladas. Para aumentar aquele efeito assustador, deglutiu a saliva com convicta firmeza, esquecendo que tinha três chicletes na boca. Engoliu-os de uma vez só e se engasgou na hora. Começou a tossir, dobrado em dois. Não era assim que devia ser, não era esse o cenário imaginado, devia haver medo, lágrimas, o Animal que se tornaria um cachorrinho, um daqueles que é gostoso chutar pois não reage. Em vez disso, o Animal, comodamente sentado, fazia pouco dele. Precisava se recuperar. Com uma tossida forte, finalmente conseguiu mandar os chicletes para o estômago. Com o indicador direito verificou se havia lágrimas nos olhos, não seria convincente se tivesse sinal de choro no rosto. Pareceram-lhe bem enxutos. Ele era valente, ele era da Zisa. O orgulho pelo bairro fez com que se aprumasse. Agora podia informar o motivo de sua presença, despertando no Animal um pavor medonho. Com um desprezo superior ao que tinha seu pai quando falava dos policiais, disse:

— Eu te mato.

E continuou assim, carrancudo, cabeça abaixada para a frente, boca zangada. Sentia-se um guerreiro. Aquela posição conferia força e respeito. Tudo acontecia exatamente como havia imaginado. Por isso foi um azar e tanto quando uma última, inesperada, imbecil tossida desfez aquela pose dramática, obrigando-o novamente a se dobrar em dois. Malditos chicletes, aqueles merdas me deram chiclete com defeito, quando eu os agarrar na Zisa, vou esfolar um por um. Quando se endireitou, olhos para cima e o corpo na vertical, percebeu com verdadeira surpresa que a cadeira estava vazia. Girou o olhar e viu o Animal a seu lado. Como tinha feito? Era enorme e nem o ouvira se mexer. Não devia se deixar amedrontar. Ainda tinha o *liccasapùni* no bolso.

— Sim, você me mata, como não, algum dia talvez, não hoje, com certeza, e sabe por quê?

E se dirigiu para o saco de pancada. Diante dos dez anos do moleque, ele massacrou o saco com as mãos nuas. Franco sentiu frio. Os braços eram tão velozes que não conseguia ver os movimentos completos, ouvia-se o golpe afundar no saco, depois outro e mais outro.

Meu tio voltou até ele. Era este o momento certo para esfaqueá-lo? O plano já não parecia tão perfeito. Havia até a possibilidade concreta de que o *liccasapùni* se quebrasse, o Animal devia ser feito de mármore. Franco, porém, não recuava, ficava ali e não fugia. Um ponto de honra.

Foi quase uma libertação quando Umbertino falou.

Indicou o saco.

— Se quiser, eu te ensino.

— Quero.

— Quero porra nenhuma, se quiser que eu te ensine, antes tem de evitar o tapa.

— Combinado.

Um na frente do outro, as mãos miúdas de Franco nas mãos adultas de Umbertino. O primeiro tapa lhe atingiu o dorso da mão esquerda. Fortíssimo. Franco nem movera a mão, por instinto afastara a cabeça. Meu tio esperou que a dor fosse percebida em sua plenitude.

— Vamos continuar ou você quer ir para casa chorar?

— Vamos continuar.

Ele lhe massacrou as mãos por vinte dias seguidos, todo dia, uma hora por dia, rompendo veias e vasos capilares, continuando a bater sem dó nem piedade e, quando Franco começava a mover as mãos corretamente, ele mudava e lhe dava no rosto um tremendo tabefe, daqueles bem barulhentos.

— Bobalhão, a guarda: alta.

E recomeçava o martírio.

— Mas por quê, Mestre?

— Eu tinha as mãos lentas, Davidù, e sabe por quê?

— Não.

— Meus olhos eram lentos.

De súbito ele se iluminou com uma ideia instantânea.

— Rapaz, vamos fazer uma coisa, vamos bater uma aposta: se você conseguir me trazer uma mosca viva dentro de um copo, amanhã você poderá ir à Feira.

— Verdade, senhor Mestre?

— Verdade.

— Posso ir pegar agora mesmo?

O Mestre desandou a rir. Com uma das mãos segurava a barriga e com a outra comprimia o boné na cabeça. Parecia uma caricatura de comédia.

— Você quer pegar agora? Mas você tem o dia todo de amanhã para ganhar a permissão para o parque de diversões.

— Posso entrar em seu escritório?

— À vontade.

Entrei, peguei um copo de vidro, fui para o vestiário, saí de lá nem um minuto depois. O copo hospedava uma mosca viva.

— Mas... mas... mas como?

— Pus no copo um pedacinho de pão.

— E a mosca voou para dentro.

— Isso.

O Mestre olhou antes para a mosca, depois para mim. Ele me fez um carinho na cabeça com suas mãos rudes.

— Você é igualzinho a teu pai.

Eu sorria para ele, embora não entendesse.

— Mas por que quer tanto ir à Feira? Não minta para mim, rapaz.

— Sabe, Mestre, tem uma....

— Ah, moças, eu sabia. Mas tenho de me corrigir, rapaz: você não é igualzinho a teu pai, você é exatamente igual a teu tio Umberto.

— E aí, por que você queria ver nós três?

Franco não respondia, estava tão alto o sol na Zisa e era tão belo o silêncio daquele meio de tarde, por que estragar com palavras o momento que precedia um massacre? O filho do advogado, o filho do médico e o filho do professor não pareciam concordar: a uma pergunta, responde-se. Impacientes, trocaram um olhar de entendimento e ameaçaram ir embora.

— Os chicletes de vocês — disse Franco com voz grave.

— O que têm nossos chicletes?

Suas mãos já não doíam. O Animal tinha parado de bater havia uns dez dias. Agora fazia-o correr e pular, e só.

— Estavam com defeito.

Sentia vontade de usar as mãos.

Os três se olharam espantados, depois estouraram numa gargalhada, daquelas em que a pessoa tem de segurar a barriga por causa das contrações abdominais. Não podiam saber que estavam prestes a viver uma daquelas tardes inesquecíveis, daquelas que seriam lembradas para sempre, a tarde em que choveriam sobre eles todas as pancadas que nunca tinham tomado, por causa do medo que incutiam seus pais.

Franco decidiu seguir o conselho do Animal.

Afinal era seu Mestre, agora.

— Eia, seu bando de viados, venham.

Abriu o peito, abraçando pela primeira vez, conscientemente, a espera da luta.

Sentiu-se livre e feliz.

* * *

Meu avô assistiu à sua segunda luta em Passau, na Alemanha. Numa sala com luz de néon, o público fumava e tomava cerveja. Os boxeadores usavam luvas e sapatilhas profissionais, o árbitro exibia uma camisa branca e calça preta. Na África era diferente. Quando meu avô assistiu à primeira luta de sua vida, o tenente D'Arpa estava com as mãos nuas e uns sapatos esfrangalhados, e não havia nenhum árbitro: ele e o outro se trucidariam até o final, até que um deles fosse à lona ou se rendesse.

Rosario observou os boxeadores enquanto tomava cerveja. Debaixo do braço trazia a madeira que comprara para construir um cavalinho de balanço. Seu filho acabava de completar um ano. Não o via desde que fora para a Alemanha. Os dois boxeadores se esquivavam pouco e batiam muito. Rosario não conseguia torcer. Era estrangeiro nas duas torcidas.

* * *

Dois dias antes de partir para a Alemanha, Rosario fora visitar Nicola Randazzo em seus campos, logo na saída de Palermo.

— Juro que vou voltar.

— Quando?

Meu avô não respondeu.

Nicola lhe disse que ficaria ali, continuaria a cuidar das plantas, não pararia de enfiar as mãos na terra e, quando as coisas saíssem dos trilhos, lembraria os momentos felizes. Quanto a ele, não tinha leitura. Conhecia apenas o sentido de seu trabalho, que estava todo ali e consistia em observar o campo semeado, sabendo que não hoje, não amanhã, mas em breve, se fossem bem cuidadas e cultivadas, as plantas floresceriam e dariam frutos. E então, ao entardecer, era desamarrar os sapatos, lavar as mãos, descansar numa boa cadeira e se servir de vinho para beber aos poucos.

Ele se abaixou para colher um pezinho de cacto. Era tão pequeno que o vaso cabia na palma da mão.

— É um presente para você. Ele vai florescer daqui a vinte e dois anos. É forte, se parece com você, não precisa de nada, nem de água, só um pouco a cada três semanas no verão e, se cuidar direito dele, vai dar flor.

Vinte e dois anos para um botão.

Obrigava a observar além do horizonte dos eventos.

Rosario o acariciou.

O cacto não o castigou.

Após a luta de boxe, D'Arpa não queria mais saber de dormir. Deitado na cama, uma venda molhada sobre o olho esquerdo, falava do funcionamento do automóvel, um pedal acelera, outro freia. Do filme que, atingido pela luz, vira fotografia. Dos rios Kemonia e Papireto, que passavam por baixo de Palermo, enterrados pelos árabes.

— Você precisa aprender a ler e escrever, Rosà, é importante. Ou melhor, logo que voltarmos para casa, eu te ensino e você me paga preparando algum prato caprichado.

Todos os prisioneiros italianos, exceto Melluso, iam visitá-lo, como uma procissão. Batera-se por umas duas horas com um boxeador alemão, ele também prisioneiro. Os italianos saudaram aquela vitória como um triunfo pessoal. Vinham lhe tributar a devida honra. Um pouco de conversa, uma saudação rápida, o silêncio digno de quem agradece com a própria presença. O esporte conseguia agregar pessoas de dialetos diferentes, consolidando a ideia de grupo.

— Pois vamos dizer a verdade, Rosà. Esta é uma solidariedade entre escravos, você viu como todos se cumprimentaram, mesmo o alemão? Vencer um prisioneiro não é como vencer um guarda. Porém, a vitória em si é importante, cria o sentido de pertença. Como num jogo, eu fico com este, você torce por aquele. O jogo ensina que sempre é preciso tomar uma posição.

— É preciso também saber se alinhar.

— Sem dúvida. Mas isso se aprende só de uma maneira: perdendo.

Na Alemanha, meu avô foi pedreiro por quarenta e quatro dias, descarregador no mercado de frutas e legumes por dezesseis dias, fez teste para cozinheiro num restaurante imitando cozinha italiana e foi contratado no mesmo dia. O estabelecimento era de um calabrês que emigrara para Passau antes da guerra. Tinha cinquenta e nove lugares. As verduras não eram boas. A carne não era boa. A farinha para a massa não era boa. O pagamento era bom. Rosario permaneceu ali como cozinheiro por treze meses. Fazer o que mandavam, cabeça baixa e silencioso. Era como na África. Os clientes comiam de tudo. Uma vez, tinha variado um prato do cardápio, melhorando-o. Levou uma bronca do patrão e engoliu sem piscar. O calabrês não gostava de novidades. O patrão. O patrão tinha um carro alemão, comprido e escuro, de quatro portas. Quando ia à Itália para as festas, admirando seu carrão, todos deviam abaixar a cabeça admitindo que sim, ele havia conseguido.

Trabalhavam em dois na cozinha. O outro cozinheiro vinha de uma cidade do norte, Brescia. Seu nome era Paolo Terenghi, mas se fazia chamar de Pol, à moda americana, como os astros de cinema. Quando falava, não se entendia nada do que dizia, tinha uma pronúncia cavernosa e mastigava termos desconhecidos. Comunicavam-se principalmente através de gestos, com grande satisfação de ambos. Pol era especialista em tratar e cozinhar as verduras. Rosario o copiava, estudando a maneira de cortá-las e transformá-las com o calor. Foram meses de aulas silenciosas. Pol tinha o peito largo e a barriga bem em evidência. Tomava litros de cerveja e grelhava a carne. Trabalhavam de manhã, de tarde e de noite, seis dias por semana. No dia de folga, de manhã Rosario dava uma caminhada por aquela Alemanha tão fria, depois voltava para o quarto alugado onde dormia e entalhava a madeira. Aquela Alemanha sombria não teria agradado a seu amigo Nenè. Quando estava cansado, observava o cacto que tinha trazido da Sicília, os espinhos pareciam mais retos, mas a planta permanecia quieta, não reclamava do clima. Depois meu avô voltava ao trabalho, o cavalinho de balanço para meu pai estava tomando forma. Não voltaria para casa de mãos vazias.

Aconteceu uma semana antes do inverno. Desaparecera uma talhadeira da carpintaria. Todo o grupo dos prisioneiros foi convocado. Ou a talhadeira aparecia ou todos seriam punidos, passando a noite de pé até que a ferramenta fosse devolvida.

Quem tinha acesso à carpintaria eram D'Arpa e Marangola, que trabalhavam lá, e Melluso e Iallorenzi para os turnos diários de limpeza. Eles negaram o furto, todos os outros prisioneiros disseram que não sabiam de nada. Os guardas não suportavam essa solidariedade entre prisioneiros e ameaçaram com punições dolorosas.

Melluso rompeu a linha dando um passo à frente.

— O que eu ganho se contar?

— *Your life.*

As marcas da guerra tinham se traduzido em rugas no rosto de todos, carcereiros e encarcerados. As faces estavam encovadas, máscaras cada dia mais cansadas dessa corrida incessante pela sobrevivência. O olhar das vítimas e o olhar dos carniceiros eram igualmente opacos.

— Que pena, não sei de nada.

Melluso voltou para a fila.

Iniciou-se uma revista rápida e nervosa. Não encontrando nada, a busca se tornou mais violenta. Era trabalhoso procurar. Suavam.

Encontraram a talhadeira na sacola de Iallorenzi.

Ele se lançou de joelhos, jurou que não sabia de nada, não era culpa sua, tinham armado para ele.

Os guardas foram inflexíveis. Embora continuasse a negar, levaram-no preso. Enquanto o arrastavam para fora do dormitório, Iallorenzi chorava, jurando inocência. Nicola se lembrou dos gritos dos porcos quando iam para o abate.

Foi a última vez que o viram.

— E sabe o que foi o mais absurdo, Davidù?

Nicola Randazzo não me fitava. O olhar persistia no copo de vinho que, embora cheio, ele não tomava.

— Foi mesmo Iallorenzi que roubou a talhadeira, me disse D'Arpa. Ele tinha feito uma aposta com Melluso, à toa, só para inventar alguma coisa diferente. Ia devolvê-la à carpintaria no dia seguinte. Melluso sabia de tudo, mas não delatou, verdade seja dita. Se você é escravo, o ódio pelo carcereiro é maior do que o ódio por teu semelhante. Odeia-se o de cima ou o de baixo, nunca o do mesmo nível.

— O que aconteceu com Iallorenzi?

— A vida de um prisioneiro valia menos do que uma talhadeira.

Todos foram punidos. Ficaram do lado de fora dos alojamentos, de pé, sem a menor possibilidade de se sentar ou se afastar para as necessidades. A noite transcorreu entre câimbras e cheiros de líquidos orgânicos expelidos mais por cansaço do que por verdadeira necessidade. Ao amanhecer, estavam todos em pandarecos, desidratados, sujos, desmoralizados e com um novo dia de trabalho pela frente. Mas se obstinavam em sobreviver. Eram plantas no deserto. Desafiavam um céu sem chuvas com a insolência da própria presença.

Rosario rompeu com a Alemanha durante um turno de almoço. Era a segunda vez, desde que trabalhava ali, que quis fazer algo por iniciativa própria, preparando um prato siciliano, macarrão à moda de Trapani: tomate cru com alho, amêndoas tostadas e um pouco de azeite. O sul na plenitude de seus sabores elementares. Um cliente queria o tomate cozido. O patrão entrou na cozinha.

— Que porcaria é essa?

Rosario seguiu direto para o cliente no salão.

— Algum problema?

— Tomate cru no macarrão só serve para porcos.

Ele falava igual ao Santin, devia ser um imigrante vêneto.

— A receita é assim, se não gosta, peça outra coisa.

O calabrês se enfureceu na hora.

— Como se atreve? Peça desculpas ao cliente e volte já para a cozinha, imediatamente, e faça um molho como deus manda.

— Não. A receita é assim.

— Por mim, você pode voltar para o olho da rua, de onde veio, seu sicilianozinho de merda.

Rosario o observou sem mover um músculo do rosto. O calabrês não sustentou aquele olhar e baixou a vista. Somente então meu avô tirou o avental, dobrou-o e colocou no encosto de uma cadeira, foi até o caixa, abriu e pegou o pagamento que lhe era devido, fechou o caixa, entrou na cozinha, pôs o casaco, atravessou o salão e saiu do restaurante. Pol abandonou a cozinha, correndo atrás dele a pedir uma explicação.

— Pol, me empolguei.

— O que quer dizer?

— Terminei o cavalinho. Volto para casa.

Depois, no dia seguinte, Pol se demitiu. Viajaram juntos. Pol desceu em Milão e seguiu para a Brescia. Rosario atravessou a Bota até a ponta, tão extrema que o trem parecia nunca chegar. Depois de quinze meses na Alemanha, trazia um pouco de dinheiro para manter a família, uma mala cheia de roupas de frio, um cacto e um cavalinho de madeira.

Minha avó, no final da refeição, começou a enxaguar os pratos.

— Fomos esperá-lo na plataforma número três da Estação Central. Eu, teu pai e o compadre Randazzo, que foi junto para nos ajudar com as malas. Teu avô tinha feito mais de cinquenta horas de viagem voltando da Alemanha. Mais de um ano que não nos víamos. Assim que ele desceu do trem, comecei a abanar os braços.

— Como estava meu avô?

— Magro.

— Não isso, vó.

— Cansado, cinquenta horas de trem.

— Vamos, vó.

— Entendi, entendi o que você quer.

— Justamente. Vocês se beijaram?

— Não.

— Não acredito.

— Ouça, aquela vez...

Um tremor lhe atravessou a voz, como uma folha que se rasga. Os olhos fixos dentro da pia, a mão esquerda fechando a torneira.

— Vó, tudo bem?

— Não nos víamos fazia muito tempo. Quinze meses é um tempo enorme. Escrevi muitas cartas para ele. Respondeu três vezes. Escrevia em letra de forma, ainda tinha bastante dificuldade em escrever.

— O que ele escrevia?

— Impressões sobre Passau: a neve é branca e cega os olhos ao sol, no domingo depois da missa come-se *weisswurst*, salsicha branca, aprendi a fazer coelho ao forno com maçãs. Coisas assim.

— Vinhetas.

— É.

— E daí? O que aconteceu na estação de trem?

O indicador de minha avó começou a desenhar pequenos círculos na espuma do detergente. A cada círculo, o dedo se afundava. Quando encostou num prato, o som do contato foi abafado pela água da torneira.

— Teu pai desandou a chorar. Não o reconheceu. Nem tinha como. Eu queria morrer.

— E o vô?

— Deu um passo para trás, pôs a mala e a plantinha no chão e, para acalmar o menino, colocou o presente diante dele.

— E meu pai?

— Se atirou sobre o presente, o principezinho.

— E o vô?

— Sorria, mas mantinha a distância.

O dedo tinha parado, o movimento circular já permitia enxergar além da espuma. Lá estavam os pratos. Eram brancos. Isso ela sabia, apenas tinha esquecido.

— Estávamos na estação, havia muita gente. Você sabe como é teu avô, jamais uma palavra, jamais um gesto em público, nada de nada, mudo mesmo nas demonstrações de afeto. No entanto, ali, na estação, teu avô segurou meu rosto entre as mãos.

— Vocês se beijaram?

— Não.

— Cooomo não! Vocês se beijaram! Em público! Na frente de todo mundo! Bem coisa de mulher.

— Seu imbecil, em primeiro lugar mostrar os sentimentos não é atitude de mulher. E, depois, não, não nos beijamos.

— Não acredito.

— O menino voltou a chorar.

— Não diga!

— Talvez por ver meu rosto entre as mãos de Rosario, não sei. Teu avô as tirou imediatamente. Depois viu o compadre e trocaram um aperto de mãos.

— Não se abraçaram?

— Não abraçou a mim, ia abraçar o compadre Randazzo?

— E daí, o que tem a ver? A senhora é mulher.

— E isso é jeito de pensar? Em todo caso, para concluir, o compadre Randazzo veio conosco até aqui, em casa, ele quis trazer a mala, e a primeira coisa que teu avô fez, sabe o que foi?

— Beijou a senhora.

— Não. Plantou o cacto.

— E meu pai?

— Ele brincava com o cavalinho de balanço.

— Então já era o Paladino?

— Já.

Na estação, Provvidenza estava com meu pai no colo, ainda de fraldas. O menino observava tudo, num silêncio atento. O trem ia cruzar o mar e subiria pelo continente até a Alemanha distante. Rosario pensou em seu amigo Nenè.

— Dizem que sempre chove na Alemanha, Rosà. Se estiver um frio de matar, use a ceroula de dormir por baixo das calças. E um conselho: melhor não mijar ao ar livre, pois, se o pinto congelar, vai cair e quebrar, e você vai ficar um sem-pinto pelo resto da vida.

Era o que diria Nenè.

Aquele pensamento o fez sorrir.

Falavam tanto daquela Alemanha onde tinha trabalho para todos.

Diziam que era mais fácil arranjar emprego, naquela Alemanha de lá não havia esta máfia daqui.

De um modo ou de outro, ele conseguiria.

Sempre conseguia.

Mas eram os que ficavam em Palermo que lhe enchiam o coração de pena. Sua mulher e seu filho. Ele não estaria lá, qualquer coisa que acontecesse, um temporal repentino, a chegada do siroco, os primeiros passos do *picciriddo.*

Parado na plataforma, entre o vaivém de desconhecidos, Rosario ia se despedir mais uma vez da própria vida.

— Vou te escrever, Rosario, sempre. Você, se tiver tempo, me escreva também, hein?

Meu avô tinha uma mala com as roupas mais quentes que pôde comprar, a passagem do trem no bolso e um cacto dentro de um saco de juta. Provvidenza segurava as lágrimas, mas era evidente que não aguentaria por muito tempo. Chegou o momento da partida. O condutor do trem se esgoelava mandando todos subirem. Rosario apoiou a mala e o saco de juta no chão.

— Me abrace.

— Tem gente.

— Eu sei.

Eles se abraçaram diante de todos, enquanto na memória se esculpia um contato entre os corpos que voltaria a ser tão quente e desesperado somente mais uma vez.

* * *

Mestre Franco também emigrou para a Alemanha.

— Foi quando briguei com teu tio, depois da luta com D'Angelo, o boxeador meio marquigiano, meio napolitano.

Conquistadas as regionais, tentaram as nacionais. As possibilidades de Franco ganhar o título eram razoáveis. Nas primeiras lutas, ótimo desempenho, bateu muito, levou pouco. Depois topou com Roberto D'Angelo, um boxeador que simplesmente era mais forte do que ele. No vestiário, no final da luta, Franco e Umbertino se altercaram furiosamente. Voaram palavras fortes e pesadas. Franco dizia que a tática estava errada, Umbertino berrava que era bobagem, a estratégia era perfeita, Franco é que não conseguiu executá-la, destruindo seu trabalho e manchando seu bom nome. A briga não se resolveu. Franco saiu da academia e de Palermo. Contava pouco mais de vinte anos. Começou a viver do pugilismo. Passou para o boxe profissional. Havia dinheiro em jogo? Ele se inscrevia. Esfalfando o físico para passar de uma categoria a outra. Assim, soco após soco, subindo pelo continente, Franco chegou até a Alemanha. Lá encarou cinco lutas, mas são as duas últimas que ele conta com maior entusiasmo. Para ganhar uma bolsa cheia de marcos, arriscou-se na categoria dos pesos pesados. Foi sua penúltima luta em terra estrangeira. Para chegar ao peso mínimo para combater, comeu pão com queijo, seis vezes por dia, durante vinte dias seguidos. Precisava engordar quinze quilos. O desafiante era um espanhol troncudo e rochoso. A luta foi violenta, mas a agilidade de Franco enfrentou bem a potência do ibérico. As lições de Umbertino serviram, e muito. Foi empate. Dividiram o dinheiro do prêmio e cada qual seguiu seu caminho.

Em Heidelberg, a bolsa de apostas era menor, era uma categoria inferior, a sua mesmo. Precisava perder quinze quilos em vinte dias. Ele ia à sauna e treinava vestido com todas as roupas que tinha: duas camisetas, duas camisas, duas calças. Suar, perder líquido, não tomar água. Para ganhar o dinheiro, garantido mesmo em caso de derrota, o corpo tinha de estar com o peso dentro das regras. Se depois ia conseguir ou não ficar de pé para a luta, bom, quem se importa com o depois. À noite comprava um pêssego. Perfurava o com um canudinho. O que conseguisse sugar, era o jantar.

— Eu tinha só um assalto nas pernas. Só um. Depois cairia na lona sozinho. Sobrava-me uma única chance de ficar com todo o dinheiro: vencer no primeiro assalto.

E foi nocaute. Nocaute técnico em dois minutos e trinta e sete segundos. Dilacerou a sobrancelha do desafiante, tornando impossível a continuação da luta. Quando falava a respeito, a cada vez Franco acrescentava um novo detalhe. Um soco doloridíssimo, uma finta com que um bailarino poderia construir todo um balé, uma coreografia de ataque tão rápida que nem o árbitro percebeu. Dotado de uma tremenda memória fotográfica, Franco somava ao caldo da narrativa detalhes mais e mais minuciosos. A cor da sapatilha do oponente, o tipo de cabelo, a maneira de respirar pelas narinas. O final do relato, porém, era sempre o mesmo: "Se Livia estivesse lá para me ver, mas não." Foi seu momento de glória. Depois veio uma sucessão de derrotas até entender que era hora de voltar para casa. Precisava apenas encontrar um trabalho em Palermo que lhe permitisse formar uma família.

— A verdade é que, às vezes, as pancadas fazem bem.

Da estação foi direto para a academia, ainda com a mala na mão.

Umbertino estava torturando os alunos, como sempre.

— Bom dia, Mestre.

— Para mim, você morreu.

— Voltei.

— Não estou nem aí.

Franco engoliu todo o orgulho que lhe havia restado.

— Mestre, eu lhe peço desculpas, errei, me perdoe, me pegue para trabalhar com o senhor.

— Você, por mim, pode ir estourar os cornos onde quiser. Vá embora.

— Não.

Em dois saltos, Umbertino já estava diante dele.

— Me dê um só motivo, Franco, um só, para eu não te matar de bordoadas, aqui, agora, na frente de todos.

— O senhor erra no treino, Mestre.

Ele se libertara do peso que o corroía por dentro. Se tinha perdido nas nacionais, era também por culpa do Mestre.

Umbertino suspendeu a aula, mandou todos os boxeadores saírem da academia, deu um par de luvas a Franco e subiu no ringue com ele.

Umbertino continuou com as mãos nuas.

— Antes posso lhe dizer uma coisa, Mestre?

Franco se sentiu na obrigação de lançar todas as cartas de que dispunha. Falou do *uppercut* cruzado. Decompôs na explicação a dinâmica do golpe: a subida do braço que atinge, o impulso das pernas e principalmente a torção do pé oposto. Umbertino não ensinava esse golpe, pois jamais o notara, seu corpo o executava naturalmente. Mostrou novos esquemas de ataque e de defesa. Descreveu os métodos de treinamento que aprendera em outros lugares: a sessão de exercícios diferenciados dos abdominais, os saltos com a bolinha de tênis entre os pés juntos, o circuito dos pesos e dos arranques. Exercícios, todos eles, que agradariam ao Negro.

— Você tem um assalto para me convencer, Franco, apenas um.

Mas não era verdade. Umbertino já estava decidido. Os movimentos de Franco estavam mais cuidadosos, conscientes, aprofundados, estudados. Percebera imediatamente, logo que ele cruzou a porta da academia. Quebrou-lhe três costelas só para lhe dar uma lição. Não podiam largá-lo daquele jeito, de uma hora para outra, sem pagar pelas consequências.

Franco começou a trabalhar como seu assistente. Depois de dois meses, Umbertino lhe permitiu que o tratasse por "você". Franco tinha um olho excepcional. Detinha-se em detalhes aos quais meu tio jamais dera importância. Perdera nas nacionais por um motivo banal: ele não era Umbertino e a luta fora planejada segundo os ritmos de meu tio. Em sua peregrinação pela Itália e pela Alemanha, Franco amadurecera um conhecimento profundo e refinado do boxe. Notava detalhes que se empenhava em analisar até compreender o sentido deles e, ainda mais importante, até conseguir explicá-los. Entre Franco e Umbertino, era Franco quem tinha talento para ensinar.

* * *

Minha mãe ficou órfã aos dezessete anos. Meus avós maternos, que nunca conheci, morreram com o intervalo de um ano. Coisas que acontecem.

— Então me mudei para a casa de vocês, que era a casa de minha irmã, tua avó, mãe de tua mãe, porra, estou me confundindo com todo esse parentesco. Tua mãe foi uma rocha. Conseguiu terminar a escola e o curso de enfermagem e começou a trabalhar imediatamente.

No hospital em que trabalhava diziam que tinha um talento enorme com as veias, ninguém era tão habilidoso quanto ela para dar injeções. Quando tinha de aplicar numa criança, antes mostrava a seringa para tranquilizar.

— Não vai acontecer nada, confie em mim.

Depois, virando a criança, desinfetava a nádega.

— Prefere que eu dê a injeção em outro lugar?

Enquanto passava o algodão com álcool na outra nádega, dava a injeção na parte já desinfetada.

— Pronto.

As crianças, incrédulas, arregalavam os olhos jurando não ter sentido nada. Ela me enganara várias vezes dessa maneira.

— Tio, então você ainda morava na academia?

— Era prático, casa e trabalho, economizava.

Minha mãe era o único parente que ainda lhe restava. Para ficar perto dela, fechou a academia por várias semanas.

— A mudança de minhas coisas, mandei que os boxeadores fizessem. Foi fácil: quem quer fazer um novo exercício? Caramba, as pessoas engolem qualquer coisa.

Era junho. Meu tio atendeu a um desejo de minha mãe e foram à sua praia preferida, em Addaura.

— Tinha areia, típica escolha feminina, porra, que lugar mais besta.

Quando chegaram, encontraram a praia cheia de detritos. Haviam construído uma casa clandestina cerca de cem metros adiante. Os restos da obra tinham sido jogados todos ao redor.

— Se existe uma coisa que a Máfia não tem, e é o que mais cedo ou mais tarde vai acabar com ela, é a capacidade de entender a beleza.

Aquele lugar era realmente lindo. Havia areia, é verdade, nenhuma pedra de onde mergulhar, mas possuía um fascínio quieto. Agora, tinha virado um lixão.

Minha mãe, quieta, abaixou-se e pegou duas pedras.

— Vamos voltar para casa.

No dia seguinte, pediu a meu tio que a levasse à mesma praia. Desta vez, tirou a saia e a blusa, ficou de maiô, tomou um banho rápido, saiu da água, recolheu as roupas e mais duas pedras. O verão todo assim, um mergulho e duas pedras recolhidas, num projeto de limpeza a longuíssimo prazo.

— Ela conseguiu limpar a praia?

— Ela, não, os meus boxeadores; em meio dia a praia ficou uma joia.

— Quando a limparam?

— Em outubro.

— Mas o verão já tinha acabado!

— Tua mãe precisava fazer aquilo.

Quando ela terminou os estudos e se inscreveu no curso, Umbertino lhe deixou a intimidade de que precisava, alugando uma casa a umas duas quadras de distância da nossa.

— Depois que me acostumei a morar numa casa, me incomodava voltar a morar na academia. Tua mãe podia se virar sozinha, e além do mais, Davidù, o Paladino estava sempre por ali. Pelo menos, se tivessem de fazer lá suas coisas, fariam à vontade na cama, em vez de precisar sair sabe-se lá para onde, desconfortáveis e ao relento.

Umbertino jamais tomou o lugar do pai de minha mãe.

Não era seu papel.

Nunca lhe deixou faltar nada.

Um dia, antes de começar a boxear, eu estava brincando com uma cruz de marfim, uma lembrança de meu pai para minha mãe. Jogava-a de uma mão para a outra. Minha mãe me mandou deixá-la imediatamente, podia se quebrar. Eu ainda não sabia que carga e quanta carga de emoções depositamos nos objetos. Simplesmente confiamos toda a nossa vida a eles. Ignorando a advertência, continuei a brincar. Arrisquei um lance especialmente rápido e falhei. A cruz caiu no chão, despedaçando-se. Minha mãe saltou da cadeira com o rosto em brasa. Começou a se estapear sozinha, os dentes travados, antes na direita, depois na esquerda, uma bofetada após a outra. E eu parado na frente dela.

Umbertino queria e conseguiu que a festa de casamento de meus pais fosse celebrada na academia.

— Com o dinheiro que ganharem, façam uma viagem para bem longe, tipo Roma.

Faltando uma semana para o casamento, convocou todos os boxeadores dos diversos turnos de treinamento para a noite.

— O Paladino vai se casar, vamos nos organizar.

Os boxeadores pintaram as paredes, limparam o encardido do chão, trouxeram vasos com flores, encontraram músicos para o baile e arregimentaram suas mães. Na academia, havia uma quantidade infinita de comida, tudo preparado em casa, vinho a não poder mais, só o compadre Randazzo chegou com doze barricas.

Umbertino já estava embriagado desde a véspera da festa, sua Zina ia se casar com o Paladino, isso sem dúvida exigia vinho tinto.

— Eu estava com um lindo terno branco com uma gravata de arrasar, amarela e roxa. Parecia eu o noivo, de tão espetacular que estava. Mas a mais linda de todas era tua mãe.

Foi ele que a levou ao altar.

Pela primeira vez na vida, sentiu as pernas tremerem.

Livia também foi convidada, junto com Franco. Ainda não estavam casados, mas já namoravam em casa.

— E Livia já enchia o saco dele como se fossem marido e mulher havia trinta anos. Não parava de falar. Franco tinha se apresentado na igreja elegantíssimo, tudo nos trinques. Tínhamos encomendado os ternos no mesmo alfaiate, Pisciotta, se chamava ele, pai de um boxeador nosso, deu um desconto realmente fenomenal, e assim estávamos feito um par de vasos. Mas a Livia, porra, nem dava para se olhar, veio com um vestido todo rosa, parecia um confeito.

Terminada a cerimônia, do lado de fora da igreja, entre pombos que voavam e arroz que chovia sobre os noivos, minha mãe jogou o buquê para o alto.

Querendo pegá-lo, Livia deu um salto com todo o impulso.

A seu lado estava Franco, com os dois pés na barra do vestido cor-de-rosa.

— A bunda da Livia apareceu lá em cima, toda de fora, a saia rasgada debaixo dos sapatos de Franco.

Livia tentou cobri-la com o buquê de flores, queria ir embora, sumir, desaparecer da face da Terra.

Estava mortificada até às lágrimas.

Franco, parado, levava pancadas do ramalhete de flores na cabeça e não reagia. Zina foi até Livia e lhe deu um grande abraço, enquanto Provvidenza, tendo apanhado do chão a saia que ainda estava sob os pés de Franco, lhe cobria o traseiro. Livia tremia de nervosismo. Morrer não doeria tanto. Minha mãe, segurando o rosto de Livia entre as mãos, disse-lhe que a festa sem ela ficaria menos bonita: "Eu lhe peço, vá para casa, troque de roupa e nos encontre na academia."

Livia não conseguiu dizer não. Franco se ofereceu a acompanhá-la para trocar de roupa. A resposta não admitiu réplicas.

— Te odeio, nunca mais quero te ver.

Na academia, haviam montado uma mesa enorme de comprida. A comida era tanta que, em vez de diminuir, se multiplicava.

— Parecia um milagre, eu me sentia totalmente dentro do Evangelho.

Os músicos tocavam, faziam uma pausa, bebiam, voltavam a tocar.

O vinho do compadre Randazzo descia feito água e subia feito fogo.

— Estávamos todos chumbadíssimos, porra, que diversão sem igual.

Livia ainda não havia aparecido.

Franco, roído pelo sentimento de culpa, atirara-se de corpo e alma à comida e à bebida, empanturrando-se sem freio: pão, macarrão, carne, peixe, vinho. Comia e bebia, bebia e comia, sem parar.

Umbertino lançou um desafio.

— Ganha quem puser na boca o maior número de *cannoli* inteiros.

As primeiras tentativas foram patéticas: o biscoito se rompia, a ricota caía por todo lado, ainda nenhuma hipérbole que se pudesse contar no futuro jurando e rejurando que acontecera de verdade. O primeiro verdadeiro marco foi instaurado pelo compadre Randazzo, que conseguiu pôr quatro *cannoli* inteiros na boca. Brotaram aplausos sinceros e espontâneos. Umbertino ficou roxo. Não admitiria que o vencedor da disputa fosse um convidado do noivo. Ficando de pé, afrouxou o cinto, tomou fôlego e abriu a boca o mais que pôde. Enfiou seis *cannoli* inteiros. Foi o maior estrépito na academia, murros na mesa, pés batendo no chão, me passe o vinho que estou com sede.

— Naquele meu merecidíssimo triunfo pessoal, subiu dentro de Franco, de uma só vez, toda a frustração acumulada naquele dia. Pegou a bandeja dos *cannoli*, escancarou a boca e um, dois, três, quatro, cinco, seis, sete, oito. Abarrotou a boca com oito *cannoli* inteiros. A boca virou uma galeria.

Umbertino se pôs de pé num salto, mostrando o número oito com os dedos das mãos. Todos gritavam. Os aplausos eram torrenciais, jubilosos, numa torcida que nem uma final teria. Umbertino estava contente, Franco era dos seus, convidado da noiva, a festa prosseguia maravilhosamente.

Naquele exato momento de regozijo, abriu-se a porta e Livia entrou. Tinha mudado de roupa, de penteado, a maquiagem combinando com a cor do novo vestido, verde.

— Parecia uma azeitona.

Franco, ao vê-la, correu a seu encontro para se desculpar. Segurou sua mão e tentou lhe dizer todas as palavras de pesar que ruminara durante sua ausência, palavras de desculpas e pedidos de perdão. Palavras de paz.

— Livia — começou ele, esquecendo-se dos oito *cannoli* enfiados na boca. Uma enxurrada de ricota, biscoito e frutas cristalizadas inundou Livia e o vestido novo. Após um silêncio perplexo, os outros convidados desandaram a rir convulsivamente. Livia contemplou o desastre no vestido, mais uma vez causado por Franco, foi atingida pelo estrondo das risadas, encontrou-se pela segunda vez no mesmo dia diante das mesmas pessoas como centro do palco, sentiu os olhos se encherem de lágrimas e, com o coração devorado pela vergonha, deu o primeiro passo para cair no abismo de uma crise histérica. Algo inesperado impediu a queda: meu pai segurava sua mão. Ele se colocara entre ela e as gargalhadas. Pediu aos músicos que tocassem e, levando-a até o ringue, dançou com ela por todo o tempo necessário até lhe voltar a calma nos olhos e no rosto.

Dançaram muito mal.

— Livia estava toda tensa e ofendida, e o Paladino perdido. Porra, que diversão memorável.

* * *

Eu a reencontrei na rua.

Cinco anos desde a última vez, no hospital.

Ela me reconheceu.

Estava com três amigas.

— Como vai você?

Eu queria responder que agora, ao vê-la, ia muito bem, estava realmente felicíssimo, mas não conseguia articular as palavras, organizar os pensamentos. Queria notícias dela, o que anda fazendo, onde mora, o que está estudando, pensou em mim alguma vez. Minha garganta estava ressequida, o mundo era uma gangorra. Não disse nada.

— Bom, vou embora.

E foi embora mesmo. Mas, depois de três passos, Nina se virou.

— Foi bom te rever, Davidù.

Ela lembrava meu nome! Restava-me apenas uma carta para jogar. Matei o orgulho, tirei o telefone do gancho e liguei.

— Ouça, resumindo: te levo à praia.

— Não, não somos amigos, te levo à praia só com uma condição: traga sua prima junto.

— Como, que prima? Porra, Gerruso, te odeio, quantas primas você tem?

— Hã? Doze?

— E como são?

— Jura?

— Veja só.

— Está bom, depois a gente se fala. Tua prima Nina, eu quis dizer.

— Ela mesma.

— Convide para ir à praia.

— Telefona para ela.

— Sim, pode dizer que eu também vou, ou melhor: deve dizer.

— Isso, se ela vier, você pode vir também.

— Não, você sozinho eu não levo.

— Não gosto que me vejam a teu lado.

— Nem pensar.

— Você não consegue.

— Está me chantageando, Gerruso?

— Como, sim?

— Então tá, eu te ensino a mergulhar de cabeça.

— Peraí, Gerruso, mais uma coisa.

— Ligue imediatamente.

— Gosto dessas datas assim: sete de setembro, oito de outubro, datas assim.

— Entendi.

— Não, não entendeu, você nunca entende nada.

— Mas desta vez entendi.... Trinta e sete.

— Me dê um exemplo.

— Você gosta... Trinta e oito!

— Pare de contar.

— Você gosta.... do vinte e sete de dezembro!

— Gerruso.

— Adivinhei?

— Você não imagina o quanto te detesto.

— Mas onde eu errei? É uma bela data, vinte e sete de dezembro.

— Não tem nenhuma relação com o que eu dizia! Sete de setembro, entende? Oito de outubro, nove de novembro e...

— É o aniversário de Nina, vinte e sete de dezembro.

— Sério?

— Sério. Trinta e nove!

— Gerruso, pare de contar as putas.

— Quarenta! Mas quantas são?

— Inúmeras.

— Mas por quê?

— Há muita necessidade de amor.

— Gosto mais de Mondello do que de Cappo Gallo, tem areia.

— Eu sabia, você é um fracote. Quem gosta de areia é mulher, homem de verdade gosta é de pedras e rochas. Quando você pretende crescer?

— Logo, se você me ensinar.

— E por que eu haveria de te ensinar?

— Somos amigos, Davidù.

— Gerruso, não somos amigos. Entendeu?

— Entendi.

— Repita para mim.

— Não somos amigos... Quarenta e uma!

— Gerruso. O que está acontecendo? Por que está me olhando assim?

— Nina.

— O que tem a Nina?

— Você gosta dela?

— Quem? O quê? O que você disse para ela no telefone, Gerruso? Conte todo o telefonema, tim-tim por tim-tim! Já! O que você disse a ela? Que eu gosto dela? Foi ela que disse? Que gosta de mim? O que ela te disse? Você a convidou para ir a Capo Gallo e só, como eu mandei, ou fez por tua cabeça, como sempre? O que vocês conversaram? Ela gosta de mim? Responde, Gerruso, bom Deus!

— Fiz como você disse.

— Certeza?

— Certeza.

— Certeza mesmo?

Eu bamboleava na ponta dos pés, descobrindo a dificuldade de manter o equilíbrio correto num ônibus em movimento.

— Não.

— Não? Como não?

— Não.

— Gerruso. O quê. Porra. Você disse. Porra. Para a Nina.

— Convidei para ir à praia... Quarenta e duas!

— Pare de contar as putas e me responda!

— Falei que levasse também uma amiga pois como eu ia estar, mas também para você não ficar sozinho já que Nina é minha prima e gosta de mim e talvez fique o tempo inteiro comigo, então pedi que trouxesse uma amiga, para você, e assim você não passa tédio, foi isso.

A luz se filtrava pelos ramos entrelaçados lá fora, do outro lado das janelas do ônibus, desenhando sombras no rosto de Gerruso.

— E por que não me disse nada?

— Eu queria te fazer uma surpresa.

— Mas a Nina vem?

— Vem.

— Certeza?

— Certeza.

— E como pode ter certeza?

— É minha prima, ela gosta mesmo de mim, mas por que te interessa tanto?

— Quem? Ela? Mas se nem lembro como ela é.

— Você me prometeu ensinar o mergulho de cabeça.

— Gerruso, não é nada fácil.

— Você prometeu. Quarenta e três!

Depois de mais doze putas contadas ao longo do caminho, às nove e quinze chegamos ao ponto final. O encontro seria às onze.

— E agora, o que vamos fazer?

— Faça o que quiser, basta que fique quieto.

— Você está fazendo o quê?

— Estou quieto olhando o mar.

— E o que vê?

— Água.

— Posso te dizer uma coisa?

— Não.

— Que pena, é que esta noite...

— Gerruso, qual parte do "não" é difícil você entender?

— Quando Nina chegar, eu posso falar?

— O estritamente necessário.

— Obrigado.

— De nada.

— Não, é que eu queria te dizer...

— É tão urgente?

— Não, talvez não...

— Então fique quieto até Nina chegar.

— Tá bem, consigo aguentar.

— Tudo bem, amém.

— É que sonhei com você.

— Quem?

— Eu.

— Quando?

— Esta noite.

— Não diga.

— Verdade.

— Comigo?

— Com você.

Por que damos tanta importância quando alguém nos diz que sonhou conosco?

Por que essa devoção pelo mundo onírico, mesmo quando não é o nosso?

— Eu trabalhava colhendo sal, no mar havia uma faixa de sal, dura e branca.

— E eu, onde estava?

— Andava sobre a faixa, mas isso depois.

— E antes?

— Eu colhia o sal com a mão, ficava todo entre os dedos, você aparecia e tirava as luvas de boxe, eram pretas. Dentro de uma delas tinha um bilhetinho. Você que escreveu. Era uma poesia.

— Uma poesia?

— É.

— Que eu escrevi?

— Isso.

— Porra, que sonho mais idiota.

— É, eu sei.

— Como era essa poesia?

— Muito bonita.

— Bah.

— É verdade, estou dizendo, até anotei logo que acordei, senão ia esquecer, escrevi no papel com a caneta de tinta azul. É bonita. Fala de andorinhas.

— Gosto de andorinhas.

— Quer que eu leia?

— Você trouxe?

— Trouxe.

— Então vai.

— Poesia: "Eu vi a andorinha, que vai e desvai, longe, volteia de vento, uma vez, outra vez, outra vez, um bater de asas, um bater de cílios, no sentido revertido da existência."

— Está cheia de erros.

— É, eu sei.

— Você erra até nos sonhos.

— Em todo caso o sonho continuava, você entrava no mar e andava sobre a faixa de sal. Você estava muito bonito.

— Gerruso, peraí, diga a verdade, jure que vai me dizer a verdade.

— Juro.

— Você é viado?

— Não, por quê?

— Está dando em cima de mim?

— Não, por quê?

— O sonho, a poesia, eu, você.

— Não entendo.

— E algum dia você entende alguma coisa?

— Se você me explicar.

— Não, não quero explicar nada.

— Você me prefere viado?

— Mas você é idiota? Gerruso, vamos parar logo com essa conversa.

— Tá bom.

— Fique calado, que é melhor.

— Tá bem.

— Não, peraí, e o sonho? Continuava?

— Continuava.

— A parte comigo, quero dizer.

— Sim.

— Então continue, dou permissão.

— Obrigado. Você olhava o horizonte e fazia uma coisa boba.

— O quê?

— Dava socos no vazio, no ar em frente.

— Não é uma coisa boba, faço isso todo dia no treino. E depois?

— O sonho continuava, mas você não estava mais.

— Termina assim minha parte?

— É, assim.

— No resto do sonho, tua prima Nina aparecia?

— Não.

— Então, de agora em diante fique quieto e me deixe olhar o mar em santa paz.

— Puta merda, fomos enganados. Eu sabia, Gerruso, você é um desastre.

— Ela me disse que vem, se disse que vem, então vem.

— Ah sim, até parece, não vai vir nunca.

— São mulheres.

— E o que isso quer dizer?

— Não é teu tio que sempre diz que as mulheres se atrasam em tudo, menos na hora de torrar o saco?

— Gerruso, você precisa largar essa mania de citar a mim ou meus parentes.

— Desculpe.

— Porra, já meia hora de atraso, mais cinco minutos e depois vou embora.

— Chega, vou embora.

— Aonde você vai?

— Não é problema teu.

— Talvez você queira que eu vá junto.

— O que eu quero é nunca mais te ver.

— Elas vêm, não se preocupe.

— Que nada, vou ficar só para mandá-la à merda na hora em que descer do ônibus. Bem se vê que é tua prima. Vocês têm um sangue pesteado na família.

— Olha, um ônibus.

— Não vai descer nem desta vez.

— Quer apostar?

— Quero. Se ela não descer, te dou um tabefe por dia nas costas, seu cotó de dedo, pois você não passa disso.

— Mas, se eu ganhar, você não vai mais me chamar de cotó de dedo... pelo menos hoje, tá bom?

Nina e a amiga desceram do ônibus de mãos dadas. No meio-dia palermitano, a saudação de Nina ressoou límpida. Gerruso correu até ela. Nina soltou a mão da amiga e lhe deu um abraço. Ficaram ali, parados no largo do terminal de ônibus. Viriam até mim, mais cedo ou mais tarde. Se a amiga de Nina não tivesse se intrometido.

— Aquele quem é? — perguntou apontando para mim.

Já me causou antipatia.

— Davidù — respondeu Nina.

Teria sido perfeito. Um sonho. Eu havia montado um plano infalível. Mas Gerruso, como sempre, estragou tudo, tomando a iniciativa de dizer que Nina trouxesse uma amiga. Nina, só ela importava. E agora estava lá a amiga dela, loira, magra, que, depois de ouvir meu nome, tudo o que disse foi:

— E por que ele não vem até aqui para se apresentar?

A antipatia amadureceu em ódio.

Ela me observou durante todo o caminho.

Cumprimentei estendendo-lhe a mão.

— Prazer, Davide.

A loira deixou minha mão solta no ar.

— Ele é mais baixo do que você, Nina.

Desejei que ela morresse entre sofrimentos excruciantes.

Eliana Dumas. Loira. Magra. Catorze anos. A Puta Imperial.

Chegamos à segunda catraca sem que eu conseguisse falar com Nina. Durante todo o trajeto, a loira ficou reclamando que o sol estava forte, que junho era quente, que o caminho era longo. Depois de estender as esteiras de praia, Nina exclamou:

— É bonito aqui.

Talvez já naquele momento, naquela nossa primeira proximidade, eu devia ter entendido como Nina era capaz de ler minha mente, pegando os fios de meus pensamentos rompidos para juntá-los e entretecê-los, lá onde a angústia era escura e eu não conseguia enxergar.

Inconveniente como sempre, Gerruso se intrometeu.

— Nina, você sabe mergulhar?

Ela deu de ombros, formando uma pequena cavidade na base do pescoço. Eu começava a passar mal de novo. Gerruso repetiu a pergunta para a menina de catorze anos mais detestável do mundo.

— Mergulhar é uma idiotice.

Multipliquei as maldições contra a família dela, mas foi apenas quando Dumas acrescentou "E quem mergulha é doido" que meu corpo agiu sozinho e começou a correr, gerando um temerário mergulho de cabeça no mar. Loira, veja isso, fique quieta e admire. Voando, eu me senti belo como uma lâmina afiada. Começara o desafio entre mim e a Puta Imperial. Sem dúvida, teria sido no mínimo prudente olhar o fundo do mar antes de mergulhar. No mar inteiro havia uma única pedra, uma só, e eu estava prestes a acertá-la de cabeça. Torcendo-me para a direita, passei de raspão pela pedra, com o lado esquerdo. Saiu sangue e ardia muito, mas o corte não era nada comparado à laceração de meu orgulho. Nadei raivoso.

Sentia o coração pulsando no flanco. Meu amor-próprio esperneava de frustração.

Saindo da água, foi Gerruso quem percebeu a ferida.

— Você está sangrando.

Dumas permaneceu impassível.

— Eu falei, mergulhar machuca.

Foi Nina quem desanuviou tudo:

— Eu gosto de mergulhar.

Depois Nina falou sobre seu pai Emerico e sua mãe Lia, irmã da mãe de Gerruso.

— Ah, então teu sobrenome não é Gerruso?

— Não.

O pai dela trabalhava na Fiat de Termini Imerese. A mãe cuidava de uma papelaria. Não tinha irmãos nem irmãs, como eu. Comentei isso. Gerruso especificou que eu era órfão de pai. Aquela guinada inesperada ressuscitou a loira de seu torpor indolente.

— E como fizeram?

— Fizemos como? Quem? O quê?

— Sem teu pai.

— Fomos levando.

— Levando como?

— Um dia depois do outro.

— Sem nenhum outro homem em casa?

— Oh, se for por isso, homens em casa nunca faltaram.

— Ah, é?

— É.

— Tipo?

— O tio Umbertino.

— E quem é ele?

— Tio de minha mãe.

— Tio ou...

— O quê?

— Nina, quando vamos embora? Estou me entediando.

Sem dizer nada a ninguém, Nina se levantou, mergulhou reto e nadou em direção ao horizonte. Errou um monte de movimentos. Um instante depois, eu já estava voando, em direção oposta à única pedra que aflorava na água. Com braçadas largas, alcancei Nina. Perto dela, a Sicília como pano de fundo e o mar por toda a volta, eu não sentia mais vergonha. Consegui até falar.

— Oi.

Ela sorriu para mim.

Nina, você tem olhos enormes, capazes de velar por mim mesmo quando estou longe. Era isso que eu queria dizer a ela. Mas as palavras saíam sem que eu avaliasse.

— Quando você mergulha, erra no impulso. E quando nada, está errado o movimento do braço esquerdo. E a batida dos pés está descoordenada. E precisa respirar pelos dois lados. E o jeito como coloca as mãos, até isso está errado.

Meu coração se paralisou no peito.

O quê. Porra. Eu estava. Dizendo.

Nina tinha arregalado os olhos. Havia assombro em suas sílabas.

— Eu cometo mesmo todos esses erros?

Eu não confiava mais em minha boca. Respondi como vovô, inclinando a cabeça para a frente. Nina arregalou ainda mais os olhos e realmente não havia o que dizer, ela era muito mais bonita do que a Sicília lá no fundo.

— E você notou me olhando apenas uns poucos segundos?

Inclinei a cabeça de novo.

— Meu primo me disse que você pratica pugilismo. Você ainda não é novo demais para ser boxeador? Eu achava que se começava aos dezoito anos. Quantos anos você tinha quando começou?

Por um momento, tudo ficou nítido outra vez.

O tiro, os vidros explodindo, Gerruso desmaiado no chão sem a falange, Pullara ensandecido, meu tio correndo e Nina de pé, parada, sem medo.

— Nove.

— Foi naquele dia?

— Foi.

— Aquele que veio até a praça e depois te levou para o hospital, é ele teu tio Umbertino?

— É, é ele.

— Ele é simpático, me chamou de *piccirì*.

— É, sim.

— Então você me ensina?

— O quê?

— A nadar direito.

O mar estava calmo. Naquela água de veludo, eu me sentia protegido.

— Olha, o movimento não parte do braço, mas do centro do corpo, assim, consegue ver? Você precisa se concentrar nos quadris, Nina... Por que está rindo? Falei bobagem?

— É a primeira vez que você me chama de Nina.

E partiu. E eu a vi, enquanto nadava errando todos os movimentos, exatamente como ela era.

Perfeita.

Deitei numa esteira, Gerruso e a loira discutiam animadamente.

— E olha, não estou errado. Pode-se dizer "filme de rir".

— Não, não se pode, nem gramática você sabe.

— Pode sim, é uma coisa tipo latim.

— E o que você sabe de latim?

— Ele sabe.

Senti todos os olhos sobre mim. Queriam uma resposta. Mas ainda não tinha me enxugado, não podia falar. Inclinei a cabeça e, mostrando as palmas das mãos, ondulei a cabeça para a frente e para trás, sim, é isso mesmo, o que querem que eu faça, sei latim.

— Não acredito — disse Dumas, ressentida.

— E como é que você sabe? — perguntou-me Nina.

Sem qualquer ceticismo, estava sinceramente curiosa. Não imaginei que fosse tão simples romper minha imobilidade. Respondi em voz baixa, para a amiga dela não me ouvir.

— Foi minha avó que me ensinou.

Saiu em dialeto.

Falei com o sangue.

— Mas em italiano não se pode dizer — reiterou Dumas.

Gerruso estava realmente surpreso.

— Não se pode? Mas como "não se pode"? Pois se acabei de dizer! E digo mais: filme de chorar, filme de assustar, filme de entediar. Pode sim, e como.

— Você é um ignorante. Já ele, como é que pode saber latim?

— A avó.

Foi Nina quem lhe respondeu.

— Ah, é professora? Minha mãe é professora. De fato, eu sei latim. Conheço todas as cinco declinações e o verbo *sum*.

Gerruso me olhou com uma sombra de pavor no fundo das pupilas. Tranquilizei-o, concordando. Eu sabia flexionar o verbo *sum*, em todos os tempos e em todos os modos. Minha avó é uma mulher realmente muito, muito, muito insistente.

— Ah, então minha mãe e tua avó são colegas. Onde ela dá aula?

— No Tomaselli.

— Tomaselli? O que é? Um ginásio novo? Clássico? Fica aqui? Onde? Não conheço.

— É uma escola primária.

— Escola primária?

— É, por quê?

— Mas agora ensinam latim nas escolas primárias?

— Não.

— E então?

— Ela é formada em letras clássicas.

— E terminou como professora primária.

— Como, "terminou"?

— Se tivesse feito carreira, agora ensinaria no colegial clássico, como minha mãe. Mas terminou dando aula para quem nem sabe ler ou escrever, então talvez não soubesse latim e grego tão bem assim.

— Eliana.

A voz de Nina era severa, mas não dura.

— Não seja grosseira.

Dumas não ouviu ou fingiu que não ouviu.

— Foi por isso — retomou apontando para Gerruso — que ele veio com toda aquela conversa sobre os salários dos professores.

Gerruso corou de repente.

O assunto da remuneração dos professores.

Era um cavalo de batalha meu.

Tinha sido o tema da redação nos exames do terceiro ginasial, três semanas antes. Gerruso queria saber como eu tinha me saído na prova. Bem, respondi, e não, não dava a mínima para o exame dele, mas, em todo caso, qual tinha sido o tema? O valor da amizade? Que tema era? Quinto ano?

Depois fui percorrido por um arrepio.

— Você não me citou em sua redação, citou?

Seu silêncio foi a mais cabal admissão. Meu nome estava na redação de Gerruso e permaneceria nos anais do sistema italiano de ensino até o final dos tempos e quem lesse teria a ideia absolutamente errada de que ele e eu éramos amigos. Eu estava para berrar no telefone quando Gerruso me perguntou o que eu tinha escrito em minha redação.

— Você não merece resposta — eu disse.

Mas ele insistiu e então me rendi. Expliquei que tinha baseado a redação na injustiça da remuneração dos professores. O raciocínio fora desenvolvido durante um almoço de domingo em família. Diante de uma travessa de cabrito, eu e meu tio sustentávamos que as professoras primárias mereciam um salário maior do que o das professoras do ginásio e do colegial.

— Porque elas intervêm no início do processo de formação — sintetizou vovó.

— De pequenino é que se torce o pepino — confirmou Umbertino.

Estávamos em plena sintonia, sabíamos que as bases para subir no ringue não são os braços, e sim as pernas.

Gerruso tinha pegado minha teoria, usando-a para discutir com Dumas. Eu não sabia se me irritava ou se o elogiava. Usar uma ideia minha significava reconhecer sua excelência. Mas também era verdade que qualquer ideia, mesmo a melhor delas, posta na boca de Gerruso, seria definitivamente estraçalhada. Ele era um cotó de dedo também no raciocínio.

A loira insuportável estava para soltar algum outro grande disparate, quando Nina interveio com firmeza.

— Vamos tomar um banho agora, todos juntos.

Errou mais uma vez o impulso dos pés, a curvatura das costas, a posição do pescoço. Apesar de tudo, aquele movimento tinha certa graciosidade que o fazia único e inimitável. Nina possuía uma gramática própria do movimento. A ser polida, claro, mas anulá-la seria imperdoável.

Gerruso foi em segundo lugar. Foi uma cena horrível. Conseguiu errar o mergulho segurando os joelhos, erguendo pouquíssima água, machucando o lado interno dos braços, porque não entrou no mar com os cotovelos.

A maldita estava para tomar impulso.

Antecipei-me a ela.

Um voo de anjo, o corpo em cruz, os braços abertos como uma andorinha, os punhos cerrados, as mãos que se unem, os dedos que se esticam no final, retos, para abrir passagem a uma rápida entrada em diagonal.

— Mas quem te ensinou a mergulhar assim?

Os olhos de Nina cintilavam.

— Meu tio.

Éramos pobres, mas cheios de talento.

— Ei, agora é a vez da Eliana, olhe, Davidù.

Só me virei porque Nina pediu, do contrário não tiraria meus olhos dela por nada no mundo.

E o que eu vi me fez mal.

Dumas tomou impulso com precisão e controle, desenhou uma vertical correta e equilibrada, dividiu-se em duas com elegância e rapidez, entrou no mar sem espirrar água. Uma carpada tecnicamente irrepreensível, estilisticamente perfeita. Tão logo entrou, começou a nadar. Dominava um estilo perfeito.

— Ela faz natação. Foi campeã regional no nado de costas e nos mergulhos de trampolim baixo.

Era um inimigo muito mais duro do que eu pensava. Que tentaria me atingir, eu tive essa certeza já no largo do terminal de ônibus. Mas que fosse capaz de me ferir, só compreendi quando fui tomado pela beleza de seu movimento.

Para piorar essa instabilidade emocional, Gerruso se intrometeu.

— Você me ensina a mergulhar?

— Agora?

— Sim.

— Suba naquela pedra, já te alcanço.

Nina o olhou espantada e depois me fitou. Tinha um olhar cheio de compreensão: se você recusar, eu te entendo, até demais.

Eu tinha prometido.

— Vai lhe ensinar mesmo?

— Vou. Pelo menos agora tua amiga está longe.

— Não fale assim, a Eliana tem um caráter meio diferente, mas é uma amiga querida. Depois, à maneira dela, também é modesta.

— Ela? Modesta?

— É. Pense nos mergulhos: ela é campeã, mas não sai dizendo por aí, ou melhor, nas conversas ela sempre menospreza as atividades em que se sobressai.

— São muitas?

— Na escola, por exemplo, é a melhor da classe, no ano que vem vai se matricular no liceu clássico.

Estava se desenrolando uma disputa.

Eu não tinha intenção de perder.

— Eu também.

— Talvez sejam colegas.

— Mais provável que eu me matricule no curso naval.

Enquanto falava, Nina se movia para poder boiar.

O sol lhe desenhava sombras sempre novas no rosto.

— Já eu vou me matricular no curso de línguas, gosto de viajar.

— É bonito viajar.

— Você já viajou bastante?

— Um pouco.

— Já esteve em Roma?

— Não.

— Veneza?

— Não.

— Milão?

— Não.

— Desculpa, onde você esteve?

— Em muitos lugares.

— Quais?

— Na *Libertas* de Milazzo, na *Invicta* de Catânia, na *Pugnace* de Donnalucata, na *Forza e Costanza* de Barcellona Pozzo di Gotto, na *Virtus* de Sciacca.

— Você nunca saiu da Sicília?

— Não.

— E viajou muito?

— Acho que sim. Não? Errei?

Nina se abriu num sorriso luminoso que não consegui entender bem. Mas estava ali, sorria para mim, nada mais me interessava.

— O que são esses nomes que você falou?

— Academias.

— Pugilismo?

— Sim.

— Quer ser boxeador?

— Meu pai era boxeador.

— Era bom?

— O melhor.

— Quer ser como seu pai?

— Não sei, nunca o conheci, e você quer ser o quê?

— Ser tradutora é um trabalho que me agradaria. Eliana quer ser musicista, estuda violoncelo.

Meu coração parou. Dumas tocava. Exercitava os dedos em instrumentos musicais. Dedos leves capazes de delicadezas. Dedos que geram sons.

— Ela mora numa casa muito grande na via Libertà.

Era até podre de rica.

— A casa dela é muito bonita, você ia gostar, tem dois andares. Tem um quarto de dormir enorme com quadros nas paredes. Como é tua casa?

Eu não tinha como ganhar. No máximo receber a honra das armas.

— Minha família não é rica, Nina, mas minha mãe mantém a casa limpa e meu tio come conosco aos domingos, meu avô tem um jardinzinho que chama de horta e me ensinou a ler e escrever aos quatro anos.

E, num rápido movimento dos rins, mergulhei ao mesmo tempo nas águas salgadas do mar e nas águas profundas da vergonha. Nadei sem tomar fôlego e me agarrei à pedra. A escoriação no lado já não sangrava, era apenas um pouco mais vermelha. Respirei fundo e me concentrei na próxima aposta que ia perder: Gerruso. Para aumentar a tensão, o desagradável retorno da violoncelista.

— Gerruso, confie em mim, faça o que eu disser.

No mar, Nina comunicava a Dumas que eu ensinaria Gerruso a mergulhar de cabeça.

— Mas quem? Aquele ali, ensinar teu primo a mergulhar? Não vai conseguir nunca.

A luva do desafio fora lançada.

— Gerruso, não é difícil, você vai conseguir.

— Está falando sério, Davidù?

Gerruso devia receber os cuidados de uma planta, não as agressões que merecia.

— Sim, estou falando sério. Faça apenas o que eu te disser. Pense na bunda, Gerruso. Só nisso. Aperte bem forte e lance os braços para a frente, assim, de baixo para cima, tipo o Super-Homem.

Gerruso tentou o movimento três vezes. Era desajeitado, mas a dinâmica estava certa.

— Você me mostra um exemplo?

— Claro. Preste bem atenção, pois, com minha orientação, você vai mergulhar exatamente assim.

Dei um impulso com um salto alto e longo.

Tenho pernas de boxeador, viu, loira.

O mar me absorveu, sem formar espuma que denunciasse minha passagem.

Nina deu um grande aplauso.

Dumas:

— Sim, nada mau.

Ocorreu o impensável.

Como tomado por um furor sagrado, Gerruso berrou lá da pedra.

— Nada mau?

— Didascálico — sentenciou Dumas.

Gerruso arregalou os olhos.

— O que é isso?

— Que foi um mergulho de mestre — tranquilizei-o.

— Didascálico — repetiu a Puta.

— Que acabei de explicar o que significa, mergulho executado à perfeição.

— Ah, verdade, no primário ensinam vocabulário.

De costas, a loira se afastou numa braçada larga e, Jesus, esse gesto também foi executado com graça e perfeição.

Gerruso estava transtornado.

— Pare com isso.

Sua voz estava estridente.

Eu e Nina fomos surpreendidos por aquele acesso de cólera.

Dumas, porém, estava pouco se lixando para Gerruso.

— Você me entendeu? Estou falando com você! Pare com isso.

Eu e Nina nos olhamos sem encontrar resposta.

— Você tem de parar, não pode se permitir, porque Davidù é um poeta.

E, diante do mundo inteiro, apontou para mim no meio do mar.

Com o toco de dedo.

Gerruso parecia diferente, naquele momento. Como se, com aquele ataque frontal, tivesse iniciado um processo de transformação que começava bem diante de nossos olhos, sob o sol das duas da tarde, numa rocha de Capo Gallo.

Após treze anos de indignidade, talvez Gerruso estivesse alcançando uma condição de decência.

Florescer após treze anos.

Em volta de mim, todos os detalhes pareciam esculpidos: os cabelos de Nina, vermelhos, atrás das orelhas. Sua boca aberta de surpresa. Os braços de Gerruso erguidos para o céu. O dedo cotó apontando para mim. Destruindo aquele momento alvo, a voz da Puta Imperial. Ria desbragadamente, repetindo uma só palavra:

— Poeta.

De repente, Nina também começou a rir, jogando a cabeça para trás. Os cabelos se soltaram no mar, como a flor que abre as pétalas ao amanhecer. E, sem qualquer lógica, Gerruso também desandou a rir. Naquele contágio de risadas, eu era o único que não achava graça. Estavam rindo de mim.

— Então, se é poeta, vai te ensinar o mergulho perfeito, um mergulho rimado.

O olhar de Dumas era o cano de uma espingarda.

Nina me perguntou se eu realmente conseguiria ensinar seu primo a mergulhar de cabeça. As cartas do embate final já estavam na mesa. Meu futuro com Nina dependia inteiramente daquele mergulho.

Eu olhava Gerruso e via um cacto, nutrindo a fragílima esperança de que a flor, contra todas as probabilidades, talvez tivesse decidido se mostrar ao mundo exatamente naquele dia, pela primeira vez, depois de treze anos inúteis.

— Gerruso, pare de rir e me ouça. Aperte a bunda e balance os pulsos, assim, um pouco mais devagar. Agora, se abaixe até os joelhos, um movimento rápido dos braços, dê um impulso forte nos pés e o resto o corpo faz. Vamos, me faça um belo mergulho didascálico e assunto encerrado.

— Você confia em mim?

A moedinha fora lançada.

— Claro que confio, Gerruso. Você vai dar um mergulho maravilhoso.

Dumas olhava só para mim, com olhos de canibal. Nina estava de boca aberta.

Gerruso balançou os pulsos, para a frente e para trás. Curvou as costas e se inclinou até os joelhos.

Vamos, Gerruso, vamos.

Os pulsos partiram velozes, os joelhos recuaram, os pés se soltaram, o corpo saltou, o tronco se enrijeceu, fez-se o voo.

Floresça agora.

Por favor.

Por um momento, o sol ficou toldado por seu corpo. Voava horizontalmente sobre as misérias do mundo, os olhos abertos para não perder nada daqueles instantes. Parecia feliz, um cacto em pleno deserto.

Quer ver que.

Mas não. Caiu numa barrigada violenta. No junho palermitano elevou-se um som abalador e doloroso. Gerruso se esquecera de fazer a curva no ar. Aterrissou de chapa, mãos braços barriga pernas rosto. Ficou boiando na superfície do mar por alguns instantes, antes de afundar lentamente, como uma folha no lago. Quando veio à tona, vimos que perdia sangue pelo nariz.

— Eu mergulhei direito, não foi?

Nadei até ele em silêncio. Pondo o braço em volta de meu pescoço, trouxe-o de volta para a praia.

— Viu, Nina? Aprendi a mergulhar de cabeça, Davidù é um ótimo professor, é um poeta completo.

Nós o deitamos de costas.

Ele estava com toda a frente do corpo muito vermelha, como uma queimadura.

— Descanse um pouco, é melhor.

Eliana cochichava no ouvido de Nina. Eu apostara em Gerruso. Merecia a derrota justamente por isso. Dumas me desferiu uma última e dolorosa chicotada com os olhos, deu-me as costas e preparou o mergulho.

E vi o que jamais acreditaria.

Ao realizar o mesmo movimento que tentei ensinar a Gerruso, ela defasou o alinhamento dos pés. Uma mudança imperceptível, mas o direito ficou um pouco atrás do esquerdo. Colocou-se na ponta dos pés e deu impulso. Suas pernas traçaram o mesmo desenho de uma libélula.

Um movimento de pernas imprevisível, impecável, letal.

Mais poderoso do que o meu.

O movimento de pernas da Puta.

— No que está pensando? — perguntou Nina.

— Ela tem um jogo de pernas maravilhoso.

— Meu primo como está?

— Deu uma barrigada mortal, mas vai se recuperar, a dor vai e volta, vamos deixá-lo descansar.

— Me acompanhe.

— Quem?

— Você.

— Eu?

— É, você.

— Onde?

— Ali.

Sentamos na pedra, com os pés na água.

— Estou contente com esse dia que passamos no mar, juntos.

— Mesmo?

— Eu já estava contente quando meu primo me ligou anteontem.

— Oh!

— Vamos fazer assim: como o convite para a praia veio de você, porque eu sei que veio de você, agora pode me pedir o que quiser e eu te dou.

Meu embaraço explodiu num rubor tão intenso que tive de abaixar o olhar. Vi seu pé brincando com a água do mar.

— E então?

Aferrei-me àquela imagem.

— Queroumcadarçodoteusapato.

— Um cadarço, então.

Foi embora, deixando-me nas pedras de Capo Gallo, numa deriva imóvel. Eu estava na névoa, incapaz até de afundar. A vergonha me tingia de vermelho. Eu estava morrendo. Me deixem só. Mar, me engula, me afogue, terminemos com isso. Não morri só porque Nina sentou de novo a meu lado.

— Toma.

— Quem? O quê?

— O cadarço, você não disse que queria?

Ela mergulhou na água e, de dentro do mar, amarrou o cadarço em meu tornozelo esquerdo, com cuidado e atenção.

— Assim não vai se soltar.

— Vou ter sempre algo teu junto comigo — murmurei sem pensar.

— Justamente — comentou ela, voltando a se sentar junto a mim.

Eu mordia os lábios por dentro. Tinha vindo à praia de sandálias. Se ela também me pedisse um cadarço, estaria ferrado. Por que a vida tem de ser tão difícil assim?

— Então, o que vai me dar?

— Eu?

— É, você.

— Eu pra você?

— É.

— Estou de sandálias, Nina, droga, não tenho nenhum cadarço aqui.

— Quero meu presente.

— Agora?

— Agora.

— E o quê?

— Me beije. Na boca. Agora.

E me encontrei em sua boca.

Foi um beijo longo e apaixonado, um beijo cinematográfico.

Em pé na pedra, Gerruso aplaudia.

— Que belo beijo, você é um poeta de verdade.

O mar estava calmo, Dumas longe, desliguei os pensamentos e fiquei apreciando o som da água que sobe na pedra, se encrespa, se afunda nas algas, recua, num balanço infinito.

— No que está pensando, Davidù?

É surpreendente a insistência com que as mulheres perguntam aos homens no que eles estão pensando. A resposta, na maioria das vezes, é simples, como elementar é o homem: em nada. Às vezes, estamos apenas observando uma mancha numa parede. Às vezes, ouvindo um magnífico solo de guitarra que absorve toda a nossa atenção. Não há nenhum exercício de lógica. Ainda mais surpreendente é como o homem se sente na obrigação de dar uma resposta inteligente e profunda que alimente o fascínio misterioso.

Eu queria dar uma resposta bela e concreta, mas fiz uma pergunta.

— E então, agora estamos juntos?

Eu tinha enlouquecido ou é assim que a genialidade se manifesta, sem filtro, sem cálculo.

— Você, o que acha?

Ainda essa mania do que eu acho? Nina, sou homem, nós homens pensamos muito menos do que vocês imaginam. Os homens, sabe? Aqueles que passam horas e horas vendo uns sujeitos de calção correndo atrás de uma bola, contando vantagem para os amigos, fazendo flexões sobre os pulsos. Os homens, Nina. Que pensamento você quer que esteja por trás de tudo isso? Já é um milagre que a gente consiga andar e assobiar ao mesmo tempo sem cair a cada três passos.

Nina aumentou o lance.

— Me dê um bom motivo para ficarmos juntos.

Eu já estava empenhado demais em não morrer, respondi novamente sem pensar.

— Tenho um cacto que vai florir daqui a treze anos, seria bonito se víssemos a flor abrir juntos.

Ela não usou palavras.

Respondeu da melhor maneira possível.

Com outro beijo na boca, úmido, intenso, um beijo com a língua, olhos fechados e arrepios nas costas. Quando nos soltamos, nossas testas permaneceram unidas.

— É bonito "Poeta", eu gosto.

— Pare com isso.

— Estou dizendo a verdade, eu gosto. Os boxeadores não têm apelidos?

— Têm.

— Teu pai?

— O Paladino.

— Bonito.

— É.

— De minha parte, gosto de "Poeta".

— Sério?

— Sério. Para mim, você será "o Poeta", está decidido. Combina com você, é perfeito.

— Mas foi Gerruso que inventou.

— E daí?

— Nada, nada, tudo bem.

Observei o mar. Refletia sobre os últimos acontecimentos de minha vida: tinha um cadarço no tornozelo, um apelido para ostentar no ringue e uma namorada com a qual voltaria de ônibus a Palermo. Se ela me perguntasse naquela pedra em que eu estava pensando, a resposta seria formidável. Mas Nina, feminina em tudo, não me perguntou mais nada.

* * *

O que aconteceu antes, minha mãe me contou muitas vezes. Como se quisesse me transmitir, inconscientemente, que estava calma, que agora conseguia falar a respeito: "Davidù, você vê meus olhos? Não estão chorando mais, alegria minha."

Naquele dia, ela levantou cedo, como de costume. Tinha ido para o trabalho no hospital. O dia na enfermaria foi tranquilo. Voltando, comprou salmonetes no mercado de Ballarò. Faria para o jantar uma receita de vovô: marinar com geleia de laranja, empanar com farinha de rosca, amêndoas e pistaches, e depois assar ao forno por dois minutos. Era um setembro quente. Ela estava com uma camiseta branca que lhe apertava um pouco a barriga. Começava a engordar. Voltou para casa por volta das cinco da tarde. Na copa, uma revista lhe chamou a atenção. Havia um artigo sobre xadrez. Falava sobre um dos generais do exército de Napoleão, um excelente estrategista. Antes das batalhas, ele seguia um cerimonial peculiar: desafiava o vencedor de um torneio de xadrez rigorosamente aberto a todos os soldados do exército. Hospedava-o em seus alojamentos e jogavam. Às vezes o adversário era tão hábil que o obrigava a inventar novos esquemas de ataque. Mas o general era invencível. O artigo se concentrava numa curiosidade: muitos movimentos antes do xeque-mate, o general pegava o rei adversário, avisando que a partida tinha terminado. Diante da legítima perplexidade do adversário, descrevia os movimentos que executaria e os respectivos contramovimentos necessários, até o êxito final. Por último, arremessava com ímpeto o tabuleiro no chão. Quando lhe indagavam o motivo daquele gesto, respondia: "Para não deixar para meus adversários nenhum vestígio dos percursos que me permitiram derrotá-los."

Minha mãe não era uma aficionada do xadrez, mas ficou muito impressionada com aquela história. Pousou a revista e pegou as agulhas de tricô da cesta. Começou a tricotar. Ficou com sede e foi à cozinha, serviu-se de água e voltou para bebê-la na copa, ao se sentar já começava a se sentir aliviada. Foi no exato momento em que apoiou o copo na mesa que a porta se abriu e apareceu Umbertino.

Às quatro da tarde de 9 de setembro de 1973, o dia ainda estava maravilhoso.

Na academia, Umbertino estava explicando aos pugilistas uma figuração: direto de esquerda para a frente, salto para trás, direto de direita. Executava aquele duplo golpe com uma velocidade, uma precisão, um domínio do tempo que deixava todos perplexos. Sentia uma energia renovada no corpo. Chegara a hora em que a academia ia conquistar o título nacional, tinha certeza.

Pouco depois das quatro, Franco entrou na academia com o rosto aflito, o boné retorcido na mão.

Umbertino entendeu de imediato que estava para se revelar uma verdade terrível. Correu ao encontro dele e o segurou pelos ombros.

Franco começou a soluçar.

— O Paladino morreu.

Umbertino o abraçou.

— Vão embora — gritou para os boxeadores.

Todos saíram.

Assim que ficaram a sós, Umbertino soltou Franco e arrebentou tudo, com os punhos nus.

A voz estava embargada.

Não vinha deste mundo.

— Como foi?

Franco não conseguia falar. Levantou as mãos e ambas estavam com marcas de mordidas profundas. Imitou o gesto de acelerar.

De moto.

O Paladino tinha morrido num acidente de moto.

— Onde?

Franco não conseguia emitir nenhum som.

— Franco, olhe nos meus olhos. Onde?

Franco ergueu a cabeça e viu aquele olhar do inferno.

— Túnel — conseguiu balbuciar.

O túnel.

A rodovia.

— Franco.

Aquela voz era um rosnado.

— Zina já sabe?

Umbertino estava com as mãos perfuradas por lascas de madeira, vidro, cimento. Sangue por toda parte.

Franco sacudiu a cabeça, indicando a si com a mão direita.

Somente ele sabia. Mais ninguém.

Umbertino entrou no vestiário e saiu com um maço de cigarros. Acendeu dois e deu um a Franco.

— Fume.

Não era um convite.

Fumou o cigarro observando a parede que havia rachado a socos.

Tinha de ser ele a dar a notícia.

Saiu sem dizer nada, correndo o mais rápido que conseguia.

* * *

Quando o viu na porta, Provvidenza se assustou. Ele estava coberto de sangue e suor.

— Umberto, o que aconteceu?

— Onde está Rosario?

— O que aconteceu?

Meu avô apareceu vindo do jardim. Ainda estava com a enxada na mão. Umbertino apoiou a mão no ombro de Provvidenza, mas encarou os olhos de meu avô.

— O Paladino morreu num acidente de moto.

Os olhos de minha avó começaram a saltar rapidamente de um para o outro, mas os dois homens formavam um universo fechado, de fato foi apenas Umbertino que percebeu a enxada caindo das mãos de Rosario, todas as forças o tinham abandonado de uma só vez. Provvidenza começou a andar pela sala e, intuindo o desastre que estava para atingi-la, esforçou-se em ser racional uma última vez.

— Zina já sabe?

— Ainda não, estou indo agora.

Ao sair da casa, a única coisa que Umbertino conseguiu dizer foi: "Sinto muito." O silêncio ainda persistia quando ele saiu, mas, poucos instantes depois, por trás da porta ergueu-se o grito de uma mãe que acabava de perder o filho.

Minha mãe perdeu o equilíbrio e bateu na mesa, derrubando o copo. Caíram o copo e minha mãe, ambos se esfacelaram. Ao longo dos anos, continuaram a sair estilhaços, escapados a todas as limpezas anteriores, como se estivessem escondidos ou mudassem de lugar, e depois outro e mais outro, para lembrar que aquele momento existira, fora arrasador, estava sendo superado de alguma maneira, dia após dia.

Mas o momento da notícia foi o instante do baque no chão.

Minha mãe não se abriu à dor com um grito, mas começou a arrancar os cabelos e a arranhar o rosto. Em silêncio.

— Tinha se moderado. Dentro dela, duas forças se entrechocavam ruidosamente. Uma era a vontade de enlouquecer e destruir, arrasando tudo.

— E a outra, tio?

— A outra era você. Ela estava grávida. E a sua cabeça, o instinto materno ou sabe-se lá o quê impedia que ela explodisse.

Umbertino segurou suas mãos e a abraçou.

— Conseguiremos superar esta também, eu juro.

Minha mãe era um animal ferido. Atirou-se com a boca no ombro de Umbertino e mordeu até tirar sangue. Isso, Zinù, desabafe, morda, arranhe, estou aqui, liberte teu coração deste negrume todo. Os dentes e as unhas de minha mãe lhe atravessavam a carne. Ele estava com os olhos pousados, imóveis, na foto do casamento. Fora àquele casamento, tinha usado um terno maravilhoso. Fazia muito tempo que não o vestia. Seu olhar estava começando a se pacificar, como a voz. Reiniciara a temporada da caça. O predador voltara.

— Está tudo sob controle, *piccirì*.

Era preciso um treinamento duro, indispensável para não sucumbir. Meu tio se mudou pela segunda vez para nossa casa. Velou minha mãe todos os dias, todas as noites, pelo tempo que julgou necessário, observando como todas as peças do mosaico iam se recompondo, com o tempo e com o afeto, permitindo sobreviver a mais este luto. Umbertino sabia. Já passara por isso. Saíra vivo. Sobrevive-se a tudo, para poder se apaixonar de novo. E quando compreendeu, quando teve a certeza de que minha mãe se apaixonara de novo, somente então voltou para sua casa, deixando o coração de Zina pronto para ser preenchido pelo novo amor. Eu.

Saiu do quarto quando Provvidenza, destruída pela dor, finalmente conseguiu adormecer. Rosario ainda não derramara nenhuma lágrima. Não era distanciamento. Era perplexidade ao grau máximo. Precisava destilar a pancada, sorvê-la aos poucos, para poder enfrentá-la. Não era um problema de aceitação da notícia, mas do momento em que começaria a lutar para não sucumbir sob seu peso. Foi até a cozinha arrastando os pés. O tornozelo bateu na enxada. Tinha ficado ali. Ele se abaixou para pegá-la e só então tudo se fez claro: seu filho tinha morrido num acidente de moto, nunca mais voltaria a vê-lo.

Pegou a enxada, abriu a porta envidraçada que dava para o jardim, fechou a suas costas. Virou-se para a esquerda, onde estava a hortelã. Com pequenos golpes certeiros chegou ao fundo das raízes, curvou-se e bastou colocar as mãos na terra para desprender a planta. Pousou-a na areia. Pôs a enxada entre a parede e as glicínias e, num gesto preciso, cortou os ramos de sustentação. As glicínias caíram sozinhas. Um a um, tirou os frutos do limoeiro. Sentia-se exatamente como naquela manhã do bombardeio na África, no campo de prisioneiros: vivo, mas sem nenhum motivo para viver. Removeu da terra o manjericão, a sálvia, o alecrim. Com uma tesoura podou os botões da roseira. Apoiava-os nas pedras, como anos antes, na África, havia apoiado os restos de corpos humanos. Separou a hera e o jasmim do muro. Estava para cortar todas as folhas da magnólia quando se sentiu trespassado pelo que viu.

O cacto.

Despontara um broto.

Haviam se passado vinte e dois anos.

Estivera na Alemanha, voltara a Palermo, formara uma família, perdera um filho.

E a planta cumpriu a promessa.

Não era propriamente uma flor, era um broto, mas despontara, estava ali. Rosario se pôs de joelhos. Pegou a planta nas mãos, abandonou qualquer resistência e seus olhos voltaram a chorar, um pranto inconsolável, que parecia jamais ter se interrompido, desde a África até Palermo.

* * *

Na volta da praia, assim que o ônibus entrou no parque da Favorita, Nina deixou Dumas e veio sentar a meu lado. Gerruso sentou no fundo. Continuava a contar as putas.

— No que você está pensando, Davidù?

Justo agora que eu não pensava em nada. Mas responder “Nada” ia soar estranho, quem sabe Nina pudesse pensar que eu era estéril. Devolvi uma pergunta. Somente quando terminei de pronunciá-la, avaliei as implicações.

— Por que você me beijou?

Tentei considerar mentalmente todas as opções. Um fato incontroverso era que, na batalha entre mim e Dumas, eu é que tinha perdido, sob todos os pontos de vista. Não ensinei o mergulho a Gerruso e a desgraçada, fato ainda mais humilhante, mergulhou melhor do que eu. Então por que Nina passou algum tempo comigo na pedra e até me beijou? Eu não entendia. Por isso, sua resposta foi para mim uma revolução copernicana. Naquele dia todo, eu tomara Nina como campo de batalha. Um troféu a conquistar e exibir. Ao ouvir a resposta, entendi como estava errado. Fiquei mortificado, como nunca antes.

— Sou eu que decido quem beijo ou não, sou eu que decido com quem fico ou não. Naquele momento, queria ficar perto de você porque queria um beijo teu, nos beijamos, gostei e então por que não continuar? Quer saber por que eu quis te beijar? Pelo modo como se comportou. Você tratou bem meu primo, cuidou dele. Você inspira confiança, se dispõe a apostar nas causas perdidas, empenhando-se com todo o teu ser para que elas vençam, contra toda a lógica e evidência. E, além do mais, tem dois lindos olhos verdes. Você está todo corado, Davidù.

— Eu sei.

— Você é bonito.

Ela apoiou a cabeça em meu ombro.

— Meu poeta.

Suas mãos eram delicadas. Eu tinha vontade de lhe acariciar os cabelos, mas pensei na inadequação de meus dedos. Eu tinha treze anos e minhas mãos já eram de boxeador. Virei para olhar pela janela. O parque da Favorita alternava luzes e sombras na louca marchetaria dos ramos que coroavam nossa estrada.

— O que você está olhando, Davidù?

Sua voz era delicada, tentava construir uma familiaridade. Aquela tentativa merecia respeito e consideração. Respondi da maneira mais sincera possível.

— O futuro.

— E o que você quer do futuro?

Apoiei a mão na janela, com as marcas dos calos e das horas que passava encerrada dentro de uma luva. Os dedos de Nina acariciaram meu peito. Fechei os olhos e me abandonei àquele toque.

— Ganhar o título.

TERCEIRA PARTE

Bem-vinda de volta, ferocidade

A porta da academia se abriu com o habitual rangido cansado.

Umbertino ficou petrificado.

Rosario entrou, com um garoto de olhos azuis.

Franco foi até eles.

— Bom dia, sou o assistente, pois não?

Meu avô apoiou a mão na cabeça de meu pai.

— É seu filho? Como se chama?

— Francesco.

— Quantos anos ele tem?

— Doze.

Meu pai examinava a academia: o ringue à direita, os cobertores amontoados na parede, os sacos pendurados no forro, as bolinhas de tênis nos cantos, os corpos dos boxeadores que saltavam, se dobravam, golpeavam.

— Pai, é isso o boxe?

Meu avô lhe respondeu inclinando a cabeça. Depois estendeu a mão a meu tio.

— Muito prazer, Rosario.

— Muito prazer, Umberto. Quanto tempo.

— Pois é. Ensine-o.

— Depois de tudo o que lhe contei, está vindo a mim?

— Sim.

— Por quê?

— Quando você diz uma coisa, você faz.

Umbertino lembrava a velocidade daquelas mãos. O garoto era seu filho. Um teste não se nega a ninguém.

— Franco, faça o jogo dos tapas com ele.

A iniciação pelo massacre. Meu pai pôs as mãos nas palmas estendidas de Franco. Tinha mãos miúdas, dedos finos, pulsos pequenos. Não de boxeador.

— Pronto? Vamos começar?

Franco começou e foi uma lavada.

Sete vezes em sete.

— Então? — perguntou Rosario.

— Aula aqui dentro tem um custo.

— Dinheiro não é problema.

— Tirando os domingos, todos os dias, duas horas por dia, que venha às duas, às quatro ou às seis. Um mês de experiência, pago, depois resolvo se ele pode continuar ou não. Agora, se quiser, pode ficar assistindo ao que fazemos aqui dentro.

Rosario pegou uma cadeira. Ele não assistia a uma luta de boxe desde a Alemanha. Seu filho, sentado no banco ao lado do ringue, movia as pernas para a frente e para trás, como um reizinho observando com curiosidade aquilo que viria a ser seu reino algum dia.

— Todos temos um anjo da guarda, eu, você, até os mortos pela Máfia, embora os anjos da guarda deles sejam meio fraquinhos, nem as balas conseguem desviar.

— Não acredito nessas coisas.

— Não faz mal, basta que o anjo acredite em você, é assim que funciona. Meu anjo da guarda acredita muito em mim. Se chama Caterino Gerruso.

— Tem até sobrenome?

— Claro, o meu. Penso no Caterino Gerruso à noite, quando não consigo dormir porque fico pensando.

— Pensando no quê?

— Quando vocês me socavam na barriga, quando me jogavam ovos, quando me chamam de "idiota" na escola, coisas assim, os dias da vida. Teu tio e o Mestre Franco, onde estão?

— Assinando uns papéis, já voltam.

— Um vestiário é sempre assim tão pobre?

— É espartano, não pobre.

Um banco de madeira, um cabideiro, um chuveiro, uma latrina no chão, uma pia com um pedaço de tubo verde no lugar da torneira. Uma essencialidade adequada à sua função. Nada de supérfluo. As firulas são inúteis quando se vai subir ao ringue para trocar murros.

— Nem uma maquininha de refrigerante tem.

— Não se bebe nada antes de uma luta.

— Nossa, mas vocês são boxeadores ou padrecos? Você está se saindo um padre. Mas vamos, vamos que hoje nós é que vamos ganhar o título regional.

— Nós?

Em 1988 e 1989, subi ao ringue dezesseis vezes.

Venci todas as lutas, sete por nocaute.

Falava-se de mim com interesse cada vez maior.

Eu estava na final das regionais.

Meu adversário era Gaetano Licata, dezessete anos, de Villabate, canhoto, dito *'u Ziccùso*, o Caladão.

Quando eu estava indo até a balança para me pesar, ele esbarrou em mim com o ombro direito, provocador.

— Ei, quem é você? Por quem me toma?

Olhei para além dele.

Meu avô bebia um café.

Umbertino, de pé, encostado à parede, fumava, perdido em seus pensamentos, nervoso como antes de toda final. Entrando no vestiário, bastou-lhe um aceno da cabeça e Gerruso saiu.

— Poeta, vou sentar na sala junto com teu avô. Olhe para mim enquanto lutar, sempre te trago sorte.

Mestre Franco o acompanhou para fora, fechando a porta, depois voltou até mim.

— Rapaz, faça exatamente como fez na última luta, nem mais, nem menos. Um boxe limpo, veloz, sem exagero, com distância e a fundo, marque o ponto e retome a posição.

Começou a desenrolar as faixas.

Umbertino, sentado no banco, fumava em silêncio.

— Em todo caso, rapaz, é importante ter uma mulher ao lado, o único problema é que elas são absurdas, parece que atraem sozinhas as bofetadas, é realmente de deixar a gente louco.

O Mestre enfaixava as mãos dos boxeadores apenas antes de uma luta. Conhecia todos os calos, todas as curvas, todas as linhas. Executava movimentos silenciosos, com antiga devoção. A faixa era branca e cheirava a roupa recém-lavada.

— Você não sabe quanto exercício eu fiz com minha mulher Livia, todas as noites, por mais de um ano. Tem as mãos delicadas, a Livia. Mas seu tio precisaria de um lençol, não é verdade, Umbè?

O silêncio do deserto. Fumava, perdido em pensamentos. Não examinava o enfaixamento, não falava de tática, não fazia nenhum voto.

Nos dois primeiros anos, meu pai subiu ao ringue poucas vezes, apenas o necessário para perder o medo dos socos e o corpo aprender as dimensões do terreno de combate. Era o único menino na academia, mas também foi submetido à dura lição do Negro: correr e pular, abdominais e flexões, sequências estruturadas e exercícios de esquiva.

Era rapidíssimo, educado e ia bem na escola.

Umas duas vezes por semana, brincavam de tapinhas.

Umbertino não conseguia lhe acertar o rosto.

Ele e Franco se empenharam como nunca em ensiná-lo. Alternavam-se nos treinos de luta com ele, acompanhavam-no até em casa correndo ao lado, corrigiam as imperfeições nos movimentos reprimindo o impulso de amaldiçoar todos os santos crucificados, informavam-se sobre os estudos e o presentearam no Natal com um par de luvas de boxe, caras e pretas.

— Assim, quando você arrebentar os cornos dos adversários, podemos ver todo o sangue escorrendo.

Quando teve a primeira luta, Umbertino e Franco sabiam que ele perderia. Mas foi precisamente naquele embate que entenderam por que aquele rapaz os cativava tanto. Durante aquela primeira luta infeliz, meu pai era um soldado contra mil inimigos e, mesmo assim, manteve a compostura, a calma, a elegância. Um cavaleiro em batalha que não se mancha de lama.

— Um paladino.

Perdeu por pontos, dois assaltos a um, e ganhou um apelido.

Aquele cognome agradou muito a meus avós.

E também muito à minha mãe, no dia em que se conheceram.

* * *

— Está esperando alguém?

— Esta academia é de meu tio.

— Vai entrar?

— Não, obrigada, prefiro esperar do lado de fora.

— Entendo, não é um espetáculo muito bonito. Se estiver com pressa, posso ir chamá-lo.

— Não, de verdade.

— Em todo caso, o treino já acabou, o Mestre Umberto já vai sair.

— Você o chama de Mestre?

— Ele é.

— Você também é boxeador?

— Sou.

— Como se chama?

— Francesco.

— Muito prazer, Zina. Você não parece boxeador... Francesco, você disse?

— Sim, por quê?

— Meu tio fala de vocês apenas por apelidos, o Mosca, o *Tirabusciò*, o Barriga Lenta, o Morto e assim por diante. Você também tem um?

— Tenho.

Umbertino parecia mais confuso do que nunca. Iniciara com um "O que você está fazendo aqui?", mas ele nem deu tempo para minha mãe responder e já começou a desfiar uma lista de necessidades que deviam ser atendidas imediatamente: comprar comida, visitar fulano e beltrano, problemas a resolver em casa, já, sem falta, é muito importante mesmo, só você pode me salvar.

Avançou dois passos e parou de repente.

— Zina, desculpe, esqueci uma coisa na academia, vá começando a fazer o que te pedi em casa, me espere lá, te alcanço num minuto, agora vai, vai, vai.

Assim que Zina se virou, meu tio deu um salto para trás e parou diante do Paladino.

— Você não saia daqui.

Zina chegou na esquina.

Seu sorriso brilhava.

Acenou para ambos.

Quando seguiu em frente, Umbertino começou a saltitar nas pontas dos pés.

— Paladino, não sei que porra anda acontecendo por aí, essas putarias comunistas, sexo livre e agarração e coisas assim, então, para ser claro, te falo com as palavras do Evangelho: se você sequer relar em minha Zina, mesmo só em pensamento, eu te arrebento, entendeu? E agora saia da minha frente pois estou fervendo de ódio.

Franco abaixou a porta de enrolar da academia, trancou e alcançou Umbertino.

— Puta que o pariu.

— O que foi, Umbè?

— Zina.

— O quê?

— Um estrago.

— Que porra você está dizendo? Zina? Mas quantos anos ela tem?

— Dezessete.

— Mas é ainda uma *piccirìdda*.

— Justamente.

— Mas quem porra se atreveu? Conhecemos?

— Sim.

— Diga-me quem é e eu vou voando estourar os miolos dele.

— O Paladino.

— Não.

— Sim.

— O Paladino.

— Ele mesmo.

— Com a Zina.

— Pois é.

— Mas quando se conheceram?

— Agora.

— Agora?

— Faz cinco minutos.

— E você tem certeza de que...?

— Aposto meu pau.

— É coisa séria.

— Este ano começou muito mal.

— Zina e o Paladino, absurdo. Não posso acreditar. Mas, porém, contudo, de fato, agora pensando bem, se eu posso me atrever.

— Não, não pode se atrever, Franco.

— Zina onde está?

— Em casa, me esperando.

— Vai falar com ela?

— Antes vamos passar na taberna.

Na rua, raciocinaram sobre a próxima missão, na semana seguinte haveria uma luta, um pugilista deles, Michele Lo Quarto, dito *Ciaca*, ia enfrentar um sujeito do continente.

— Umbé, tem alguma em mente?

— Ou a Moira ou a Nenzi.

— Quem é a Nenzi?

— Nenzi, Nunziatella, aquela que fala baixarias com sotaque estrangeiro.

— Quem? "A Americana"?

— A própria.

— Seria a primeira missão dela.

— Eu sei.

— "A Americana", é, gostei, pode dar certo.

Umbertino não discutiu a razão daquela proposta. Não estava com a habitual inspiração de planejar uma missão. Sentia-se oco. Ruminava o mesmo pensamento. A conclusão era sempre a mesma: não havia nada a se fazer. Dali a pouco, Zina e o Paladino estariam namorando. Minha mãe estava crescendo e ele não podia fazer nada a respeito. Não conseguia encontrar paz. Embebedou-se como o Negro nos velhos tempos.

No vestiário, as perguntas que lhe fazia Franco caíam sistematicamente no vazio. Meu tio estava distraído. As finais, para ele, tinham gosto de derrota.

— Quando o Paladino venceu as regionais, meu rapaz, ele tinha quinze anos, como você agora. Nocaute no terceiro assalto. Mas desde antes já estava claro que ia vencer. Não há uma explicação lógica, é algo que se percebe no ar, uma intuição.

Desde aquele instante sabe-se como vai terminar, e pronto. Foi exatamente na pesagem: o Paladino subiu na balança e ficou evidente para todos que ele ganharia. Todos sabiam, e ponto final. Mas sem dúvida imprimiu um último assalto lendário, não é verdade, Umbè?

Franco bateu de novo contra aquele muro de silêncio.

Umbertino passou a mão pelos cabelos, acendeu o enésimo cigarro, saiu sem se despedir.

— Está tenso.

— Eu sei, Mestre.

— Os dedos, como estão?

— O enfaixamento está perfeito, obrigado.

— Foi fácil, você tem as mãos delicadas como as de Lívia. Não se preocupe com seu tio, antes das finais ele fica sempre inquieto. Estava nervoso mesmo quando foi o Paladino. Seu tio, se não tem o controle da situação, sofre as dores do inferno. Hoje, por exemplo, falta uma missão para lhe manter a cabeça ocupada.

— Não há missão porque vou lutar?

— Não só. Para as finais, as missões são abolidas. Eu e teu tio valorizamos muito a honestidade, levamos a sério. E, depois, há outro aspecto.

— Qual?

— Teu oponente é menor de idade.

As cinzas do cigarro esvoaçavam por todo o carro, um Fiat 126 azul. Umbertino na direção, o assento empurrado ao máximo para trás, o cotovelo para fora da janela. Franco estava curvado sobre as anotações feitas. Umbertino o deixou estudar, dirigindo-se à passageira no banco de trás.

— O que você acha, não há nenhuma possibilidade?

— Você está me perguntando se ele é viado?

— Isso.

Pelo espelho retrovisor, Umbertino viu se acender um cigarro entre dois lábios amanteigados.

— Não, não é.

— Mas nem um pouquinho? Sei lá, viado todo dia treze de cada mês.

Franco riu.

— Porra, viado em prestações.

Salvo Gurgone, de Messina, "o Touro do Estreito", não era viado. Problema gravíssimo, pois era um boxeador realmente forte. Ia desafiar o Paladino, que tinha umas cem lutas a menos.

— Franco, sabe o que temos pela frente, não é?

— Ao Paladino coube um monge.

— Isso, que merda.

— Que merda, amém.

A missão fora estudada com todo o cuidado. Tinham até trazido a Lazzara. Não era como as outras, era realmente bonita, de uma beleza de mergulhar no coração. De pele morena, os longos cabelos negros chegavam à curva de carne dos lábios, emprestando-lhe um ar sofrido que dava vontade de protegê-la. Os olhos, porém, eram vivos e insolentes. Lazzara estava um grau acima da sensualidade. Era a rainha da conquista.

— Lazzara — dizia-lhe Umbertino —, se um padre te vê, a batina vira um triângulo: cabeça, pés e pinto.

Tinham entrado na academia *La Trionfale* de Noto, tomaram assento, acompanharam a luta. Como previsto, Salvo Gurgone, "o Touro do Estreito", venceu. Durante a premiação, Lazzara abriu um botão da blusa. E na sala se desencadeou uma repentina e tremenda tempestade hormonal. Todos os homens estavam ficando doidos com aquela mulher tão tentadora. Todos. Menos um. Gurgone, "o Touro do Estreito".

— E então, você tem certeza?

— Tenho.

— Como pode saber?

— Sabendo.

Mas Umbertino também sabia. Gurgone não era viado. Era um monge.

Franco estudava as anotações. Encontrar uma falha, um erro, algo onde se agarrar.

Lazzara mantinha o silêncio. Estava ressentida, não esperava que Umbertino fosse lhe pedir outra vez para participar de uma missão, vá lá que ele tinha pagado, como toda santa vez, mas não estava esperando, era isso. Aguardava ansiosa o momento em que o mar de Palermo aparecesse diante das montanhas, era tarde e ela estava com fome.

Franco demonstrara excelentes dotes de treinador. Quando sentiu necessidade de anotar as ideias e impressões para planejar melhor as estratégias de combate, inscreveu-se na escola noturna para completar o ginasial. Tinha vinte e seis anos. Umbertino respeitou tanto essa decisão que lhe pagou os livros do próprio bolso.

Franco tinha o dom de ler os boxeadores, de entender seus talentos e pontos fracos. Na primeira metade dos anos 1970, ele e Umbertino treinavam, entre outros, Bruno Salatino, um rapaz voluntarioso, mas medíocre como pugilista. Ia enfrentar um tal Hernandez, um argentino que estava circulando pela Itália fazia uns dois anos. Foram até Nápoles para estudar o sul-americano, embarcando numa sexta-feira à noite. Franco vomitou durante toda a travessia, Umbertino deu descaradamente em cima de uma tipa de Enna, mas nada, desembarcaram, foram ver a luta, entenderam depois de trinta segundos que Salatino estava perdido, comeram três doces cada um, tomaram o navio de volta, Franco vomitou, Umbertino rebocou uma agradável loira do Norte, atracaram, foram ao bar do porto tomar um belo café amargo.

— Então vamos apostar contra Salatino?

— Me parece a única coisa sensata a fazer, a luta é para perder, Salatino não presta no ringue, pelo menos assim adquire experiência e nós, que não somos uns idiotas completos, apostamos contra ele e ganhamos alguns trocados.

— É... está bem... é... quer dizer... está bem.

— Franco, o que há?

— Em primeiro lugar, a vitória de Hernandez vai pagar muito pouco.

— É verdade.

— Em segundo lugar, e seja como for, Salatino é boxeador nosso.

— Ele é um zero à esquerda.

— Não era isso que eu dizia.

— Então o que era?

— É nosso nome que está no ringue. Me incomoda sinceramente que nosso nome perca, você sabe que estou me lixando para o Salatino, mas é nosso nome que perde: é isso que não consigo engolir.

— Continue.

— Umbè, este Hernandez é bom mesmo, é técnico, se cobre bem, é ágil. A única coisa, para ganhar tanto a luta quanto um bom dinheiro nas apostas, é, como posso dizer... fazer com que o Hernandez chegue à luta morto de cansaço.

Aquelas palavras acenderam uma luz no cérebro de meu tio.

— Morto de cansaço! — exclamou.

Começou a pular nas pontas dos pés, soltando os braços numa série de socos diante de si.

— Me diga tudo o que você acha do Hernandez.

Franco descreveu todos os detalhes armazenados na memória: o modo de se movimentar, os golpes que deram mais certo, a cor do calção e das sapatilhas, o rosto sem barba. Quanto mais tentava reconstruir os gostos pessoais de Hernandez, mais aumentava a chama no olhar de Umbertino.

Lembrou que os cabelos eram pretos, compridos, penteados para trás com brilhantina.

— É daqueles que gostam de ficar se embelezando. Bom, bom.

A tatuagem no antebraço esquerdo, uma mulher, a Virgem talvez, emoldurada por uma lâmina de faca. Uma pequena cicatriz na face esquerda e quatro maiores nos dorsais.

— Gosta de briga de rua. Bom, bom.

Tinha anotado que, ao ganhar a luta com um tremendo direto de direita no rosto, e logo que a contagem chegou a dez, Hernandez subira nas cordas do ringue levantando os braços.

Foi Umbertino quem terminou a frase.

— E, com os olhos, despiu todas as mulheres que estavam lá dentro.

— Isso.

— Maravilhoso.

— O que você está pensando?

— Seja sempre louvada a boceta.

— Amém.

— E portanto, Franco, você também entendeu que agora vamos apostar uma dinheirama na derrota do Hernandez e na vitória do Salatino?

Franco não esperava outra coisa.

— Sabe como fazer o Hernandez chegar cansado à luta?

— Melhor. Sei como fazê-lo chegar moído.

Franco não cabia em si.

— E como? Como? É isso que está faltando em meu raciocínio.

O predador sorriu com ferocidade consciente.

— A Porca.

Franco explodiu em urros de alegria e abraçou meu tio com um arrebatamento sincero.

Haviam nascido as missões.

A Porca.

Dois peitos duros feito pedra. A bunda cheia, sólida, um triunfo de vida. E a boca, melada de batom, saliente, carnuda, um convite ao pecado. Quando rebolava na rua, todos os homens voltavam para casa com torcicolo. Se é verdade que não podia se inscrever na categoria da beleza clássica, é inegável que lhe cabia, sem a menor chance de contestação, o primeiro lugar absoluto no concurso de sensualidade. Jorrava sexo. Flertava com todos que a olhassem, insinuava, gozava os olhares que lhe percorriam as curvas do corpo. Alimentava sua vaidade com os constantes e indisfarçáveis embaraços que provocava. Pais de família perderam a cabeça por ela. Entre suas coxas soçobraram meses de economias. No vale dos seios incendiaram-se aposentadorias. Em seus lábios destruíram-se promessas de matrimônio.

— Você olhava para ela e a única coisa possível era se lançar de joelhos e implorar que deixasse dar uma bela mordida, em qualquer lugar, bunda peito coxa braço, toda ela uma carne boa e abençoada. Era a Porca, rapaz. Me fez ganhar umas treze lutas. Puro fogo. Você olhava e teus olhos queimavam.

Foi precisamente graças à Porca que descobriram que, mesmo na mais elaborada das estratégias, existe uma fenda oculta capaz de estragar tudo.

Uma tarde, abriu-se a porta da academia e todos os pugilistas se viraram, atraídos por algo inexplicável, mas irresistível. O ruído da porta se abrindo era diferente do rangido habitual. Algo único estava para acontecer. Primeiro, naquele ar carregado de suor, sentiu-se um perfume penetrante. Depois, com uma echarpe na cabeça, óculos de sol, lábios carregados de batom, apareceu a Porca. Vestido preto justíssimo, pernas nuas, salto alto. No pescoço, um pingente com um peixinho, feliz da vida no mais macio dos mares de carne. Os olhares se colaram nela. A Porca foi até Umbertino, parou na frente dele, levantou o pé esquerdo, ondulou voluptuosamente os quadris e afundou a língua na boca de meu tio.

Na academia, ninguém sequer respirava.

A inveja por Umbertino disparou alcançando o maior nível da história.

Foi ele mesmo quem falou.

— Ei, vamos sair que aqui dentro, tirando o Franco, fede a viado.

A Porca o acompanhou. Dez passos, dez toques dos saltos no chão, dez pregos cravados no coração dos presentes. A Porca, realmente extraordinária, conseguiu cruzar o olhar de cada boxeador, para depois deixá-lo ali, sozinho, na desolação do esforço solitário. A porta se fechou. Os pugilistas estavam aturdidos. No ringue já tinham levado socos, até muitos, mas um atordoamento daqueles era totalmente inédito e desconhecido. Não estavam preparados para toda aquela carga sexual.

Contra qualquer lógica, Umbertino voltou de repente. Mas qucm tomou a palavra foi o Mcstrc Franco. Dcspcjou uma tremenda bronca em cima dos lutadores, ainda estupefatos.

— Seus molengas, venham todos aqui, em fila, já. Aqui dentro, fazemos o quê, rapazes? Pugilismo. E se alguém quer fazer sacanagem, é aqui o lugar para isso?

Os pugilistas ficaram constrangidos, intimidados, abalados.

Franco parou na frente de um rapaz de Trabia, um padeiro.

— Responda.

— Não, Mestre, aqui não é lugar de sacanagem.

— Exatamente. Nada de sacanagem por aqui. E então querem me explicar por que todos estão tão abestalhados? Respondam. Isso é jeito de se comportar?

Então falou Gulì, um rapaz educado, filho de uma costureira que enviuvou cedo, o marido morreu durante a construção de uma ponte que desabou, ficou soterrado e foi esmagado. Peso médio, de grande resistência, fraco como lutador, mas ótimo para fazer luvas: com ele não precisava simular, podia-se atacá-lo de rijo. Ele sempre se reerguia. Tinha o apelido de "Coerência".

— Mestre, não entendo o que o senhor diz que fizemos de errado.

Franco rosnou.

— Ah, não entende, Coerência? Nenhum de vocês entendeu? Não? Então tirem a roupa, todos, já.

Entre os boxeadores, o embaraço foi maior do que a dúvida.

— Não ouviram, rapazes? Tirem toda a roupa, neste minuto.

Coerência foi o primeiro. Era daqueles que não tinham medo de se ferir. Já havia tirado a camiseta. Só então Umbertino decidiu mostrar todas as cartas.

— Ei, Porca, volte.

Incendiou-se a vontade incontrolável de vê-la de novo, mais uma vez, só uma vezinha, ela e toda aquela carne gostosa de se abocanhar. E pela porta, cigarro na boca, decote até o umbigo, o santo peixinho abençoado entre os peitos, voltou a Porca.

— Sem dúvida ela nos fez ganhar um monte de lutas. Uma coisa inacreditável, podia-se ouvir o coração de todos batendo, tum-tum, tum-tum, tum-tum. Rapaz, era uma sinfonia de tambores.

— E depois?

— E depois seu tio Umbertino falou de novo.

— Tirem a roupa, rapazes. Tirem já ou vou ficar realmente puto, de verdade.

Camisetas, sapatilhas, calções, cuecas: tudo voou.

Entre as pernas dos boxeadores, reinava uma tirânica ereção.

— Olhe ali, Franco, parece que vai explodir, he he, olhe, todos de pau duro, muito bem, Porca, deixou todos com tesão como previsto, he he, você é realmente a número... o que foi? Tem um que...?

Palazzolo.

Que merda, sempre tinha sido estranho, aquele Palazzolo.

Umbertino correu até ele com a preocupação que se sente por um filhote que cai do ninho. Pegou-lhe a cabeça entre as mãos.

— Você está doente?

— Não.

— Está dizendo a verdade?

— Estou.

Umbertino passou lentamente os dedos nas têmporas do aluno, quase um carinho. Palazzolo sentiu o calor de uma calma definitiva.

— Palazzolo, meu filho, olhe dentro de meus olhos, sou teu Mestre, você deve me confiar tudo, portanto responda direito, mas antes jure que vai falar a verdade.

— Juro para o senhor, Mestre.

— Por tua mãe.

— Juro por minha mãe, Mestre.

— Você é viado?

— Não.

— Certeza?

— Absoluta.

— Você não é viado?

— Juro que não, por minha mãe, Mestre.

— Caralho.

Umbertino imobilizou os dedos nas têmporas de Palazzolo. Agora o movimento estava na voz. A tempestade aflorava nas sílabas.

— Mas então, Palazzolo, me explique que porra significa isso. Como é que todos os vinte e cinco estão de pau duro e você está com essa carestia entre as pernas? Me explique. Pois, se você não está doente e não é viado, sou eu então que estou ficando louco.

Palazzolo não tinha escapatória. Nu, era o único que não estava excitado e tinha a cabeça presa entre as mãos de Umbertino. Perdido por perdido, jogou a carta da verdade, toda a verdade, nada mais do que a verdade.

— Mestre, daqui a duas semanas tenho uma luta, foi o senhor que me mandou não fazer sacanagem, e então, desde que o senhor mandou, não penso mais nas mulheres, é isso.

— Espera aí, Palazzolo, espera aí. Devagar. Calma. Vamos começar de novo. Você está me dizendo que, em vez de ficar de pau duro como todo cristão que se preze, você consegue controlar o tesão?

— Consigo.

— E consegue também ficar duro sob comando?

— Não. Mas continuar mole sob comando, sim. Foi o senhor que mandou.

Umbertino soltou sua cabeça. Quieto, estava com uma expressão indecifrável. Deu dois passos em direção a Franco, mas veio uma estocada no fluxo dos pensamentos e Palazzolo se viu outra vez com a cabeça entre as mãos dele.

— Palazzolo, responda-me honestamente: em minha amiga, nela ali, naquelas duas postas macias lá, você não enfiaria um pau de meio metro?

— Não, Mestre, hoje não.

— Por quê?

— O senhor mandou. Vou lutar daqui a duas semanas.

— Então você me está dizendo que, depois da luta...

— Depois da luta, com todo o respeito, comeria sua amiga feito um raio.

— Ela te agrada?

— Sempre com todo o respeito, é uma porcona e tanto.

Umbertino soltou sua cabeça devagar e levantou o indicador e o dedo médio da mão direita.

— Duas coisas, *picciòtti*. Ponto um: nenhum de vocês nem em sonhos pense em encostar um dedo em minha amiga, está claro ou alguém aqui tem o ouvido entupido?

— Claríssimo, Mestre.

— Ponto dois: Franco, temos um problema.

Franco tinha se sentado no banco de madeira. Fez sinal de que estava pronto para receber a notícia.

— Tem uma coisa que jamais calculamos. Existe uma terceira categoria, além das já conhecidas, a dos loucos por mulheres e a daqueles pobres viados.

— Qual?

Umbertino indicou Palazzolo, a falha no sistema.

— O Monge.

— Puta merda, é verdade.

Como podiam não ter pensado nisso antes? Existem aqueles menos sensíveis aos prazeres da carne. A existência de uma figura como a do Monge punha em risco o êxito das missões. Umbertino se sentiu invadido por uma tristeza infinita. Existem lutadores que não cedem às atrações de uma bela posta de filé de primeira qualidade. O mundo, de repente, pareceu-lhe profundamente injusto.

Franco se levantou do banco, comprimindo o boné na cabeça.

— Vistam-se, rapazes.

— Sem pressa — acrescentou a Porca, encostada à porta, mordendo o lábio inferior.

Da postura de um pugilista no ringue, de seu jeito de andar na rua, Umbertino e Franco extraíam constantes pontos de discussão. Raciocinavam e excluíam, argumentavam e aprovavam, quebravam a cabeça para compreender o perfil de seu caráter, suas inclinações, o tipo de prato que mais lhe agradaria no alegre banquete do sexo.

Hernandez foi a primeira missão. Nervoso, resistente, ágil e fanfarrão, Umbertino calculou que era o tipo de homem que, se precisasse, cortaria um braço para passar uma noite ardente com um mulherão de carnes abundantes que rugisse sexo por todos os poros. Hernandez era meio índio, de pele morena, melhor, portanto, uma loirona, a atração lógica dos opostos multiplicaria as fantasias. Hernandez era um durão que não tinha medo de nada, e então a mulher adequada teria de ser daquelas que os homens despiam com o olhar, ousada, firme, fornida, exuberante. Hernandez gozaria a sensação de ser invejado por todos os homens do mundo. Primeiro, uma robusta ereção do ego, depois caberia a ela: um leve roçar da mão no cotovelo, "Me oferece um uísque, bonitão?", rir de qualquer coisa que ele diga, sustentar o olhar por algumas frações de segundo, não mais, enquanto a mão, "Oh, que distraída", encosta no peito acariciando-o languidamente, "Vamos tomar outro, campeão?", e rir até que a testa encoste no ombro dele. Nessa altura, entraria em cena a inexorável matemática da atração: ele roçaria os cabelos dela e ela desferiria o golpe que antecede o nocaute, o contato dos seios no peito dele; depois, mordiscando os lábios, enquanto a centelha entre as pernas dele se transformava em labareda, ela se aproximaria de seu ouvido, atirando gasolina ao fogo: "Estou molhadinha."

— Posso confiar?

— Pode apostar todos os santos.

— Muito bem, Porca, você é a melhor.

— E você o idiota de sempre, Umbertino.

— Mas sou bonito e você gosta de mim.

— Verdade.

— Portanto, já sabe o que fazer.

— Fique tranquilo, se ele se arriscar a cair no sono, dou uma chupada tão forte que Palermo inteira vai ouvir.

— Eu sempre disse, você é a melhor.

— Aliás...

— Diga.

— Pagamento antecipado.

— Não confia?

— Não.

— Você é uma puta mesmo, Porca.

— A melhor.

Hernandez perdeu para o medíocre Salatino no segundo assalto. Seu treinador jogou a toalha. Os noticiários informaram que o boxeador argentino não parecia o mesmo, alguém aventou a hipótese de que contraíra uma doença estranha, estava pálido, trazia vistosos arranhões nos braços e nas costas, parecia exausto desde o primeiro assalto, como se acabasse de escapar a uma batalha.

A missão marcara seu primeiro grande triunfo.

Passavam os pugilistas, transcorriam os anos e se refinava a capacidade de compreender os tipos humanos e seus respectivos gostos.

Angelo Morello, peso pesado de Avellino, treinado por seu irmão Marzio, um fracassado metido a besta. A escolha recaiu sobre Pina, dita *'a Trimmutùra*, a "três motores", pela capacidade de atender vários homens ao mesmo tempo. *'A Trimmutùra* quis receber em dobro e valeu cada tostão, comprovando ser mesmo o que se afirmava sobre ela fazia anos: uma máquina de sexo implacável, capaz de pulverizar numa cama imunda de via Firenze as esperanças de vitória dos irmãos Morello.

Nocaute técnico no terceiro assalto.

Morgantini, de Perugia, peso supermédio. Seus gostos eram de difícil leitura. Fizeram passar por ele uma loira, uma morena, uma ruiva, ele olhava e nada, nenhuma faísca. A argúcia de Franco se demonstrou providencial: ele descobriu que, por uma fração de segundo, Morgantini havia percorrido com o olhar a silhueta de uma mocinha que era pele e osso.

— E se Morgantini gostar das magrelas?

Caiu entre os braços descarnados da Santa, dita "Prego", depois de meia hora de conversa mole.

Nocaute no quarto assalto.

Luca Paolantonio, peso pluma.

— É como eu te digo, Franco, confie.

— Mas como você sabe?

— Conheço o mundo.

Perdeu por pontos depois de uma noite passada com uma garrafa de gim e Anna e Cira, juntas.

— E como você percebeu que ele gostava de duas?

— Sobrenome duplo é uma marca de fogo.

Cesare Galluzzo, "o Prodígio de Misilmeri". Peso pesado, homem rude, pai de família inflexível. Umbertino investiu em Mariana, uma puta brasileira de passagem por Palermo rumo ao continente, mulata gostosona, com um rebolado que era um caso sério. Foi o tempo de vê-la passar na frente dele, e cinco minutos depois o inflexível Galluzzo estava trepando com ela numa pensão por hora.

— Rapaz, a Mariana sambou em cima do pau dele por sete horas seguidas.

"O Prodígio de Misilmeri" caiu por nocaute no segundo assalto.

Gaetano Bruno, de Roma, "o Belo". Peso médio alto e magro. Católico praticante, desmoronou aos pés de Rosalia Maggio, conhecida como *Chiàgni e fotti* (Chore e foda). Ela desmaiou em sua frente, ele a socorreu. A "Chore e foda" desfiou toda uma novela de orfandade, surras, humilhações, violências, necessidade de afeto, e que belos olhos você tem. Para se erguer, ela se apoiou justamente em cima do pau dele.

"O Belo" foi derrotado por pontos, dois assaltos a um.

— No fundo, Franco, mantemos a economia em pé. Primeiro, damos serviço a nossas amigas. Segundo, graças a nós, o pessoal das apostas também tem mais trabalho. E não vamos esquecer o principal, nosso nome nunca perde. Não é culpa nossa se eles, na hora em que se veem diante de uma boceta avassaladora, começam a pensar com o pau. São eles que fazem tudo. Se sinto frio, não vou me jogar dentro do fogo.

Aperfeiçoaram a técnica da dedução exercitando-se em avaliar os passantes na rua. Desenvolveram um método experimental e aprenderam a importância da estatística.

O homem elegante é atraído pela mulher um pouco vulgar e descarada, que, apesar da aparência meio desleixada, quer ter o comando em questões de cama.

O estudante é mais do tipo o que pegou, pegou, e na verdade acolhe cada trepada como uma dádiva caída dos céus.

Quem fala pouco aprecia mulheres de poucas palavras, e com uma especialista em trabalhos orais é inevitável que fique mais fácil garantir a vitória.

Para quem passa pouco tempo com a família, uma bela mulherona toda peito e bunda, muita carne reconfortante que dê até para dormir em cima dela.

Na seção das iscas, entre as várias tipologias femininas, cada qual com sua imprescindível qualidade própria, existia um nicho misterioso. Eram aquelas raríssimas mulheres que Umbertino havia rebatizado como "as *killer*". Todos gostavam, indistintamente. Fagulhas e incêndios por toda parte. "As *killer*" passavam, despertavam o desejo, desapareciam.

Lazzara era uma delas.

Chamava-se Meri. Nascera em Palermo em maio de 1945. Avó puta, mãe puta, que deu à luz aos quinze anos, ela puta. O pai, parece, era um soldado americano ou, pelo menos, era um cara que ninguém entendia o que falava. A mãe morreu de tétano em 1951. Meri foi criada pelas putas. Nunca lhe deixaram faltar nada. Tiravam o pão da própria boca para lhe dar, a tia Gnazia, a tia Santuzza, a tia Miriam. Penteavam seu cabelo e a ensinaram a bordar. Em todo mês de maio, davam-lhe um banho com pétalas de rosa. Jamais se sentiu solitária durante a infância. Aos doze anos, percebeu que, quando passava, os homens, todos os homens, deixavam uma trilha de baba pelo chão. Aos catorze, já era a puta mais bem-paga de Ballarò.

Meri repassava uma parte de seus proventos à tia Gnazia e à tia Santuzza, na verdade sustentando-as; a pobre Miriam, numa noite de novembro, recebera na cama o homem errado — parecia tímido, mas era um brutalhão — e ficou com o corpo tão cheio de hematomas que não chegou ao Natal. Ele, o brutalhão, jamais foi preso.

Conheceu Umbertino numa manhã de fevereiro.

— Ei.

— Oi.

— O que está fazendo?

— Cuidando de minha vida.

— Eu também gostaria de cuidar de tua vida.

Lazzara era extremamente bonita, de uma beleza dolorida. Uma orquídea: a mesma preciosidade, a mesma aparente fragilidade.

Foi meu tio quem a rebatizou assim.

— Por que justo Lazzara?

— Porque ressuscitava o pau até dos mortos.

— O que você acha de mim?

— Que é bonita.

— É o que todos me dizem.

— Não, todos dizem que é gostosa, o que é diferente.

— Repita para mim.

— Bonita sim, Lazzara.

— Não vai parar de me chamar assim? Meu nome é Meri.

— Para os outros. Mas eu não sou os outros e para mim você é Lazzara. E depois, se você estiver numa sala cheia de mulheres, todas chamadas Meri, e eu chego querendo você e chamo "Meri", não vai dar certo, todas vão se virar e aí fica uma grande confusão. Mas, dizendo "Lazzara", só você se vira.

— Ah, então é por isso.

— É.

— Diga de novo.

— Lazzara.

— Não isso, seu tonto, vai.

— Você é.

— ...

— Muito.

— ...

— Lazzara.

Ela pulou em cima dele, tentando atingi-lo em qualquer parte. Ele era tão enorme que alguma pancada acabaria atingindo o alvo, dizia a si mesma. Mas não, as mãos de Umbertino, grandes, ásperas, porém com ela gentis e delicadas — mãos que jamais a arranhariam, tinha certeza —, aparavam todos os golpes. Então abandonou-se a ele, ouvindo-o, esforçando-se em acreditar nele, ao máximo, até doer, porque ele a abraçava e tinha os olhos escuros.

— Bonita sim, Lazzara.

Por um instante, ela se sentiu feliz.

— Faz quanto tempo que nos conhecemos? Dois anos?

— Quatro.

— Porra, como o tempo voa.

— Mas algumas vezes... não sei... o que acha...

— Lazzara, você está me pedindo para sair com você?

E eis o momento em que a verdade aparece e despedaça tudo. Tudo mesmo.

— Não não não, não estava te pedindo isso, não é nada, é que...

— O quê?

— Não, nada.

— Nada o quê?

— Ouça, vá embora, não pode mais ficar aqui agora, preciso trabalhar.

— Agora?

— É.

— Imediatamente?

— Sim.

— Mas você tinha me dito que tirou o dia de folga.

— Mas agora não pode ficar aqui, vá embora.

— Está bom.

— Ah, Umberto, saindo deixe tuas quinhentas liras na entrada.

Quando aqueles ombros largos saíram da casa, Lazzara se levantou da cama e correu até a entrada, pegou as quinhentas liras e beijou as notas num impulso. Com isso, sentiu-se tola e vulnerável e ela não devia ser fraca, as mulheres fracas acabam como Miriam.

Foi de um brilho intenso a chama do dinheiro ardendo, desaparecendo rápido as provas de sua passagem, permanecendo apenas a fumaça que lhe atordoava um pouco mais os pensamentos.

Apenas quando o cheiro da fumaça se dissipou, Umbertino deslizou pelas escadas. Não cruzou com ninguém.

O Paladino lutou contra o Monge, Salvo Gurgone, de Messina, em janeiro de 1971. A luta começou às dezessete horas e terminou depois de um minuto e trinta e sete segundos, por nocaute. O Paladino era muito mais forte, muito mais letal do que Umbertino e Franco jamais teriam imaginado. Era um pugilista magnífico.

— Setenta e uma lutas, setenta vitórias. Bastam os números.

— Quando você entendeu que meu pai era tão bom assim?

— Desde a primeira luta, a única que perdeu. A história você sabe: o Paladino lutou com o polegar esquerdo quebrado. Tinha atingido o saco de boxe de mau jeito, acontece. Eu e Umberto esperávamos que ele desistisse, mas o Paladino quis subir no ringue. Prevíamos um massacre, mas ele levou a luta até o fim, chegando a vencer um assalto, usando só uma das mãos para atacar e se defender. Rapaz, o Paladino era sempre uma surpresa. A cada luta, sempre ampliava um pouco mais o limite. Conquistaria o título nacional, tão certo quanto a morte e a fome juntas. Tinha todos os papéis em ordem. Um boxeador chega às vitórias importantes sozinho, isto é, eu e teu tio o levamos até onde conseguimos, depois vem o trecho que cada lutador precisa percorrer sozinho, com os próprios pés. O Paladino podia percorrê-lo de olhos fechados. Por isso tentamos entender a psicologia dos boxeadores. Você lembra quando teu tio te deixou nervoso antes da estreia, dizendo justamente que o Paladino perdera a primeira luta dele? Foi de propósito.

— Vocês tinham combinado?

— Precisávamos entender o tipo de cabeça que você tem, rapaz. Para obter o máximo de um pugilista, é preciso saber a melhor maneira de municiá-lo, se precisa estar com raiva do mundo ou se basta lhe dizer: "Seja o melhor." Um treinador precisa entender se há algo a mais que faça avançar além do cansaço e do aturdimento.

— Como se consegue?

— Somente no ringue você descobre se é um simples talento ou se o lutador realmente nasceu para aquilo. A força não nos traz nada. Pernas, colhões e cabeça, as três coisas que fazem um pugilista. Mas, se pernas e colhões nós treinamos, a cabeça, a força dos nervos, a capacidade de raciocinar sob pressão, estas qualidades pertencem ao indivíduo. Vamos por tentativas. Cada pugilista é um mundo à parte, uma experiência.

— Meu pai foi uma experiência?

— Não. O Paladino foi uma lição, para todos. Ele via as coisas antes, como se vivesse num tempo diferente, o mundo tinha uma velocidade menor e ele antecipava os movimentos. Era uma beleza vê-lo lutar. Olhando para ele, entendi que eu tinha sido um lutador medíocre, não tinha aquela luz, aquele algo a mais que, no entanto, era tão evidente no Paladino, ou em Umberto. E agora, rapaz, vamos disputar essa final regional. Vamos ver de que matéria você é feito.

Franco caminhava a meu lado. Carlo, já no canto do ringue, ajeitava as toalhas. Meu avô e Umbertino, sentados na sala, mantinham silêncio. Gerruso, entre aplausos e assobios, se aventurava a uma narração ao vivo.

— Eis o Poeta, senhoras e senhores, é baixo mas tem um soco letal, vejam-no, conheçam-no, respeitem-no.

O burburinho na sala diminuiu, as pessoas começaram a ouvi-lo.

— É o Poeta e ninguém pode com ele, bem-penteado e luvas lindíssimas, negras cintilantes.

Entrou Gaetano Licata, o *Ziccùso*.

— Só o apelido já me causa antipatia, ele também tem luvas negras, mas de um negro diferente, pálido, um negro pobre, as do Poeta são muito melhores, ele é mais baixo, mas é mais bonito.

De um salto, ergueu-se um velho de bigode branco, pulôver bordô, cabelo puxado para trás.

— Mas o que é isso? Um concurso de beleza? Esse teu amigo é um boxeador ou um viado?

Todos riram. Os espectadores, os juízes. Gaetano Licata. O árbitro. Gerruso. Umbertino não. Fumava, olhando para outro lado.

— O Poeta já está no ringue, agora está subindo o Ziccùso, de Villabate, portanto um do interior contra um de Palermo, a capital. Sem chance. O título regional já está praticamente conquistado. Resignem-se, capiaus, vocês não me dão a menor pena, me dão é tédio.

Os cabelos de Gaeteno Licata, castanhos como os olhos, estavam cortados à escovinha. Os lábios se mexiam sobre o protetor de boca. O pescoço balançava para soltar a musculatura. Quando o árbitro nos chamou para o centro, ele me olhou arrevesado.

— Então? Ainda não me respondeu: porra, você quem é?

Durante o primeiro assalto, meu pai manteve uma distância constante do oponente. Meu tio e Franco o compararam a uma vespa, dificílima de pegar, terrível quando pica. Nos primeiros dois minutos, desencadeou-se uma dança desenfreada, extenuante, um volteio contínuo que aumentava a expectativa. O Paladino não arremetia, mas também não permitia a concretização de nenhum ataque adversário. Naquele vórtice de movimentação incessante, ele mantinha um olhar calmo e sereno. Um jardineiro diante da voragem de plantas emaranhadas. O temperamento de um pugilista não reside na fúria com que golpeia. É a sabedoria da espera, o modo como enfrenta o oponente, a distância criada e anulada por vontade própria. O caos revela apenas ansiedade. Durante a fase de estudo, os pugilistas não testam um ao outro, mas a si mesmos. Meu golpe será certeiro? Conseguirei me esquivar ao contra-ataque? Quanto vai doer? Imaginar uma possibilidade de jardim ali onde vicejam matos e espinhos. Dois minutos de ciranda. Depois, as mãos de meu pai mergulharam no emaranhado.

— Ohmeudeus, senhoras e senhores, um-dois naquela cara absurda, caramba que dor, o capiau nem viu de onde vinham, duas bordoadas na cara, totais, muita, muita dor, o Poeta recua, o caipira parece que se recobrou, continuam a girar pelo ringue, o caipira ataca, grande salto lateral do Poeta, vai atingi-lo, mas como? Tem molas nos pés? Terminou o primeiro assalto, senhoras e senhores, vai Poeta, acabe com esse caipira.

Levantou-se um patrocinador de Gaetano Licata.

— Rapazinho, caipira, a porra, retire.

— Porque senão o quê? Vai me reprovar em geografia?

Cinco intervieram e fizeram os dois se sentar.

Um disse: "Os palermitanos são assim, se abespinham à toa."

Meu avô não se movia.

Umbertino tampouco.

— Segundo assalto, senhoras, senhores e caipiras ignorantes! O Ziccùso não está entendendo nada, pronto, estão se abraçando, o árbitro os separa, mas os lutadores não se incomodam em ficar se esfregando um no outro? Que nojento, estão todos empapados de suor, atenção! Que puta soco no queixo, o caipira levou bem levado, vai Poeta, eis o contra-ataque, facílimo, realmente fácil, e não há mais nada a fazer, seus caipiras, quietos e tomem esta.

No segundo assalto da final regional, meu pai atingiu o adversário apenas uma vez, vencendo o assalto com aquele único ponto. Estava descarnando, reduzindo a lógica do boxe ao essencial. Atacar somente quando se tem certeza de atingir o alvo. A elegância alcançada por meio da subtração. Umbertino e Franco olhavam o Paladino em ação, depois se fitavam mutuamente. O assombro no rosto deles era maior do que a satisfação.

No canto, Carlo enxugava meu suor com a toalha. Do outro lado, Gaetano Licata me apontava com a luva direita. Antes de recolocar o protetor bucal, jurou-me que a palhaçada tinha terminado, ia me trucidar o mais cedo possível naquele assalto. Na sala, Gerruso continuava a insultar.

— Te mandei calar a boca, seu imprestável — respondeu-lhe com raiva um torcedor de Licata. Amassou um pedaço de jornal numa bola e atirou em Gerruso, que, vagaroso como o tédio, não conseguiu se desviar. O interiorano mandou que ele ficasse quieto, senão acabaria com a língua e os dentes dele na base de porrada.

— Vocês não passam de uns caipirões que não entendem a poesia.

O torcedor de Ziccùso espumava de raiva.

— Caralho, agora eu te mato.

Foram sete a segurá-lo.

Gerruso insistia:

— Mas você acha que tenho medo de um capiau?

A esse ponto ouviam-se apenas eles. Todos os observavam, menos Umbertino, absorto em contemplar um passado que julgava perdido.

O interiorano, não conseguindo transpor a parede de corpos, optou por ferir Gerruso de maneira indireta. Começou a insultar a mim:

— Grande porra de merda esse Poeta! Escreva uma poesia no meu cu! A poesia dos teus colhões frouxos!

Gerruso apontou para ele o toco de dedo.

— Não se atreva! Deixe-o em paz!

O patrocinador de Licata, furioso feito um cachorro bravo, primeiro xingou a Virgem, depois esmurrou a cadeira, por fim voltou a atiçar seu pupilo.

— Vamos, Gaetano, arrebente o cu desse viado.

Depois apontou para mim.

— Vai espirrar sangue, por quem você me toma?

Ele me mostrou o dedo do meio.

Umbertino, sentado, acendera o enésimo cigarro.

Começou o terceiro assalto.

Rosario tinha se levantado.

Aguçara a vista e cerrara os dentes.

A vespa voava para cá e para lá, o touro tentava chifrá-la e não conseguia. Parecia o mesmo roteiro. Mas, de repente, uma mudança no texto: fintando um ataque, o Paladino avançou meio metro, curvando o corpo para a frente.

O cigarro caiu dos dedos de Umbertino.

O oponente ficara acuado no canto.

E a fúria, finalmente, libertada.

Caía uma saraivada incessante de socos, um dois três quatro cinco seis.

O oponente tentava sair daquele turbilhão, mas, quando os cotovelos se afastavam do corpo, um novo golpe lhe massacrava a carne, sete, oito, nove, dez vezes, cada um mais rápido, mais forte do que o anterior.

Tentou um gancho de direita para interromper o suplício.

Falhou.

Recebeu um *uppercut* no zigoma e sentiu as pernas bambearem.

Precisou se apoiar com os cotovelos nas cordas para não cair.

Franco estava de queixo caído.

Umbertino voara da cadeira para a beirada do ringue.

Idêntico nos tempos e nos modos, repetia-se o ataque com que o Paladino, anos antes, vencera nas regionais.

A falta que lhes fazia meu pai, só entenderam mesmo naquele momento.

Os joelhos de Gaetano Licata se vergaram.

Soltou o braço direito das cordas para criar distância, mas o braço não respondeu com a velocidade esperada.

Estava lento, pesado.

Seus patrocinadores tinham emudecido.

O lutador deles estava em frangalhos.

Quer saber quem eu sou?

Abrindo o ombro, lancei um de esquerda no ar.

Sou o Poeta.

Atingi seu rosto em cheio.

O protetor de dentes voou pela boca afora.

Gosta de minhas poesias?

Gaetano Licata começou a cair de lado.

Não, assim não.

O tubarão ainda não terminou.

Outro gancho lhe acertou a têmpora.

Um golpe tão rápido que nem foi pensado.

Desabou, como desaba uma parede.

Bem-vinda de volta, ferocidade.

Senti sua falta.

Únicas vozes na sala, o árbitro contando até dez e Gerruso cantarolando: "Caipiras, tomem essa!"

* * *

O grito de Melluso cortou o mormaço da tarde.

Vinha da carpintaria.

Rosario pediu e obteve dos guardas permissão para ir às latrinas, saiu da cozinha e, deixando o campo de visão deles, correu para verificar o que havia acontecido. Encontrou Melluso no chão, as mãos na boca. Cuspia sangue. D'Arpa estava bem. Ainda mantinha os punhos cerrados.

— Ele estava roubando um martelo para escondê-lo na cama de algum de nós. Queria que nos punissem.

Melluso limpou o sangue da boca com as costas da mão.

— Eu mato vocês — avisou.

Cuspiu sangue e saliva e saiu da carpintaria.

— Rosà — disse D'Arpa.

— Eu sei — foi a resposta.

Nicola também devia ser avisado.

De agora em diante, precisariam se proteger o tempo inteiro.

O que ocorrera com Iallorenzi multiplicara os medos e as paranoias. O clima era insuportável, para todos. Os guardas tinham perdido o senso das proporções. As revistas dos prisioneiros tinham se intensificado. Num clima de tensão contínua, aumentaram as punições. Domenico Musso foi posto na solitária porque, tropeçando, deixou cair a pilha das marmitas. Alessio Panechiaro foi punido com a privação de água por três dias. Seus sapatos não estavam amarrados durante uma inspeção de surpresa nos alojamentos. Ernesto Corabbio foi morto porque tentou fugir. Exasperado, não dormia fazia dois dias e delirava. Rompendo a fila do alinhamento matinal para a contagem, pulou a cerca de arame e correu o quanto pôde no nada do deserto, entre incentivos para ir mais rápido e súplicas para voltar imediatamente. Foi fulminado por um disparo.

Os nervos estavam destroçados.

A cada dia um novo colapso.

Uma noite ouviu-se um tiro de fuzil.

O soldado que atirara em Corabbio tinha se suicidado.

Toda noite, em turnos de duas horas, D'Arpa, meu avô e Randazzo faziam rodízio para vigiar os companheiros.

Melluso se apresentou na cozinha.

Tinha as pupilas penetrantes como agulhas.

— Quero a carne.

Nicola abriu os braços.

— Não vê que aqui não há nem sombra de carne?

— Vocês esconderam, você e o traste.

Rosario já tinha parado de descascar as batatas.

— Quero a carne. Onde está a porra da carne?

Melluso matava os pernilongos nos antebraços com tapas violentos.

Quando acertava um, pegava-o com a ponta dos dedos.

— Isso não é carne? Não é carne? Cada fígado de mosca é alimento.

Ele lambia sonoramente o mosquito e engolia sem mastigar.

— Quero a carne.

Com os olhos procurava sinais, indícios, cores de carne.

— Está mal — disse Nicola a meu avô.

Sem qualquer aviso, Melluso se jogou sobre Randazzo, agarrando-o pelo gasganete. Nicola caiu de joelhos. Melluso apertava com as duas mãos.

— A carne, a carne.

Rosario tentou abrir aqueles dedos cerrados, mas Melluso não largava a presa. Meu avô enfiou o indicador e o dedo médio no olho esquerdo dele. Gritando, Melluso cedeu. Rosario o empurrou e se abaixou sobre Nicola, que tossia. Os guardas chegaram. Perguntaram o que estava acontecendo.

— Caímos por causa do calor.

Randazzo e Melluso confirmaram aquela versão.

Melluso foi embora, os soldados saíram da cozinha, Rosario observava a lâmina da faca sem retomar as batatas.

— Está delirando — disse Randazzo.

— A partir de hoje, nem mijar você vai sozinho — respondeu meu avô.

Lucio La Mantia, de Enna, usando um espinho de cacto, tinha feito um baralho com quarenta folhas de aloé espiral, entalhando com cuidado os quatro naipes. Levara doze dias. Iniciou-se um torneio de escopa. Marangola era imbatível.

— Em Nápoles, aprendemos os naipes antes dos números.

Conhecia todos os jogos: *briscola*, *rubamazzetto*, *tivìtti*, *tressette*.

Durante uma partida, ele lembrava cada mão jogada. Tinha uma memória forjada pela prática constante.

— No barco, quando o tempo está bom, jogamos cartas durante umas duas horas, assim passamos a noite e ouvimos o mar.

A maioria dos prisioneiros acompanhava as partidas.

Na *briscola*, Marangola apostou os sapatos contra um prisioneiro de Potenza, e ganhou.

— Posso deixá-los com você?

D'Arpa concordou. Depois da vitória no boxe, era benquisto por todos. Ninguém tentaria roubar nada dele.

Marangola foi até D'Arpa, ergueu o cobertor do chão para pôr os sapatos ali embaixo e soltou um grito desesperado. Um escorpião lhe picara o polegar.

— O que houve?

— Um escorpião.

— Afastem-se todos — ordenou D'Arpa, tentando ver onde estaria o animal. Rosario saiu correndo.

— Aonde você vai? — gritou Nicola, mas ele já estava longe.

Atravessou o campo, não parou à ordem dos guardas, entrou na cozinha, foi até o faqueiro, pegou a faca maior, atravessou a parede de soldados e continuou a correr, desconsiderando a voz de "alto!", não havia tempo, tinha de correr ainda mais depressa, pois mirar e atirar em suas costas era sempre uma questão de segundos. Conseguiu entrar de volta no alojamento sem que se disparasse nenhum tiro, no exato momento em que D'Arpa esmagava o escorpião com o tacão do coturno.

— Nicola.

Randazzo viu a faca estendida, mas não entendeu na hora.

Entraram os guardas aos berros, empunhando os fuzis prontos para atirar, mas, assim que viram o corpo de Marangola sacudido pelos calafrios, entenderam.

— Vamos, corte.

A voz de Rosario era firme.

Era a única chance de salvar Marangola.

— O polegar? — perguntou Nicola.

— A mão — foi a resposta de D'Arpa.

— Não vai adiantar nada — casquinou Melluso.

Rosario e D'Arpa seguraram o braço, outros três imobilizaram Marangola.

— Vamos.

Nicola sentiu o pulso de Marangola com o polegar. Pôs a faca na vertical e cravou na carne fazendo peso com o corpo.

Abater um porco era mais difícil, pensou. Dois golpes secos e a mão foi decepada.

Os soldados o escoltaram até a enfermaria, e depois aos oficiais.

Rosario não foi punido por ter pegado a faca, Nicola não foi punido por tê-la usado. Reconhecera-se a necessidade daquela ação imediata.

O médico estancou a hemorragia de Marangola cauterizando a amputação, mas o veneno do escorpião já tinha entrado na circulação do sangue.

Marangola morreu um pouco antes do meio-dia.

* * *

Voltamos a Palermo espremidos dentro do Fiat Ritmo de Franco.

Umbertino dirigia.

O rádio foi desligado quando o noticiário anunciou o enésimo assassinato da Máfia na cidade.

— Mau sinal — disse Franco.

— Vai chover sangue — continuou Umbertino.

— Logo — concluiu meu avô.

Gerruso nos obrigou a parar:

— Preciso ir ao banheiro.

Paramos num bar. Umbertino, pegando uma almôndega, convidou-me a sair com ele. À frente estava o mar, adiante do pomar de figos-da-índia.

— Esta almôndega está horrível.

— Então por que está comendo?

— A garçonete é gostosona.

— E podia ser outra coisa?

— Davidù, a beleza deve ser celebrada, sempre. E por isso devo te dizer: você lutou maravilhosamente, meu querido. Em alguns momentos você esteve igual ao Paladino, sabe?

— O Mestre Franco também me disse isso.

— Uma coisa impressionante, você era teu pai escarrado. Mas depois...

Levou à boca o resto da almôndega e acendeu um cigarro.

— Davidù, o que aconteceu no final? Você já tinha vencido. O Ziccùso estava desabando. No que você pensou? Por que o acertou de novo na cabeça?

— Meu pai não faria isso?

— Ele não. Eu sim.

Umbertino deu uma longa tragada, depois soltou a fumaça durante uns doze segundos.

— O Paladino — disse, pondo fim àquele silêncio conquistado.

— Mais do que o Negro?

O cigarro, encaixado entre o indicador e o dedo médio, tinha terminado.

— Seria uma luta magnífica.

E contou que, uns dois anos antes de se casar com minha mãe, meu pai e ele ficaram sozinhos na academia. Meu tio dispensara até o Franco.

— Eu queria verificar uma coisa, sozinho.

— Vocês lutaram?

— O objetivo não era esse, mas, em todo caso, sim, lutamos.

O Paladino estava cansado e queria passar para cumprimentar a sua namorada. Em outros contextos, Umbertino soltaria alguma piada mordaz, mas era Zina que estava em questão, se alguém se permitisse algum deslize com ela, ele arrebentaria o sujeito de porradas por toda a eternidade.

Subiram ao ringue vestindo as luvas.

— Você tem um assalto, Paladino, só um, para conseguir me acertar no rosto.

Suas aberturas eram melhores do que as do Paladino, a esquerda o manteria a distância, seu jogo de pernas continuava formidável.

— Mesmo assim, ele conseguiu me atingir no queixo. Desde os tempos do Negro... não, desde os tempos da final perdida, nunca ninguém tinha me atingido no rosto. Não era um golpe para nocaute, veja bem. Mas era o que eu tinha pedido: me acertar no rosto. Ele conseguiu em menos de um minuto. Naquele dia eu falei: você vai conquistar o título nacional. Não havia nenhum pugilista como o Paladino, não havia, e ponto final.

Aquele soco era digno do Negro, tão diferente dos que recebera na final perdida.

— De todos, eu me lembro de todos. Ainda ardem.

— Foi seu pior momento?

— Foi, junto com a morte de Giovannella e do Paladino. Só que ali eles é que morreram, e eu não podia fazer nada. Na noite da final, porém, fui eu que morri, e só por culpa minha.

Meu tio entrecerrou as pálpebras, apoiando as mãos em meus ombros.

Seus dedos comprimiram minha carne.

— Mas você, Davidù.

Não havia mais a tempestade em seu olhar.

Gerruso saiu do bar. Tomava um refrigerante com canudinho. Contava para Franco a sujeira que havia em sua rua: lixo, seringas, caixas de isopor, ratos. Presenciara um roubo, na frente do portão de sua casa. A senhora, uma velha, caíra no chão batendo a cabeça.

— Saía sangue da testa dela, um rio de sangue. A moto fugiu a toda, terrível.

Entrei de novo, peguei uma raspadinha de amora e sentei ao lado de meu avô.

— Vô, venci as regionais. Agora tem o título nacional, nossa família nunca ganhou.

— Então você precisa ser ainda mais rápido.

— Como meu pai.

— Mais.

— Como o senhor?

— Mais.

— E quem é mais rápido do que o senhor?

— Meu amigo Nenè.

Gerruso se intrometeu na conversa.

— Tomara que não tenha nenhum acidente na estrada, na volta, pois se você morrer, Poeta, caramba, a maldição do título nacional, seria mesmo azar demais para tua família.

* * *

Como sumira, reapareceu.

Dois anos sem vê-la.

Desde aquela tarde na Feira.

Eu tinha beijado três colegas de escola: Eva, Annalisa, Silvia.

Principalmente Eva.

Beijava muito bem.

Annalisa tinha um ano a mais do que eu e um par de peitos chocantes.

Silvia era alegre e divertida.

A gente se conhecia, saía junto, se divertia, se entendia.

Nenhuma delas era Nina.

Só isso.

Topei com ela na via Notarbartolo, esquina com a via Libertà.

Eu estava com dezesseis anos.

Ia entrando no cinema Fiamma, ela estava saindo.

— Nina.

— Oi.

E ainda, entre nós dois, a muralha da China.

— Você está sozinho.

— Pois é.

— Eu estou com...

— Estou vendo.

E ela apareceu, soberba e arrogante como dois verões antes.

Eliana Dumas.

A Puta Imperial.

Passou o braço em volta do ombro de Nina.

Não mudara em nada.

Perguntou com falso interesse o que eu fazia ali, não acreditava que eu gostasse daquele tipo de filme. Com quem eu estava, a propósito? Sozinho? É, há tanta solidão no mundo. Eu continuava com o boxe? Sim? Então tinham me reprovado. Não? Estava na cara que meu colegial era mais fácil do que o dela. Quando era a próxima luta? Vinte e um de janeiro aqui em Palermo? Onde? Como se chama o oponente? Fabio Rizzo? Claro que ia ganhar de mim, e em todo caso torcia por ele. Agora tinham de ir embora. Ela não podia dizer que tivesse sido um prazer. Tchau.

— Nina, você vai vir? — falei tão baixo que nem eu mesmo me ouvi.

Uma cidade é um labirinto. Artérias que se tornam praças, becos que se encaixam na diagonal. Percursos habituais e ruas nunca percorridas. Uma cidade esconde as pessoas, encontros que não se dão por causa de um instante que nos atrasamos para amarrar um sapato ou por entrar distraídos numa rua errada. As estratégias do labirinto são incompreensíveis para a alma humana.

Dois anos sem te encontrar.

Você cresceu, Nina.

Os cabelos, mais compridos.

Os seios, maiores.

A postura, ainda mais elegante.

A consciência do fascínio, maior.

Lábios de amora e olhos profundos.

Nina não apareceu na luta de 21 de janeiro contra Fabio Rizzo.

Gerruso sim.

Brigou com todos.

Gritou, como sempre, "Poeta".

A essas alturas era assim que me chamavam no meio.

Com o apelido que Gerruso me dera.

Nina gostava.

Nina nunca vinha.

Depois da luta, depois do banho no vestiário, fora da academia, dei com a Dumas, montada numa motinho Sì, capacete preto debaixo do braço e a bolsa no colo.

— Nina está aí?

— Não.

— O que você está fazendo aqui?

— Estava de passagem.

— Entre todos os lugares do mundo, tinha de passar justamente aqui?

— Sim.

— Justo hoje, que é o dia de minha luta?

— Coincidência.

— Ah, até parece, eu tinha te dito, na frente do cinema.

— Acasos da vida.

— Onde Nina está?

— Não sei, não sou a mãe dela. Você perdeu?

— E isso te importa?

— Nem um pouco. Não assisto a esses espetáculos animalescos.

— Ah, verdade, você toca violoncelo.

— Quem te contou?

— Nina.

— E você ainda se lembra.

— Eu me lembro de tudo o que Nina me disse.

— Lembrar não significa entender.

— Onde ela está?

— Esqueça, ela não te quer, está com outro.

— Bobagem.

Gerruso apareceu naquele instante.

— Está pesada a tua mochila, demorei um pouco, toma. Olá, Eliana.

— Viu que eu vim? Agora preciso ir, tchau. E tchau para você também, boxeador.

Levantou-se nos pedais, empurrou com o pé curvando as costas, ligou a motinho, afastou-se, deu a volta e foi embora.

— Gerruso, você a convidou?

— Convidei, mas nunca imaginei que viesse.

— Mas como te passou pela cabeça?

— Nina me ligou.

— Nina liga para você?

— Para mim não, para minha mãe.

— E por que ela liga para tua mãe?

— Não sei, para cumprimentar, e depois passa o telefone para minha tia, coisa de mulher.

— E aí?

— Falei da luta, se ela queria vir te ver lutar. Eliana estava lá, Nina passou para mim, cumprimentei e convidei ela também, foi isso.

— Gerruso, nós odiamos a Dumas.

— ...

— Gerruso.

— ...

— Caramba, não acredito: você gosta da loira.

— Não.

— Gerruso, me olhe nos olhos e diga a verdade.

— Não a amo.

— Gerruso.

— Um pouquinho.

— Você é um judas completo.

— Eu sei, desculpe.

— Desculpo porra nenhuma. Não falo mais com você.

— Posso te perguntar uma coisa?

— Não.

Ele perguntou do mesmo jeito. No sábado seguinte, a Puta Imperial ia fazer uma apresentação no conservatório. Eu poderia ir com ele? Respondi que sim, sem hesitar. Nina também estaria lá.

As luvas caíram no chão, no piso do vestiário. Não peguei. O cansaço que se segue à luta tinha vindo todo de uma vez.

— Pode pegar para mim?

— Só se você me responder.

— Chega dessa história de anjos, eles não existem.

— Se não responder, não pego.

— E agora faz chantagem, Gerruso?

— Faço. Então, quem é mais forte: os homens ou os anjos?

— Os homens. Um ser humano pode se romper, um anjo não.

— Então o anjo é mais forte, não é?

— Forte é o que pode se romper e não rompe.

Eu estava de olhos fechados. Ouvia as costelas se dilatando, se estendendo e depois se contraindo. Não sentia nenhuma dor.

— Quem te ensina essas coisas?

— Minha avó. E o boxe.

— Posso lutar boxe também, então?

— Não.

— Eu lutaria só para aprender esses pensamentos.

— Você levaria socos demais, não ia conseguir pensar em nada, você é muito devagar.

— Que pena, se eu fosse um anjo os socos nunca me acertariam. Doem os socos. Os tapas também. E os chutes. Mas, mais do que qualquer outra coisa, doem as cusparadas. Você sabe disso.

Fabio Rizzo.

A luta recém-terminada.

— Até antes da cusparada, a luta parecia uma ciranda. Vocês ficavam se rodeando.

— Não estávamos nos rodeando, ele me perseguia.

— Você fugia?

— Não.

— Mas na hora em que ele te cuspiu no rosto, você ficou realmente irritado.

— Nada disso, eu estava calmo.

— Calmo? Mas se você estraçalhou com ele! Estava furiosíssimo!

Quando os lutadores se enfrentam, há aquele que é mais afirmativo e ataca, e há o que evita o embate, pelo menos no começo. Geralmente isso acontece por uma simples diferença de valor. O pugilista mais agressivo quer conduzir a luta, decidindo dominá-la desde o início. Se não fizer muita bobagem, ele é quem ganha. Às vezes acontece, mas raramente, que o pugilista que mantém distância esteja apenas adiando o embate. Brinca de gato e rato. Sabe que pode liquidar com o oponente quando quiser. Basta tirar a máscara e atacar. É apenas uma questão de tempo. Mais cedo ou mais tarde, o tubarão sempre volta a ser ele mesmo.

Nina não estava na apresentação do conservatório.

— Gerruso, foi uma péssima ideia vir, vamos embora.

Entraram os músicos. A Dumas com um vestido longo de veludo preto. Os cabelos loiros, soltos nos ombros. Tomou lugar, ela e os outros músicos se entreolharam e começaram.

Os dedos da mão esquerda apertavam as cordas com uma graça enérgica, abriam-se e transpunham distâncias inconcebíveis. O pulso da direita dava ritmo ao movimento do arco, enquanto os pés, firmes, apoiavam-se nas pontas.

Mantinha os olhos fechados.

Terminada a execução, entregou o instrumento à mãe. Apertou as mãos de um batalhão de gente, distribuindo sorrisos.

— Gerruso, vamos embora.

— Não vamos nos despedir dela?

— Não.

Gerruso começou a acenar com os braços, pulando, a camisa meio por dentro, meio por fora das calças. A Dumas nos fez sinal para esperá-la, e demorou dez minutos até aparecer.

— Não imaginei que ia te ver.

— Apenas acompanhei o Gerruso, num m'istranha, mina.

— Oh, o dialeto na boca de um poeta, fico até arrepiada.

— Pois tente preservá-lo, é o único sinal de humanidade que te restou.

— Gostou do concerto?

— Falando sério?

— Claro.

— Gostei.

— Bom, um a um.

— Um a um o quê?

A loira se aproximou.

Estava com seus dez dedos de violoncelista em meu peito. A cabeça ao lado da minha. A boca, em meu ouvido. Nenhuma hesitação na voz.

— Gosto de você, boxeador.

Boca, cabelos, dedos se afastaram.

Recuando, esboçou um sorriso.

— Eu tinha te dito, um a um.

Virou e foi embora.

Gerruso pôs a mão com o dedo cotó em meu ombro direito.

— Poeta, me ajuda a ficar com ela?

Depois de comprar o espaço que se tornaria a academia, o subsolo de um prédio recém-construído perto do reformatório, Umbertino rodou por Palermo inteira para angariar alunos. Falava com todos, pouco se importando se não tinham os requisitos físicos para se destacar no mundo do boxe. Precisava de dinheiro, tinha de conseguir inscrições. Como se previa, aquela aquisição acabara com todo seu dinheiro. Um mês depois de abrir, ainda não tinha nenhum aluno que lhe garantisse a sobrevivência com a mensalidade. A notícia precisava circular mais. Foi aos canteiros de construção, aos bares da via Libertà, ao estádio, a Mondello, ao mercado de Ballarò, do Capo, da Vuccirìa, ao porto, aos canteiros navais, até entender que o problema não era explicar para que servia frequentar uma academia. O necessário era divulgar que existia uma academia de boxe em Palermo. Garantir sua presença na imaginação das pessoas. Depois, claro, a primeira aula seria gratuita, para mostrar que ali se esculpia tão bem o corpo que as mulheres fariam fila para passar a língua naquele suor do peito. Precisava que se difundisse. Depois da derrota na final, ele jurara a si mesmo que não ia mais combater em lutas oficiais. Retomou as lutas clandestinas, para demonstrar com o próprio corpo a que um cara podia chegar, treinando. Mas o ponto forte da estratégia foi a utilização dos dois canais de comunicação mais eficientes para convencer os homens: os padres e as putas.

— Ouça bem, padre, digo logo para não desperdiçar nosso tempo. Para cada um que chegar à academia vindo de sua paróquia, vou lhe dar, todo domingo, de meu próprio bolso, uma oferenda que o senhor vai querer me beijar a mão, padre. Para isso, quando for rezar a missa, na hora do sermão o senhor aconselha os fiéis a virem à minha academia, o motivo o senhor inventa, padre, se for bom no discurso. Por que ir à academia? Ora, por quê? Para formar um tremendo exército da fé, com todos esses comunistas que andam por aí, a coisa está ficando pior a cada dia. De minha parte, sou bom cristão. Conheço toda a religião, de cabo a rabo. Tem Jesus, filho de José e de Maria. A palavra dele é o Evangelho. Não matar, não roubar, não mentir, dez coisas dessas, como falou Moisés. Depois os milagres: os pães, os peixes, a lepra e aquele sensacional, a água que virou vinho. Mas o povo, que é besta, escolhe o Barrabás e o Senhorzinho morre na cruz, parece que é tchau e bênção, mas não é, não: três dias e ele ressuscita, todo em chamas, anda sobre as águas, as pombas voam, os galos cantam.

* * *

— Vinha um monte de homens, Davidù, todos cá me diziam: venho em nome da Rosa, "a *Ciùri Ciùri*", quem me mandou foi a Carmelina, "a *Bedda Matri*", eu soube do senhor pela Piera, "a Espanhola". O combinado era o seguinte: quando um rapaz ia às putas, minhas amigas antes bajulavam bastante, "como você é bonito, como é forte", aí plantavam a semente da dúvida, "claro que se você fizesse boxe", deixavam o assunto de lado, trepavam e retomavam, "não, é que eu tenho um cliente boxeador que, tá bom, pra você posso contar: trepa tão bem que às vezes nem deixo pagar, gosto muito de você, se quiser eu te conto onde fica a academia, você diz que fui eu que mandei, te dão um desconto".

— Você dava desconto?

— Claro que não, de jeito nenhum. Dos que vinham em nome de alguma delas, eu cobrava uma matrícula bem maior e pagava a comissão às minhas amigas.

— Uma taxa.

— Negócio é negócio.

— Sempre pagava a elas?

— Nos primeiros tempos, sim. Depois, elas não quiseram mais. A pobre Gina foi massacrada por um advogado, um safado que se sentia intocável.

— E te chamaram. O que aconteceu com o advogado?

— Não sei, deixou a cidade, foi se meter em outro lugar, no continente, longe de Palermo.

— Longe de você.

— Longe dos olhos, longe do coração.

— Tio, e a taxa de proteção? Nunca te pediram?

— Davidù, sabe o que mantém a Máfia de pé? A intimidação, o medo, o fato de que quatro rufiões podem te fazer cuspir os dentes a murros, não acontece nada e ninguém te defende.

— Então não apareceu ninguém.

— Mesmo que viessem em quinze, tomariam tanta porrada que não conseguiriam nem dizer "chega". Isso os mafiosos sabem bem. Quem convive com o medo é o primeiro a saber quando é hora de temer.

* * *

A adrenalina pela vitória tinha diminuído. Não sentia dor em nenhum osso. Não tinha nenhum hematoma no tronco. Da luta recém-terminada sobraram o gosto do protetor na língua, as escoriações nos nós dos dedos, o sangue nas unhas.

Nenhuma marca no pescoço.

A água do chuveiro estava fervendo. Enxaguava com insistência o rosto. Ainda sentia a cusparada em mim. O segundo assalto havia terminado. Eu me aproximara de Fabio Rizzo para cumprimentar, tocar as luvas e voltar para o canto. Ele soltou o protetor de dentes na luva direita e me cuspiu na cara. A saliva me atingiu sem que eu levantasse a guarda, nenhuma parte do corpo. Meus braços permaneceram abaixados. O árbitro o afastou, com uma advertência formal. Umbertino praguejava. Carlo enxugava meu rosto, enquanto o Mestre me mandava ficar tranquilo. Gerruso cuspiu na direção de Fabio Rizzo, mas, tomado de raiva, não coordenou bem a boca e a saliva, e o cuspe escorreu nele mesmo. Meu avô, calmo, continuou sentado, braços cruzados, pernas também, o olhar no ringue.

Um bando de cinco malandros tinha cercado meu pai na saída da escola.

— Ele estava muito nervoso, Davidù. Disse que não sabia por que implicavam com ele, mas não reagiu às provocações.

Tinha catorze anos. Fazia dois anos que frequentava a academia do tio. Era enxuto, não magro. A camisa escondia ombros mais largos do que parecia. Tinha mãos afiladas e dedos longos. No colegial, inscrevera-se no científico. Os avós estavam orgulhosos de seus resultados na escola.

— Claro que ele estava nervoso, vó, eram cinco contra um e, além do mais, tinham insultado a senhora, dito que era... a senhora sabe o que tinham dito, é uma ofensa da maior gravidade, nunca se deve dizer coisa feia das mães.

— Eram rapazolas.

— Eram uns desbocados. Pelo menos com as pancadas aprendiam um pouco de educação. As palavras, para alguns, não adiantam nada.

— As palavras sempre adiantam, desde que sejam exatas. Quando uma mensagem não passa, é porque o vocabulário do interlocutor não contempla aquelas palavras.

— Vó, não confunda falta de educação com vocabulário.

— Daquela vez, era inútil trocar socos com aqueles rapazotes por causa do xingamento.

No dia seguinte, mesma cena: os cinco ficaram na saída e deram um empurrão em meu pai, insistindo na putice de minha avó e na viadice de meu avô. Meu pai conseguiu se desvencilhar e voltou para casa correndo.

— Melhor evitar o confronto.

O conselho de minha avó parecia a solução mais sensata, Rosario não estava em Palermo, estava terminando a temporada na cozinha de um hotel na região de Messina, faltavam ainda umas duas semanas para voltar. No dia seguinte, os malandros foram além. Pegaram os livros da mochila de meu pai e mijaram em cima deles.

— Que falta me fez teu avô naquele apuro. Não sabia o que fazer. Talvez eu tenha errado a estratégia, estava confusa.

Meu pai erguera um muro entre si e o mundo, fechado num silêncio impenetrável. Com a morte no coração, minha avó sentou a seu lado e lhe segurou as mãos. Eram parecidas com as de Rosario.

— Francesco, se acontecer de novo, reaja. Nunca deixe ninguém pisar em você.

Meu pai a olhava fixo. O azul de seus olhos estava parado, como o horizonte no mar.

— Mãe, são cinco e são maiores.

Minha avó fez um carinho em suas têmporas.

— Então bata mais forte.

Quatro meses depois de perder a final, Umbertino voltou a combater numa luta clandestina. Desde o primeiro instante, não gostou do pessoal que administrava as apostas. Falavam demais. Eram arrogantes e irascíveis. Quando há dinheiro envolvido, é preciso manter a calma.

Na Guadagna faltava tudo: o ringue, as cordas, as cadeiras para o público. Não era uma luta. A regra era simples:

quem fica de pé vence. Havia uma imitação de árbitro, alguém precisava contar até dez.

— Pulei um minuto inteiro sem desferir um único soco, você acredita? Nunca fiquei tanto tempo assim na frente de alguém sem atacar.

— Estava enferrujado.

— Que nada. Esperava.

— O quê?

— Sentia falta, Davidù. Os olhos do público, a dinâmica da luta, evitar os socos com as fintas, entender até que ponto podia ir. Sentia muita falta. Queria que durasse ao máximo.

O *uppercut* foi interceptado pelo antebraço do adversário, mas de pouco adiantou. Umbertino penetrou naquele escudo de carne, soltando ganchos e diretos, evitando golpear a cabeça, massacrando todo o tórax.

Bastou um ataque.

— Eu estava de volta.

Não era verdade. Não estava de volta. Nunca tinha ido embora.

Seis meses depois de abrir, a academia já tinha vinte e seis inscritos.

Umbertino esteve apenas em outras três lutas clandestinas.

Ninguém mais queria enfrentá-lo.

Assim que voltou para casa, meu avô ficou imediatamente a par da briga na saída da escola.

— Fui eu que falei para ele que não continuasse a tolerar.

— Deixe-nos a sós.

Minha avó foi para a cozinha e encostou o ouvido na porta fechada. Ouvia na superfície da madeira as pulsações do próprio coração.

Meu pai contou para o pai dele os insultos, os empurrões, os livros mijados. Quando quiseram tirar e roubar suas roupas, ele cobriu todos de pancada, os cinco.

Terminado o relato, seguiu-se um longo silêncio, interrompido pelo ruído da cadeira ao ser afastada. Rosario se levantara.

— Você errou, Francesco.

Minha avó se sentiu afundar de vergonha.

Devia ser a mesma sensação que o filho experimentava.

— Pai, o que eu devia ter feito? Deixar que me tirassem a roupa?

— Não, não errou em reagir. Errou em usar os punhos.

Minha avó sentiu os olhos se encherem de lágrimas.

— Você pratica boxe, é melhor nos punhos do que eles. Você nunca deve se aproveitar de sua superioridade, senão é um escroto.

Minha avó começou a chorar, cobrindo a boca com a mão para que não a ouvissem.

— Fizeram um acordo: se teu pai topasse com eles outra vez, não usaria mais os punhos. Encontrou-os uns dois dias depois. Manteve a palavra.

Apenas um sujeito do bando queria se desforrar da vez anterior, o que tinha apanhado menos, claro. Meu pai não respondeu ao "cornudo e tira" com que foi brindado, não entregou a mochila, não desceu da calçada. O sujeito, irritado com aquela calma, lhe cuspiu em pleno rosto. Meu pai recebeu a cusparada, limpou com as costas da mão e voltou a andar, sem pestanejar. Nunca mais foi incomodado.

Em casa, meu avô ficou sozinho com ele na copa.

— Na África, meu amigo me explicou que o grande general não é o que vence a batalha, mas o que vence a guerra sem a necessidade de combater. Você não deve se assustar com as pessoas, mas com aquilo que você pode fazer a elas. Nunca se esqueça. Você é uma semente na terra.

Da porta fechada da cozinha, minha avó o viu fazer um carinho no rosto do filho.

A cusparada de Fabio Rizzo denunciava tensão, raiva, falta de educação.

Eu a recebi como se recebe o siroco em novembro.

Acontece.

— Se você fosse um anjo, ela te atravessaria.

— Se eu fosse um anjo, não poderia massacrá-lo.

No começo do terceiro assalto, Fabio Rizzo começou o ataque. Sua esquerda roçou minha têmpora. Ao mesmo tempo, meu gancho, gozando de absoluta liberdade, acertava seu zigoma. Ele se lançou sobre mim, um peso morto, usando todo o corpo como escudo para impedir que eu continuasse o ataque. Ele amorteceu com o braço outro gancho meu. Mas minha direita encontrou vazão em seu queixo. O golpe foi duro. Fabio Rizzo se dobrou para a frente. Levando um um-dois em pleno rosto, ele recuou até as cordas. Cruzou os braços na frente da cabeça, mas as pernas já haviam cedido. Cambaleou de lado, três passos, rompido na lateral direita.

Caiu feito um brinquedo quebrado.

O árbitro contou até dez.

Eu estava pronto para as nacionais.

Fui ao vestiário, tomei um banho, deixei minha sacola para Gerruso, saí ao ar livre e encontrei a Dumas.

* * *

— O que você está fazendo aqui?

— Estava de passagem.

— Sim, de novo, por acaso.

— Absurdo, não é? Você está sempre de macacão? O conservatório é mais elegante.

— Aqui eu treino.

— Todo dia?

— É.

— E luta também?

— Só quando é minha academia que organiza a luta.

— Vai voltar para me ver tocar?

— Jamais estabelecer limites à divina providência.

— Quer uma carona?

— Não.

— Por quê?

— Não confio em meninas guiando scooter.

— Guie você, então.

— Não.

— Sabe dirigir scooter?

— Maravilhosamente.

— Demonstre.

— Demonstre você.

— Então suba.

— Eu moro aqui atrás.

— Depois te levo para casa, queria te mostrar uma coisa.

— Tá, que não seja do outro lado do mundo.

— E daí, o que você queria me mostrar?

— Você é tonto assim mesmo ou faz de propósito?

— Não entendo.

— Venha aqui e fique um pouco quieto.

Lábios, língua, saliva.

Um beijo roubado.

Soltou-se de minha boca.

Um beijo muito gostoso.

— Eu gosto de você porque foi ao cinema sozinho. E porque anteontem veio ao meu concerto. E porque tem os olhos bonitos.

Meus olhos.

O mesmo elogio que Nina me fazia.

Ela me beijou de novo.

Nossas línguas se entrelaçaram.

* * *

— Em meados dos anos 1950, entre 1955 e 1956, acho. Saia branca, braços nus, pescoço fino. Muito gostosa.

Chamava-se Chiara.

Ele lhe deu o apelido de Livre.

— Não era de ninguém, pertencia a si mesma.

O rosto oval, o brilho dos olhos, a torcidinha do nariz.

— Ela me atraía demais.

Era parecida com Giovannella.

Estudava Direito. Pertencia à sociedade de Palermo.

— Não tínhamos nada em comum.

— E como é que ficaram juntos?

— Davidù, virou cego assim de uma hora para outra? Veja que belo homem é teu tio, imagine trinta anos atrás: era um galã e tanto.

Livre estava com uma tiara na cabeça, vinte e um anos e um pacotinho de doces na mão.

— O que são?

— *Sfingi* de São José.

— São para mim?

— Mas se nem conheço o senhor.

— "Senhor"? E você acha que sou velho?

Respondeu que não queria saber de brincadeiras, estava com pressa, esperavam-na para o almoço de domingo, precisava mesmo ir. Mas não se movia do lugar.

— Eia, ela deu o cano em toda a família e fomos às ruínas do Spasimo.

Meu tio comeu todo o pacote de *sfingi*. Quando terminou, ela avisou que precisava ir embora. Ele pediu que ficasse mais um pouco, ela negou de maneira educada, mas firme, os pais de seu futuro marido iam chegar à noite de Ganci.

— Você vai se casar?

— Daqui a dois meses. Vai me desejar felicidades?

— Não. Você vai embora assim? Sem nem um beijo?

— Você teve a chance de escolher entre mim e as *sfingi*, escolheu elas.

Ele esperou por ela uma semana inteira, no lugar onde a conhecera, revendo-a no domingo seguinte, na mesma hora, com o mesmo pacotinho de doces, os mesmos vinte e um anos descarados.

— *Sfingi* de novo?

— *Genovesi.*

— Gosto mais de *genovesi* do que de *sfingi.*

— Então nada de beijos nem desta vez?

Ficaram um mês juntos.

Uma semana antes de se casar, Livre lhe perguntou por que não voltava a lutar como profissional.

Umbertino fez uma longa pausa para gestar a resposta.

— Tudo tem um preço.

— O amor não tem preço.

— Tem sim, paga-se com a vida.

Livre se casou. A relação deles cessou, tal como nascera, sem palavras definitivas, sem remorsos por promessas rompidas.

Ela se parecia muito com Giovannella.

— Você gostava dela.

— Eu a amei.

— Até isso?

— Já estive com muitas mulheres, você sabe, mas algumas realmente amei durante o tempo que ficamos juntos. Livre é uma delas.

— Então por que desmancharam?

— Mas se nem começamos.

— Se quisesse, ela podia não se casar.

— Não é tão simples assim.

— Explique.

— Amar e ser feliz não são a mesma coisa, e raramente coincidem.

O termômetro na parede marcava 43 graus. Minha avó, de camisola, levantou-se, empurrando a cadeira sem fazer barulho. Enxugou a testa com o lenço.

— Você viu o maço de cigarros?

— Está em sua mão.

Acendeu um, deu uma tragada, apoiou-o no cinzeiro.

— Você ouviu o tiroteio?

— Ouvi, eu estava na classe, atiraram bem debaixo de nossa janela.

— Não gosto, não gosto mesmo.

— De Palermo?

— Está com o mesmo ar de miséria que tinha quando eu era moça. Só que naquela época o mundo estava em guerra, mas agora todos fazem de conta que não está acontecendo nada, enquanto na cidade irmãos se matam entre si. A Máfia trouxe a matança para dentro da família.

— Vocês não se matavam entre si durante a guerra?

— Não assim.

Apagou o cigarro e começou a preparar o café.

— Na escola tudo bem?

— Tudo. No latim sou imbatível.

— Você viu que aprender serviu para alguma coisa?

— É, para estragar três verões.

— Tonto.

Colocou a água no fogo e voltou a se sentar.

— Vamos, conte algo sobre você, está namorando?

— Vó!

— Está saindo com alguém, não é verdade?

— Vó!

— Eu sei, eu sei, não queria me meter na tua vida.

— É, não parece.

— Não, não mesmo, era só um teste. Não há nada a fazer, vocês são idênticos.

— Sou mudo como o vô?

— De jeito nenhum. Rosario não é mudo, fala pouco, mas fala. Já você fala muito, até demais, e se esconde atrás dessa parede de palavras. Você puxou a teu pai, era fechadíssimo, não deixava transparecer nada.

— É errado?

— É peculiar. Você tem algum amigo com quem conversar?

— Tenho.

— E se abre com ele?

— Sim.

— O que você conta a ele?

— Coisas.

— E com teu tio? Com teu avô?

— Também converso com eles.

— E também conta coisas a eles? Não estou falando das palavras que a gente diz para encher o silêncio, Davidù. Abrir-se, entrar em relação, significa dividir o peso do dia, de cada dia, enquanto durar. Sobre você, sobre o que realmente sente, as alegrias, as angústias, nunca fala com ninguém? Sabe o que me impressionou no apelido de teu pai? Que era perfeito. Perfeito. Era de fato um paladino, mas não pela maneira de lutar, o que entendo eu disso. Era pela armadura com que se revestia, a malha perene que punha entre si e o mundo. Jamais tirava. Claro que os oponentes não entendiam seus movimentos. Era inescrutável. No ringue e na vida. E tome o café antes que esfrie, frio fica horrível.

— Então a final é em Palermo?

— É.

— Absurdo.

— Nem tanto.

— Mas foi exatamente o que aconteceu com teu tio! Agora não vai você também perder e depois acabar abrindo uma academia como ele.

— Obrigado pela confiança, Gerruso.

— De nada. Mas você nunca se cansa?

— Do quê?

— Dos treinos, da corrida, de acordar cedíssimo interrompendo os sonhos na metade do segundo tempo, de comer só certas coisas, de fazer flexões. Eu como muito, durmo muito e em meus sonhos nunca tem suor.

Não ter vontade de levantar e já estar de pé, lá fora está chovendo, mas os sapatos já estão amarrados, quinze flexões, *fio, fis, factus sum, fieri* e a casa já está longe, gancho cruzado finta, *tollo, tollis, sustuli, sublatum, tollere,* direto finta outro direto, todo dia, até o momento de desmaiar na cama, até acordar de novo, às cinco e meia da manhã.

— É algo que sei fazer.

— Nunca falhou um dia?

— Raramente.

— E contou por que não foi ou falou uma mentira branca?

— Primeiro: se falho um dia de treino, há sempre uma boa razão, de qualquer forma estou me preparando para as nacionais, e então não, não falho nenhum dia. Segundo: o que é uma mentira branca?

— Ensinaram no catecismo. A mentira branca é aquela que se diz para não ferir a pessoa. Irmã Emilia explicava no catecismo. Era simpática, me dizia sempre que eu era muito bonito.

— Mentira branca.

— Imagina!

— Mas, Gerruso, o que você acha? A freira dizia isso para você ficar contente.

— De fato ela conseguia. Você conhece histórias de mentiras?

Contei-lhe uma história sobre a verdade.

Um dia nasceu um rei com orelhas de burro. Depois do nascimento, a única pessoa que sabia a verdade era o médico. A rainha-mãe morrera durante o parto. O médico deu a seguinte ordem: o rei deveria usar um chapéu cobrindo as orelhas durante toda a vida, seria importante para sua saúde e para os destinos do reino. Era melhor calar a verdade. O médico, oprimido pelo peso do segredo, abandonou a corte e o reino. Fugiu para o além-mar e aportou em terras distantes, onde havia povos que comiam pão sem sal. Ali, cavou um buraco e sussurrou dentro dele: "O rei tem orelhas de burro." Finalmente sentiu-se livre. Cobriu o buraco com terra e sua parte da história termina aqui. Aquele campo foi semeado. Cresceu apenas uma árvore, forte e robusta. Sua madeira era perfeita para construir flautas. Espalhou-se por todo o mundo a notícia sobre a suavidade dos sons que saíam das flautas feitas daquela única árvore. A notícia chegou até a corte. Organizaram um concerto, o melhor flautista do reino iria tocar a melhor flauta feita com a madeira daquela árvore. O povo se aglomerou em volta do rei para ouvir aquela maravilha. O flautista pegou a flauta, levou aos lábios, soprou e a flauta cantou: "O rei tem orelhas de burro."

— Você está me dizendo que as mentiras brancas são reveladas pela flauta do tempo? Como a da irmã Emilia?

— Você ia preferir que ela te dissesse que você é feio?

— Ia preferir a verdade, que me dissesse que, segundo ela, eu era muito bonito, talvez eu agrade às freiras, vai saber. Seja como for, posso te contar uma coisa de verdade?

— Se for mesmo necessário.

— Hoje fiz um papelão.

— Com quem?

— Com a Eliana.

Tinha ido esperá-la na saída da escola, com uma flor na mão. A Dumas foi até ele junto com um bando de amigas. Perguntou para quem era aquela flor e ficou espantada quando Gerruso ofereceu justamente a ela. Estourou numa risada. Não pegou. Não agradeceu. Perguntou de mim.

Gerruso respondeu que eu ganhava as lutas, que estava tentando conquistar o título nacional, que na escola tirava boas notas.

Entre as risadinhas das amigas, ela o interrompeu, tinha se lembrado de um compromisso urgentíssimo, foi embora sem se despedir, parou de repente, virou-se para olhá-lo, disse "Mande um beijo meu para o boxeador" e o largou ali sozinho, no meio da rua, com uma flor na mão.

— Você sabe por que a Eliana te mandou um beijo?

— Não.

— Se soubesse, me contaria?

— Contaria.

— É uma mentira branca?

— Não.

* * *

D'Arpa falou mais baixo.

— Então estamos combinados?

— Sim, não dizemos nada a Nicola.

Eles pensavam da mesma maneira: quem escondera o escorpião por baixo do cobertor de D'Arpa tinha sido Vincenzo Melluso.

Estava cada dia pior.

Tinha golpeado as costas de La Mantia com uma pedra. Se não intercedessem em quatro, teria arrebentado a cabeça dele. Melluso o acusava de ser trapaceiro, de ter marcado as cartas, por isso ganhara dele.

— Randazzo afirma que Melluso delira porque está doente — disse D'Arpa.

— Nicola é um bom homem; Melluso é uma praga — respondeu Rosario.

— Se perdermos a piedade, ficaremos iguais a ele.

Rosario não respondeu.

— Em todo caso, vamos fazer o combinado — concluiu D'Arpa. Ele tinha consciência do risco que corria, mas o perigo concreto representado por Melluso obrigava a decisões extremas. A lasca de madeira que escondera dentro do sapato era dura e pontuda. Precisava funcionar como prego, para ferir em profundidade. Antes de sair, com o risco de ser revistado pelos soldados, sentiu um momento de hesitação. Se o pegassem, estaria expondo Rosario e Nicola a um perigo maior: Melluso iria entender e se vingaria, sem sombra de dúvida. D'Arpa avaliou a situação e decidiu agir conforme o combinado. Rumou para a saída e os guardas, cruzando os fuzis, mandaram parar.

— *Boxer* — chamaram.

Suas vitórias lhe tinham trazido popularidade.

Mandaram esvaziar os bolsos.

D'Arpa obedeceu.

— *The jacket.*

D'Arpa ficou de peito nu.

— *The shoes.*

D'Arpa se abaixou devagar e começou a mexer no nó, mas, em vez de soltá-lo, apertou ainda mais.

— *Help me* — pediu aos soldados, mostrando que o nó não se desfazia.

Primeiro olharam torto, depois disseram que podia ir sem tirar os sapatos. D'Arpa se aproximou dos soldados e, mantendo posição de guarda alta, imitou dois *uppercuts*, um para cada soldado. Os guardas estouraram numa gargalhada e se despediram. D'Arpa alcançou Rosario e, juntos, pediram a Randazzo que os acompanhasse até as latrinas.

— Se à noite Melluso te fizer alguma coisa, defenda-se com isso.

— Onde conseguiram?

— Não se preocupe, é só escondê-lo bem, ao alcance da mão.

— Mas e vocês?

— Pense em esconder a lasca de madeira, não em nós.

Nicola voltou ao alojamento sozinho, cheio de perguntas não feitas.

Foi Rosario quem abriu o leque das perplexidades.

— Ele não é capaz de usá-lo.

— Eu sei.

Mas não tinham feito para ele. O fato de saber que teria uma pequena arma para se defender servia para tranquilizar a eles dois.

Pararam alguns minutos para olhar o céu.

A luz das estrelas se estendia por toda parte.

— É bonito o céu da África — disse D'Arpa, apoiando uma das mãos no ombro de meu avô.

— Não tem fim.

Voltaram ao dormitório.

Estabeleceram turnos de guarda para prevenir ataques noturnos de Melluso e se despediram com um aperto de mãos, pela última vez em suas vidas.

Aquela lasca de madeira jamais seria usada.

No dia seguinte, desencadeou-se o inferno naquele campo de prisioneiros.

* * *

A adolescência transcorria entre os livros a estudar para a escola, os treinos na academia, os amassos com algumas meninas numa Palermo cada vez mais suja e violenta.

Antonio Provenzani, de Lecce, dito *Fritto misto* devido à grande habilidade em variar de estilo durante a mesma luta. Nocaute técnico no segundo assalto.

Marco Dambrosio, de Formia, “o Polvo”: colava-se ao adversário para se abrir de repente. Vitória por pontos, 7 a 0.

Mimmo Alba, de Gênova, que aguentava os golpes, repulsivo e rochoso. Golpeava pouco, mas quando soltava um soco era só dor. Seu apelido era “Beneficência”. Venceu por pontos, 5 a 1.

Michelle, inglesa, dezessete anos, numa excursão da escola, que conhecera durante uma corrida ao amanhecer, quando ela voltava ao hotel depois de uma noite de farra com as amigas. Beijos fantásticos e carícias intensas, naquela mesma noite. Nada de sexo, eram ambos virgens. Eu a chamava de “Mabbèl”.

Duccio Tessori, de Lucca, “o Ladrão”, pela velocidade com que desmontava as defesas adversárias. Vitória por pontos, três assaltos a zero.

Luisa, prima de uma garota que me apresentou outra em alguma festa de aniversário. Dezesseis anos, cabelos encaracolados, voz aguda, beijo úmido. Apelidei-a de “Molinete”.

Mizio Dal Collo, de Popiglio, bairro de Piteglio, na província de Pistoia. “O Quebra-ossos.” Vitória por pontos, 15 a 6.

Damiano Palano, de Mântua, conhecido como “Traição”. Nocaute no segundo assalto.

Alessandro Coscia, canhoto de Pozzolo Formigaro na província de Alessandria, “a Locomotiva piemontesa”. Vitória por pontos, 7 a 4.

Letizia, dezoito anos completos, rebatizada de “a Flautista”. E sua amiga Teresa, “Belos Olhos”, quase dezoito anos e quase sexo.

Mauro Genovese, de Trapani, o pugilista sem apelido. Venci por pontos, dois assaltos a um.

Massimiliano Biffi, de Rho, o "Bauscia". Nocaute no primeiro assalto.

Eu nunca perdia.

Faltava-me apenas uma luta para o título nacional, uma só, quando, depois de cinquenta anos, voltaram as bombas a Palermo.

A guerra tornara a cair sobre a cidade.

Soubemos da notícia na academia pelo Mestre Franco.

— Colocaram uma bomba na rodovia, foi um atentado mafioso, morreu bastante gente.

Umbertino foi peremptório:

— Ora, só porque a Máfia começou com suas chacinas, até parece que vou interromper os treinos.

Mas algo se rompera realmente. A guerra, antes, residia nos relatos dos sobreviventes, naquelas memórias transmitidas nos domingos à tarde, depois do almoço. As demolições no centro da cidade lembravam que sim, houve guerra, houve destruição, mas terminara. A explosão de uma bomba, porém, devolvia a guerra ao tempo presente. Foi o ponto sem volta, que não tinha nenhuma comparação com os disparos de revólver. Não se podia mais fingir que não estava acontecendo nada. O cotidiano foi abalado, assim como a cidade, que sofreu uma militarização maciça. A primeira consequência daquele clima de tensão foi a intensificação da esquiva. Mudar de rua por causa de uma súbita intuição, desconfiar dos rostos estranhos, sentir ansiedade ao ver estacionado diante de casa um carro que nunca se vira antes. As sirenes das viaturas soavam em todas as partes, a todas as horas do dia, a todas as horas da noite. Ninguém tinha coragem de dizer, mas esperavam-se novos atentados da Máfia. Bastou apenas um mês e meio para que a profecia se cumprisse. Explodiu outra bomba, e mesmo assim Palermo não se esvaziava. A única certeza daquela guerra foi que sair ileso já era, em si, um fato digno de louvor.

Gerruso me telefonou na noite em que explodiu a primeira bomba.

— Vamos fugir?

— Nós não fugimos.

— Por "nós", você quer dizer você e sua família?

— Não só.

— Estou também no "nós"?

— Está.

— Caramba, Poeta, quase me dá vontade de agradecer às bombas por você me incluir no "nós".

— Agora pare de exagerar, Gerruso.

— Então não fugimos.

— Não.

No fundo, para onde poderíamos ir? Havia a escola a concluir e uma final a disputar, uma refeição quente na mesa à noite e um rosto que eu tinha esperança de rever, mais cedo ou mais tarde. Havia toda uma vida entre uma bomba e outra.

Minha mãe sentia uma pena infinita.

— Não era este o mundo que desejei para você.

Mestre Franco quis conhecer o percurso exato de minha corrida matinal. Estudou-o minuciosamente.

— A mim parece seguro, não há casas de magistrados.

Umbertino e Rosario reagiram como tinham aprendido. Mantendo os hábitos inalterados, seguindo o próprio caminho. Meu avô se limitou a dizer que já se perguntava fazia algum tempo quando isso aconteceria.

— Desde quando?

— Uns dez anos.

Umbertino confirmava aquela análise:

— Só alguém cego ou de má-fé não esperaria que terminasse assim, numa nojeira dessas. Palermo sempre foi um barril de pólvora, prostituta da miséria.

Os olhos dos dois, crescidos com a morte, eram mais destros e rápidos em ler os sinais do desastre.

Gerruso me contou que se sentia atormentado por um pensamento.

— Poeta, tomara que não exploda uma bomba perto de você, se você morrer, caramba, que azar as finais para tua família. Mas talvez não te aconteça nada e mesmo assim você perca a final, vai saber.

* * *

Tentei ligar para Nina.

Desci na rua, não queria que minha mãe ouvisse aquele telefonema.

A cabine telefônica em frente de casa era meu espaço íntimo.

De pé, fone na mão, ficha colocada, o sinal tocando, a cabeça apoiada no telefone. Tinha cheiro de metal.

Perguntaria a Nina como estava, se tinha chorado com a morte do juiz e dos seguranças no atentado da Máfia, tal como choraram minhas colegas. Se ela também ia mudar o caminho para ir à escola e se seus pais a deixariam sair à noite, minha mãe me deixa, porque meu tio diz que é preciso continuar a viver principalmente nessas situações, mudar os hábitos significa se ajoelhar diante do poder da Máfia e ele não se ajoelhava nem diante de Muhammad Ali, o maior de todos.

Eu tentaria explicar que não estava abalado porque o boxe serve para manter um equilíbrio constante, veja Nina, o boxe não é apenas trocar socos, o boxe é uma disciplina que ensina o respeito e o sacrifício, já pensou nisso, Nina?, não é nunca o pugilista com braço mais forte que vence, mas o mais rápido, no corpo e no pensamento, porque possui um vocabulário de movimentos mais rico.

Então eu a surpreenderia revelando que sim, Nina, falta apenas uma luta, uma só, e o título que sempre escapou à minha família finalmente poderia ser nosso, não é uma ótima notícia?

Por fim, enfrentando o assunto de nossa última conversa, no telefonema feito daquele mesmo aparelho algumas semanas atrás, quando liguei para ela antes da luta contra Mauro Genovese, o boxeador sem apelido. Reiteraria que foi certo lhe contar tudo, talvez tenha sido um erro fazê-lo naquele momento, mas foi correto. Nina, é preciso se libertar da carga para poder se lançar ao combate, o peso apenas tolhe, melhor a implacável dureza da honestidade.

Seria a enésima mentira que lhe diria, com amor e tristeza.

Fiquei pendurado no telefone por quinze minutos.

Tocou, tocou, todas as vezes.

Nina não atendeu.

* * *

Quando tocou, já estava escuro. Não era um som normal. Era um tilintar preocupado. Os objetos, ouvidos com atenção, permitem entender o que está para acontecer. São atravessados pelo sentimento.

Pulei da cama. No dia seguinte, eu ia lutar a final para o título nacional. Meu corpo estava pronto para a luta. Corri pelo corredor, peguei o telefone, ouvi sem dizer nada, desliguei apertando com dois dedos os pinos brancos do aparelho.

Minha mãe também tinha se levantado. Ela me observava da porta do quarto, amarrando o penhoar na cintura.

Minha mão esquerda ainda segurava o telefone.

— Mãe, aconteceu uma coisa.

Meu avô me contou que, no dia em que se desencadeou o inferno na África, não houve nenhum prenúncio especial. Ele sempre me descreveu em pormenores as etapas daquele dia. Quando ocorre um episódio inesquecível e saímos vivos, pensamos nos momentos anteriores com método, como se fossem mapas a decifrar onde pudéssemos ler os presságios da catástrofe.

— Não houve nenhum sinal.

Meu avô tinha descascado as batatas e posto no fogo numa panelinha. Melluso não tinha aparecido. Os animais estavam tranquilos, nenhum caso de insubordinação entre os prisioneiros, nenhum abuso especial dos guardas, na cozinha todos os objetos estavam em seus lugares.

Rosario apagou o fogo, preparou o café e deu uma xícara a Nicola Randazzo.

— Vamos tomar esse bom café — disse, contrariando seu próprio hábito de silêncio.

E o inferno começou.

— Como você está?

— Bem, mãe, não se preocupe.

— Para a luta de amanhã? Tensão?

— Não.

— Decidiu?

— Sim, eu fico aqui, você vai ver no hospital.

— Me dê um beijo.

Depois do rosto, minha mãe me beijou também o dorso das mãos.

— Você vai ver, vai dar tudo certo, tente descansar, alegria minha.

Soprou um último beijo e desci do carro.

A rua estava vazia. Em Palermo, ninguém mais saía à noite.

A porta de entrada estava entreaberta, a luz da sala acesa. Espalhados no chão, cacos de pratos, copos quebrados, talheres, porções de comida espirradas por toda parte e, esmaecida, uma pequena mancha de sangue.

Não se tocara em nada.

— Gerruso, conte o que aconteceu.

Acariciava a parede com o toco de dedo.

Tinham jantado, *brociolòne* com molho e ervilhas.

Sua mãe tinha se levantado para tirar a mesa.

Empilhara os pratos, dirigira-se para a cozinha e caíra no chão, de repente.

Não recobrou mais os sentidos.

Veio a ambulância, o pai foi ao hospital, ele ficou em casa.

— Eu não sabia a quem mais ligar, desculpe.

— Mas você não tem parentes?

— Só me lembrei de teu número.

— Você não sabe que amanhã é minha final?

— Eu tinha esquecido.

— Agora o estrago já está feito.

— Desculpe.

— Amém.

— Obrigado por ter vindo.

— Tudo bem, não falemos mais nisso.

— Ela caiu como... como...

— Gerruso, não pense nisso, minha mãe está no hospital, agora tudo vai se ajeitar, ela conhece os médicos.

— Antes estava... e depois...

— Vamos, pare.

— Estava de pé e depois...

— Entendi, ela desmaiou.

— Não, não, não, não desmaiou. Ela desmoronou como...

— Um pugilista?

— Não, como uma barragem.

— Você nunca viu uma barragem desmoronar.

— Mas vi minha mãe desmoronar.

O toco de dedo continuava a percorrer a parede, centímetro por centímetro, com o cuidado de um pintor. Naquela sala, o mundo de Gerruso trazia os estigmas da destruição.

Além de mim, ninguém com quem partilhar a angústia do presente.

— Quer que eu chame Nina? É tua prima, ligo para ela?

Pareceu não ouvir, ou não quis responder. Insistia em pintar figuras imaginárias na parede.

— Então, ligo para ela?

— Não.

— Por quê?

— Ela nunca mais quer te ver.

— Não se preocupe por mim. Quando quiser, se quiser, podemos ligar para ela, sei o número de cor.

Gerruso deteve o toco de dedo na parede à altura do nariz. Sua voz era um fio fino prestes a se romper.

— Me diga, o que devo fazer? Você diz e eu faço.

— Eu? O quê?

— Você sabe o que devo fazer.

— Por quê?

— Você já desmoronou uma vez.

Trapani, segundo assalto contra Mauro Genovese, o boxeador sem apelido. Um gancho seu acertou minha têmpora. Gerruso estava presente. Caí. Estava com os olhos fechados e tinha gosto de sangue na boca. Exceto na vez em que Carlo me atingiu, quando eu tinha nove anos, nunca fora derrubado. Nunca.

— No que está pensando?

— Meu pai nunca foi à lona. Nem meu tio.

— E você sim, né? Mas depois se levantou de novo.

— Foi.

— Me ensine a levantar de novo.

Quando o gancho acertou minha têmpora, o segundo assalto tinha acabado de começar. Tudo ficou branco, inodoro, mudo. O gosto vermelho do sangue. A percepção imediata da exaustão. Vontade de vomitar.

— Quando me levanto, sou como a amoreira debaixo de minha janela, que sobreviveu ao incêndio e ainda está toda cheia de folhas.

Pregos crucificam meu orgulho, no coração um desespero desconhecido e inconsolável.

— As folhas caem, Gerruso.

O sentimento de culpa nunca se extingue. Retorna quando menos esperamos, uma lasca no pé descalço. Sempre fere.

— Mas a árvore continua de pé.

— Três.

O árbitro contava, mantendo Mauro Genovese a distância.

Olhou para o meu canto.

— Quatro.

Eu sentia o suor dentro do nariz.

Mordia o protetor de dentes para reprimir a ânsia de vômito.

— Cinco.

Nos ouvidos, um assobio.

Por que se levantar? Por que levar mais socos?

— Seis.

Melhor ficar no chão, mais quatro números e tudo acaba, não?

No "sete" eu estava de joelhos.

No "oito" eu estava na vertical novamente.

No "nove" já estava outra vez em posição de guarda.

Inclinei a cabeça para o árbitro.

Estava de novo pronto para o massacre.

Foi o estampido de uma explosão que descortinou o desastre. Estavam atacando o campo. As explosões se sucederam, uma após a outra. Os aviões deviam ser tantos que escureciam o céu. Randazzo estava para fugir, mas viu que Rosario continuava ali parado, xícara de café na mão, nenhuma intenção de se mexer.

Meu avô jurou que, realmente, não foi nenhuma intuição, nenhuma voz que inspirou essa escolha.

— Naquele momento, a coisa mais importante era tomar um café, mesmo que fosse a última coisa que fizesse na vida.

Randazzo estava agitadíssimo.

— Vamos para a enfermaria, lá nunca bombardeiam.

Rosario abanou a cabeça e voltou a bebericar o café.

Nicola, estranhamente, se acalmou.

— Rosà, vamos, temos pouco tempo.

— Não é verdade.

— Não?

— Não. Temos todo o tempo que nos resta.

Nicola Randazzo, quando falava daquele dia, enfatizava essa passagem toda santa vez.

Ele também continuou a tomar o café.

As explosões se multiplicavam. Pensou outra vez em seus campos, tinha muita vontade de podar a macieira e enxertar a amendoeira. Faltava um último gole, o necessário para revelar a borra depositada, quando sobreveio o barulho mais forte que jamais ouvira na vida. Ensurdeceu o ouvido esquerdo e extinguiu a luz dos outros sentidos. Quando acordou, estava no inferno.

— Às vezes repenso as histórias e conto para mim mesmo de novo.

— Quais histórias?

— As que você me conta.

— Por que as minhas?

— Ninguém mais me conta. Conhece alguma sobre se levantar outra vez?

— Não.

— Se soubesse, me contava?

— Bom, não sei, talvez sim.

— Me conta alguma outra? Uma que você quiser.

E lhe contei sobre esse velho místico, um santo. Vivia nas costas de um asno, sentado de trás para a frente. Por que se sentava sempre assim?, perguntaram-lhe. O futuro está nas mãos de Deus, respondeu o asceta, para mim basta saber de onde venho.

— E depois?

— Acabou.

— É uma história para meditar, esta.

— Sim.

— E também cavalgar.

— Sim.

— E também perguntar e responder. Eu, na história, queria ser o asno. Se Deus aparecer na frente, vou vê-lo primeiro.

Sentia dor nas costas, portanto estava vivo. Tentou mover os dedos das mãos e dos pés. Sentiu todos os vinte, ainda estavam lá. Abriu os olhos e se viu prensado contra o chão. O armário da cozinha lhe caíra por cima das costas. Não precisou de muito esforço para removê-lo. Estava todo estilhaçado. A madeira servira como escudo, salvando-o.

Rosario.

O pensamento o despertou feito uma chicotada. Começou a vaguear o olhar. Sob uma camada de cinzas, viu sua perna. Ele estava prensado pela mesa e outros móveis. Tirou tudo: pratos, leite, tábuas. Rosario não se movia. Nicola Randazzo se inclinou sobre ele e começou a rogar a Deus, à Virgem, à Santa Rosalia, salvai meu amigo, eu vos suplico. Tossindo, meu avô abriu os olhos. Nicola lhe perguntou como se sentia. Rosario tentou responder, mas não saiu nenhum som da boca. Nicola sentiu uma infinita piedade pelo amigo.

— Entende, Davidù, achei que seu avô tinha ficado mudo, mas era eu que fiquei surdo para sempre do ouvido esquerdo. Ele falava, eu não ouvia nada e pensava: pobrezinho.

Compadre Randazzo fez uma pausa. Voltara àqueles momentos, o silêncio desesperado quando ele e Rosario saíram para entender o que havia acontecido. Viram chamas, fumaça e cinzas. Não havia sobrado nada. A cozinha era o único lugar que não fora atingido. Era o único barracão que permaneceu de pé.

— Salvos por um café, você acredita? A guerra é assim, não tem lógica.

Procuraram vozes dos sobreviventes. Nicola Randazzo viu um braço que despontava lá onde antes ficavam as latrinas. Ele e Rosario afastaram traves, blocos e terra, mas, além do braço, não havia mais nada.

Minha vista estava nublada, mas eu sentia as pernas, os pés, os dedos dentro da luva. Ganhar um pouco de tempo, manter a guarda alta, guardar distância. Assim que o árbitro liberou, Mauro Genovese arremeteu contra mim. Eu saltava para trás, um peixe apanhado por outro maior. Abrir a guarda, deixar que me atingisse de novo na cabeça, desmoronar e não pensar mais. Uma esquiva à esquerda, uma finta à direita, mais um salto para trás. Apenas um soco, e tudo acabaria. Uma mudança de direção, ainda recuando, cada vez menos espaço no ringue por onde fugir. Fingi que continuava a recuar, mas os pés saltaram para a frente.

— Isso mesmo — gritou Umbertino da sala.

Golpeei com ímpeto o ar diante de mim. Ganhar espaço. Pequenos socos rápidos, sílabas de movimento. Escrever novas palavras para fazer a angústia cessar.

— Olá, boxeador.

— Olá, loira.

— Inútil olhar em volta, ela não está.

— Eu não estava procurando.

— Mas se está vagando pela festa feito uma alma penada.

— Procurava o banheiro.

— Não vai perguntar como eu estou?

— Passou bastante tempo.

— Apenas uns dois anos. Eu esperava uma ligação sua.

— Você poderia ter ligado. Ainda toca?

— Sim, ainda toco, sim, e você é sempre hábil em mudar de conversa.

— Mudar o quê?

— Não nos falamos desde aquela época, uns dois anos, dá para ver que nenhum dos dois se importava muito. O que você está fazendo aqui?

— Fui convidado.

— Como conheceu Eva?

— Quer a versão elegante ou a rude?

— Poupe-me da rude.

— É minha colega de escola.

— Você continua a estudar? Ainda não te reprovaram?

— Não.

— Reprovado?

— Jamais.

— Não existem mais professores como antigamente.

— Santas palavras, os melhores estão no primário.

— Deixe para lá. A versão rude?

— Já mudou de ideia?

— Talvez seja menos banal do que a primeira.

— Eu e Eva demos uns amassos.

— E ela te convidou?

— Continuamos em ótimas relações.

— Transaram?

— Não, aconteceu faz anos.

— Anos? Antes ou depois de mim? Ou durante? Ou você não transa porque ainda é virgem?

— Não falo desses assuntos.

— Está falando agora.

— Respondi por educação e honestidade.

— Você? Honesto? Nem me venha.

— Sou honesto.

— Deixa disso.

— Não sou?

— Não. Por isso sempre me intrigou.

— Não entendo.

— Ninguém está te dizendo para entender. A propósito, você continua com o boxe?

— Claro.

— E perde muito?

— Sempre, perco sempre.

— Quando será a próxima luta?

— Daqui a umas duas semanas, meu adversário se chama Mauro Genovese e é...

— Boxeador, você acha mesmo que me interessa alguma coisa de teu mundo? Suor demais. Aliás, pode beber?

— Sim, se for moderado.

— Como você é chato.

A fumaça tornava impossível enxergar além de dois metros. O zumbido nos ouvidos diminuíra aos poucos, até desaparecer. Rosario tinha certeza de ter ouvido algumas vozes. Havia alguém vivo, em algum lugar, embaixo dos destroços. Curvou-se sobre o amigo e tentou erguê-lo, mas Randazzo estava um trapo, moído de dor. Segurou sua cabeça entre as mãos.

— Vamos, Nicola, levante.

Randazzo começou a sacudir a cabeça.

— Não te ouço, Rosà, não ouço nada, estou surdo.

Rosario lhe imobilizou o rosto e aproximou a testa até encostar na dele. Quando Nicola parou de tremer, soltou-o. Estava vivo porque Randazzo o vira. Os olhos dele eram indispensáveis.

Estendeu-lhe a mão.

Vamos, Nicola.

Temos de continuar a procurar.

Precisamos de teus olhos.

Temos de encontrar D'Arpa.

A mão de Rosario estava firme.

Não tremia.

Segurando-a, Nicola se levantou.

— Por onde começamos?

Rosario indicou a carpintaria. Não existia mais.

Começaram a caminhar ao redor, devagar, para não deixar escapar nada, um sapato, um gemido, qualquer sinal de vida, dispostos a acabar com as unhas, os dedos, as mãos para encontrar o amigo. Rosario ouviu um queixume, Nicola viu um movimento entre os destroços, lançaram-se aos escombros, tiraram detritos, pedras e terra numa velocidade frenética.

Gerruso estava com um pijama marrom com um bolsinho na altura do coração, onde despontava seu nome.

— Foi sua mãe que bordou?

— Foi.

— Ficou bom. Gerruso, no que está pensando?

— Tem algo que eu possa fazer por minha mãe?

— Tem.

— O quê?

— Vamos limpar tudo.

— Isso ajuda? Adianta?

— Sabe como se ganha uma luta?

— Não.

— Um soco por vez.

— Você está me ensinando a me levantar?

— Estou.

— Então peraí.

Foi até a cozinha e voltou com um avental branco e luvas cor-de-rosa para enxaguar os pratos.

— Minha mãe sempre se veste assim quando faz a limpeza.

Eu cuidei da sala, Gerruso lavava a louça na cozinha. Ele me contou do pé de amora que via de sua janela. Batizara-o de Sergio.

— Os nomes com "erre" são os mais fortes, rosnam.

— Tá, tipo Gerruso.

— É verdade, teu tio se chama Umbertino e teu avô Rosario, nomes com "erre".

— Não gosto quando você fala de minha família.

— Diz assim porque você é um sem-erre, teu pai também tinha.

— Não gosto dessa conversa, pare com isso.

Haviam montado um balanço no Sergio, com banco de madeira e corrente de ferro. Gerruso passava ali tardes inteiras, de pé, sem balançar, sua mãe não queria.

— Dizia que eu suava e que suar faz mal.

Ele observava o mundo de uma altura diferente. Do muro da frente já conhecia todas as rachaduras, todas as pichações. Sua preferida: "Homem, sem a saia nem a peruca, que mulher você é?" Sua mãe ia até a janela e o chamava para o jantar. Era o momento mais feliz. Os pés, para descer, faziam o balanço oscilar. Durava pouco, mas era um encantamento: o mundo virava um carrossel, o balanço era o meio para se maravilhar, mas era Sergio que permitia tudo.

— Eu gosto da amoreira, é a sustentação para o balanço e tem nos galhos frutas escuras e macias que sujam os dedos e as camisetas, as mães gritam, mas a mancha fica para sempre, como testemunho da felicidade vivida.

Sergio foi atingido por um raio. O galho com o balanço se incendiou. As folhas se tornaram borboletas de fogo na noite. Chegaram os bombeiros, com as mangueiras e as sirenes. Ele ajudou a apagar o fogo jogando água do balcãozinho de sua janela.

— Usei o copo da escova de dentes, é amarelo e fundo.

Na manhã do dia seguinte, Sergio parecia um velho saído do hospital depois de uma longa doença. Não se montou mais nenhum balanço. E Sergio continuava ali, embaixo de sua janela.

— Poeta, lavei todos os garfos, onde ponho?

— Deixe em cima da pia.

Eu procurava as lascas que tinham escapado à vassoura, como acontece em todo estilhaçamento, lascas de vidro prontas a reaparecer no futuro, trazendo para o presente a angústia do passado.

— Minha mãe nunca deixa os garfos na pia.

— Então enxugue e coloque junto com os outros.

Pelo jeito como estavam espalhados, os cacos narravam uma dinâmica de desmoronamento vertical, como se formassem um mesmo corpo. Toda a louça deve ter caído da mão da senhora Gerruso de uma vez só. Ela deve ter perdido as forças de repente.

— Poeta.

— Pare de me chamar assim.

— O que a gente sente quando desmorona? Dói?

— Você estava lá.

— Fiquei com medo que você tivesse morrido.

— Não se desmorona realmente quando se cai na lona, este é apenas o final. A queda, Gerruso, a verdadeira, começa antes, desde lá de cima.

Encontrei uma lasca de prato sob a perna de uma cadeira. Joguei no saquinho junto com as outras.

— A festa está me aborrecendo, boxeador, vou para casa, você vai fazer o quê?

— Está de moto?

— Estou.
— Você não pode dirigir, está bêbada.
— Você é que está bêbado.
— Eu não estou bêbado.
— Ah, sim, muito sério.
— Tenho de lutar daqui a...
— Não me interessa.
— Peça para alguém vir te buscar.
— Meus pais viajaram, não tem ninguém em casa.
— E daí?
— Você me leva.

A copa parecia em ordem. Eu tinha tirado a comida, varrido, passado um pano, olhado em todos os cantos para encontrar lascas rebeldes. Pedi e Gerruso me deu permissão para fazer um telefonema, sim eu sei que é tarde, você cuide de enxaguar os pratos.

— Tio?

— Eu estava me perguntando quando você decidiria me telefonar.

— Não, é que aqui...

— Fique tranquilo, tua mãe me contou tudo. Você fez bem. Tente dormir pelo menos seis horas, está bem? Davidù, calma, amanhã poremos a Itália toda de joelhos. Agora o pior já passou.

Fomos para o quarto de Gerruso.

Pedi uma coberta, coloquei-o na cama.

— Agora fique quieto e calado e vamos dormir.

Deitei no sofá e apaguei a luz.

Nenhum pingo de sono.

— Você tem uma casa bonita, loira, é grande.

— Minha família tem muito gosto pela decoração, venha, vou te mostrar meu quarto.

— Na verdade, eu...

— Eu disse venha.

Sua mão de violoncelo se entrelaçou com a minha de luva de boxe.

Nossos peitos se roçaram.

— Passou muito tempo desde a última vez, dois anos — disse sorrindo.

Em seu lábio superior caía uma mecha de cabelos loiros.

— É.

Ajeitei a mecha com o indicador.

Ela pegou meu dedo e o apertou na mão.

— Onde a gente tinha parado?

Gerruso caíra num sono de pedra. Roncava sem ritmo nem cadência. Um arfar de vez em quando. Um sono nervoso. Chutava. Gemia.

Repassei mentalmente os esquemas de ataque combinados com o Mestre Franco para a final, a maneira exata de esquivar à esquerda e retomar, a finta de saída para a direita, o duplo gancho. Do sono, nem sombra.

Minha queda começara antes que eu baixasse a guarda, antes que começasse o segundo assalto, antes ainda que subisse no ringue contra Mauro Genovese. Meus pés cederam no dia anterior, quando, na cabine telefônica em frente de casa, a ficha entrou no orifício, o número foi discado e atendeu a voz que eu esperava que não atendesse:

— Alô.

— Nina.

— Faz muito tempo que você não liga.

— Preciso te dizer uma coisa.

Mas foi no ringue que eu desabei.

Ele me acordou de sobressalto, incomodado pelo próprio ronco.

— Você me chamou?

— Não.

— Está confortável o sofá? Não prefere trocar?

— Não, tudo bem.

— Quer ficar na cama comigo?

— Gerruso, ficou louco?

— Por que não dorme? Amanhã você tem a final.

— Você estava roncando feito um porco.

— Não diga! Roncando?

— Loucamente.

— Posso te fazer uma pergunta?

— Uma só, depois dormimos.

— Dói quando cai?

— Assim na hora, não, não dói. Você está confuso demais para perceber a dor, acabou de levar um soco na cabeça, tudo fica enevoado. Mas depois ela chega com tudo.

— Chega sempre?

— Sim.

— Certeza?

— Sim.

— Certeza certeza?

— Gerruso, você tinha dito uma pergunta só.

— Posso ter caído errado?

— Toda queda é um erro do equilíbrio.

— E como a gente se levanta?

— Com as pernas. Não é só uma questão de vontade, é algo que pertence ao caráter do corpo.

— Eu vi quando você caiu: estava todo torto, voava para o lado, como no mergulho, estava com os braços para a frente, me lembrou quando estávamos na praia. Você sabia que estava para mergulhar na lona?

Depois da luta, o Mestre Franco me deixou no vestiário com meu tio. Entendera que não era uma questão de boxe, mas um negócio de família, algo pessoal. O boxe não tinha nada a ver. Umbertino segurava minha cabeça com a mão esquerda. Movia-a e observava meus olhos. Estalou os dedos três vezes, longe de meu campo de visão. Aprendera com o Negro. Verificava o reflexo do pugilista.

— A cabeça está boa. Bem rija, como a minha. Agora, porém, me explica por quê.

Umbertino sabia.

Fui à lona porque me deixei atingir de propósito.

* * *

Língua com língua, o gosto dos lábios, a mão que desabotoa, acaricia, aperta, nus e deitados na cama, juntos.

— Vamos?

— Vamos.

— Sabe como?

— Sei.

— Você é virgem, boxeador?

— Não.

E me encontrei dentro de uma mulher, pela primeira vez em minha vida.

A penetração aconteceu em silêncio, lenta, gestos contidos. No início, a curiosidade foi maior do que dar e obter prazer. E se eu não gostar? E se ela não gostar? E se meu fiozinho soltar?

A multiplicação das perguntas foi interrompida pelo instinto de sobrevivência. Adotei o conselho de Umbertino, ótimo para todas as ocasiões: "Na dúvida, manda ver."

Entreguei-me ao ritmo que queria imprimir aos quadris. Os impulsos aumentaram em consciência e profundidade. Brotaram os primeiros gemidos incontroláveis. O suor facilitou o deslizar dos corpos. As mãos sentiram menos medo de apertar. Os dentes afundaram na carne, as línguas exploraram.

Foi doce, quente e molhado.

Em meu primeiro orgasmo, nu, a respiração ofegante, dentro da loira, seu sabor em minha boca, pensei em Nina.

O forro acima de nós era branco, a porta do quarto estava fechada. Seu quarto de dormir era do tamanho de minha casa.

— Para você também foi a primeira vez, boxeador?

— Já te disse que não. Peraí, o que quer dizer "para você também"?

— Não sei se acredito em você, eu acho que você também era virgem.

— Como "você também"?

— Significa que eu, na festa da Eva, ainda era virgem.

— Você? O quê?

— Olha, até saiu sangue, pouquinho, na verdade, eu achava que era mais. Me lembre de pôr os lençóis na máquina.

Eu não tinha percebido nada.

— O que está fazendo, boxeador?

— Desculpe-me, preciso voltar para casa.

— Sua mãezinha fica preocupada?

Quando eu me abaixei para beijá-la, a Dumas se virou de lado.

— Nada de coisas de namorados.

Voltei para casa correndo, sem forçar, pequenos passos medidos.

Na rua policiais, militares e postos de controle.

Meu tio fumou o cigarro em silêncio. Eu esperava que ele praguejasse, me chamasse de imaturo, me acusasse de não ter respeitado o trabalho dele e de Franco. Eu esperava o momento em que ia me comparar a meu pai, num impiedoso confronto que me faria sucumbir de mortificação. No entanto, suas palavras seguiram outro rumo.

— Então finalmente você trepou. Tudo bem e abençoado. Mas o ponto é outro: o que você realmente quer, Davidù? Nina? A loira? Ficar por aí só reclamando como sofre?

— Não sei, tio. Talvez porque as duas são amigas, estou confuso, só sei que queria morrer e aos poucos nada mais me importava, isso eu sei.

— Meu querido, não importa o que você sabe ou não sabe, mas o que quer. Não existe o direito de propriedade sobre as pessoas. Se você está com alguém, há um pacto. Se não está, todos estão livres. As feridas da carne, agulha e linha e, pronto, não sangram mais. Os cortes da alma, pelo contrário, são fontes que jorram sangue. Você precisa entender o que realmente quer.

— E se não entender? Faço o quê?

— O que fez hoje. Se reerguer e mandar ver. Só se aceitar que caiu, consegue se reerguer. Quando se desaba no chão, recomeça-se sempre de baixo. Mas, Davidù, quero te dar um conselho de coração: se quer realmente a Nina, nunca lhe diga — nunca: está entendendo? — que ficou com a amiga dela.

Um vulcão de rubor explodiu em meu rosto. Meu tio pulou de pé. Suas panturrilhas arremessaram a cadeira para trás, que foi bater na parede, três metros ao fundo.

— Mas você é louco? Disse para ela? Quando?

— Ontem, liguei do telefone público.

— Porra, você nem parece meu sobrinho! Devíamos ter o mesmo sangue! Eu não te ensinei nada? Se não é capaz de segurar nas tripas o peso de uma ação, melhor se trancar em casa e jogar as chaves pela janela. Você contou para ela! Mas como é possível?

Atingido por uma intuição superior, enrijeceu-se. Um segundo depois estava curvado sobre mim, voz baixa, o olhar firme.

— Então é isso, você se deixou tomar pelo sentimento de culpa, não pela trepada, mas por ter contado e assim fazendo a Nina sofrer.

Pegou a cadeira no chão.

— Você queria se castigar, se destruir.

Colocou-a de pé novamente.

— Mas se reergueu.

Ele sentou apoiando as mãos nos joelhos.

— E venceu.

Voltou a me olhar.

— Depois que se reergueu, lutou de outra maneira.

Sua voz estava sombria.

— Como meu pai?

Os olhos imóveis.

— Não, como eu.

Ele se levantou e se aproximou de mim com a cadeira.

— O boxe de teu pai era feliz, cheio de liberdade, no teu, hoje, nada disso. Você precisa parar de se odiar, Davidù. É fácil chorar sobre nós mesmos. O sentimento de culpa é apenas um pretexto para sentirmos dó de nós mesmos. O que você quer ser? Um choramingas que se lamuria o tempo todo ou um homem de compostura? Lembre-se sempre, no amor apenas três palavras têm sentido: me faça sofrer.

Pôs a mão no bolso, pegou dois cigarros, acendeu ambos, estendeu-me um.

— Depois de ganhar uma luta, o que se quer é um bom cigarro.

Fumamos em silêncio, olhando-nos o tempo todo.

Entrou o Mestre Franco. Perguntou como eu me sentia, a data em que nasci, quais os endereços exatos de casa e da academia, qual era o nome de sua mulher e qual era o provérbio preferido de meu tio. Quando se convenceu de que eu era capaz de entender e querer, acariciou-me os cabelos com sua mão áspera.

— Meu jovem, hoje aprendemos que, mesmo que você tenha todas as razões do mundo para se deixar atingir, os socos sempre doem muito. Portanto, melhor dar do que receber. Ainda bem que, tirando a queda, só você fez pontos, principalmente no terceiro assalto. Vamos que falta pouco, rapaz, e todos terão de engolir. Amanhã analisaremos direito a luta de hoje. Agora, vá tomar uma ducha que você está fedendo.

A pessoa que tiraram dos escombros da carpintaria não era D'Arpa. Era outro prisioneiro. Estava com as duas pernas estraçalhadas. Disse que estava sozinho na carpintaria durante o bombardeio, não sabia onde estava o boxeador, precisava de um médico e de morfina.

A carpintaria, a barraca do ambulatório, o refeitório, o depósito de armas, a enfermaria, o campo de tiro, o cercado, o dormitório coletivo, a oficina.

Não sobrava mais nada.

Tudo ardia.

Fazia um calor insuportável.

Os olhos lacrimejavam por causa da fumaça e do pó.

Rosario e Nicola vagueavam procurando o amigo.

Perguntavam a todos:

— Viu D'Arpa?

Quando ouviam pedidos de socorro, começavam a cavar.

Sozinhos, tiraram dos escombros vinte e uma pessoas, das quais cinco vivas.

Ninguém soube dar informações úteis.

Com o passar dos minutos, como numa abençoada colheita tardia, começaram a aparecer sobreviventes, alguns ilesos, a maioria feridos.

— Viu D'Arpa?

Alguns não sabiam quem era, outros não faziam ideia, outros juraram tê-lo visto correr para se refugiar no ambulatório. Rosario e Nicola foram até lá. Havia três soldados removendo pedras. Algumas estavam manchadas de sangue. Devia haver várias pessoas ali debaixo. Sem hierarquia, agora cavavam juntos, tiravam vigas e entulhos, recuperavam corpos sem vida, alguns nus, outros com uniforme militar. O décimo segundo cadáver que extraíram foi o de D'Arpa. Ainda estava com os dedos contraídos, a boca cheia de pó, os olhos abertos, feridas por todo o corpo. Rosario o carregou nas costas e se afastou. Os outros deixaram que fosse, sem fazer nenhuma objeção, e voltaram a remover os detritos. Meu avô atravessou o cercado, ia sepultar o tenente D'Arpa numa terra um pouco mais livre do que um campo de prisioneiros. Nicola pegou dois pedaços de madeira para cavar melhor o solo. Com paciência e perseverança, abriram uma cova, acomodaram o corpo do amigo e cobriram. Pisotearam a terra com vigor e espalharam pedras por cima, para proteger aquela sepultura especial. Nicola montou uma cruz rudimentar com madeira e arame e fincou entre as pedras. Rosario tocou nela e sentou ao lado, apoiou a testa entre as mãos e finalmente conseguiu chorar, em silêncio, um pranto fundo, longo como uma guerra.

— Lembrei que também caí uma vez.

— Gerruso, só essa história e depois chega, temos de dormir.

— Foi na primeira comunhão.

— Você caiu na igreja?

— Eu estava com uma batina branca, lindíssima, minha mãe tinha feito usando seu vestido de noiva, não tínhamos dinheiro para comprar uma nova. A batina ficou meio comprida para mim e, quando eu ia receber a primeira comunhão, meu sapato tropeçou nela e me estatelei no chão.

— Viu que você também já caiu? E depois?

— Fiquei deitado.

— Não se levantou?

— Estourei na risada e, a meu lado, todos começaram a rir, os colegas de catecismo, as freiras, meu pai, minha mãe, o padre, todos. É por isso que eu achava que cair é bonito, a igreja tinha se transformado num lugar feliz. Você, depois da queda, estava feliz?

Algo despertara em mim. Avançava em vez de fugir. Movia as mãos com uma velocidade que jamais tivera antes. Atacava para ferir.

A voz de Nina ao telefone.

Eu não conseguia desligar.

— Não, Gerruso, não estava feliz.

Minhas luvas iam, voltavam, atingiam de novo. Nenhum tempo para a resposta. Direito, esquerdo, direito de novo. A página do ringue se enchera apenas com minhas palavras.

Mauro Genovese não foi capaz de acertar nenhum ataque.

A luta terminou com minha vitória por pontos. Dois assaltos contra um.

— Tirando a queda, foi tua luta mais bonita, Poeta.

Eu estava desenfreado.

Enquanto lutava, pensava em Nina chorando no outro lado da linha.

— Eu sei.

Nunca tinha sido tão forte.

O som do telefone da casa de Gerruso interrompeu aquele diálogo.

— Você atende? Por favor?

O aparelho ficava numa mesinha redonda baixa, de mogno escuro, na sala de estar. Antes de pôr o aparelho no ouvido e escutar a voz de minha mãe do outro lado, minha atenção foi totalmente atraída pelo cintilar de um estilhaço no meio da sala.

Não existe limpeza completa.

Os estilhaços sempre aparecem.

— Não, mãe, não, fique tranquila, eu digo a ele.

Gerruso oscilava na ponta dos pés.

— Era tua mãe?

— Era.

As pupilas dilatadas, os braços ao longo do corpo, os dedos se movendo o tempo todo.

— Notícias sobre minha mãe? Como está ela?

Dentro do pijama marrom, parecia ter menos do que seus dezoito anos.

Apoiei minha mão em seu ombro.

— Sinto muito.

Sua cabeça balançava para a frente e para trás, como se estivesse concordando consigo mesmo para aceitar aquela enormidade. De repente correu até a cozinha, pôs o avental branco e as luvas cor-de-rosa, pegou os pratos, colocou na pia, abriu a água e pôs detergente.

Sua voz era um fio rompido.

— Talvez eu não tenha lavado direito.

O caminho do inferno é pavimentado de pequenas lascas.

Andamos por ele descalços.

Peguei o telefone, disquei o número.

— Alô?

— Nina.

— O que você quer agora?

— Aconteceu uma coisa.

Nicola tinha esperado o pranto terminar. A cruz sob o luar lançava uma sombra serena nas pedras do túmulo.

— Sabe, Rosario? Eu poderia te dizer que não adianta ficar aqui conversando com os mortos, que é melhor voltar para o campo e cavar. Mas não, você tem todo o direito de fazer como achar melhor, principalmente agora que D'Arpa morreu.

— Francesco.

— Como, desculpe?

— O nome dele é Francesco.

O indicador da mão direita de Nicola começou a traçar sulcos no terreno. Executava aquele movimento com concentração, os olhos atentos, rugas na testa. A boca pronunciava o som que o dedo desenhava, durante todo o tempo em que traçava as letras. Quando terminou de escrever a palavra, examinou e reexaminou. Quando se convenceu de que estava bem-escrita, chamou Rosario.

— Está certo?

Meu avô olhou para ele humildemente.

— Não sei ler, Nicola.

— Não se preocupe, deve estar certo.

E, apontando para baixo, leu para meu avô a palavra que escrevera na terra: FRANCESCO.

Depois encontrou uma pedra pontiaguda, tirou os pedregulhos da base da cruz e, com paciência, começou a entalhá-la, copiando o nome que tinha diante de si.

— É correto pôr o nome, você tinha razão. Imagino os anjos capazes de ler as palavras de todas as línguas.

Estava concentrado. Não podia errar a lápide do amigo.

— Gosta de formigas, Rosà? Eu, quando era menino, no campo onde morava, passava tardes inteiras a olhar as formigas que subiam nas oliveiras. Sempre em fila, uma atrás da outra. Uma vez esmaguei uma, vamos ver o que acontece, talvez deixem ela ali, como um estorvo, ou nem cheguem perto e mudem o caminho. Mas nem deu tempo de matá-la e as companheiras a puseram imediatamente nas costas e a levaram, subindo pelo tronco, até em cima, no ninho.

— Para comê-la.

— Faz diferença? Nós também comemos nossas lembranças.

Leu novamente o nome três vezes em seguida, percorrendo com o dedo a letra que correspondia ao som pronunciado. Depois, movendo e rearranjando as pedras, fincou a cruz.

— A formiga que eu matei foi levada numa espécie de procissão, parecia o carro de Santa Rosalia na festa. Desde então, sempre evito matar formigas. Seria bonito levarmos junto os túmulos de quem gostamos. As formigas, que são muito fortes, conseguem. Nós temos de fazer de outra maneira.

A cor clara dos olhos de Rosario estava mais intensa do que o habitual, o pranto eliminara todos os filtros. Mas o peito voltara a respirar com calma.

Meu avô se levantou.

Nicola entendeu que ele estava pronto.

— Te espero ali — disse, e se encaminhou ao local que indicara, deixando-lhe a intimidade da última despedida.

Minha mãe aconselhou ao pai de Gerruso que o deixasse vir à luta, seria importante, ele se distrairia vendo-me lutar. Iria se sentir melhor.

— A não ser que...

Corou de repente. A verdade é uma planta malvada, machuca e é cheia de espinhos.

— Entendi, mãe, entendi.

Respeitei o fato de ter se interrompido.

Eu tinha dois anos a menos do que meu oponente.

Não era o favorito nas apostas.

As finais nacionais eram um tabu para a minha família.

Umas duas horas antes da pesagem, Gerruso saíra do ginásio com meu tio.

— Te levou para comer?

— Não.

— Vai me contar aonde vocês foram?

— Não posso, é segredo.

— Você e meu tio têm um segredo?

— Temos.

— É meu tio, não teu, me diga aonde vocês foram.

— Segredo — disse, indicando com as mãos o bolso da calça.

— O que tem aí dentro?

Em resposta, Gerruso deu um bocejo profundo e prolongado.

— Está cansado?

— Um pouco.

— Tente descansar.

Desde que recebera a notícia da morte da mãe, ele não conseguia fechar os olhos. Umbertino passou para nos pegar de carro, nem vinte minutos depois do telefonema de minha mãe. Levou-nos para a minha casa. Gerruso disse que não estava com sono e passou a noite inteira na sala, assistindo com Umbertino às corridas de cavalos na tevê.

Já eu dormi muito bem.

— Se eu fosse mulher, nessas horas já teria maquiado o rosto descansado.

— Hein?

— Você não sabe que as mulheres sempre se maquiam? Pois é. Eu poderia me maquiar para manter o rosto sem cansaço.

— Não existe maquiagem contra o cansaço.

— Existe, sim. As mulheres têm uma maquiagem para cada ocasião. Minha mãe se maquiava todo domingo, para a missa: passava ruge, punha laquê e ia para a igreja. Também vi a Nina se maquiar, batom, lápis de olho, essas coisas. O laquê, isso não. Nina se maquiava toda vez antes de te encontrar.

— Não diga!

— É. São estranhas as mulheres, sabia? São loucas.

— Santas palavras.

— E se você olha enquanto se maquiam, ficam nervosas. Gritam: "O que está olhando?", "Vá embora". Mas depois, no meio do trânsito, na multidão, acham que estão com a maquiagem totalmente errada, abrem a bolsa, tiram um espelhinho minúsculo, sempre têm um, e se pintam na maior rapidez, na frente de todos. Nunca reparou?

— Para dizer a verdade, não.

— Você vê, meus pensamentos estão crescendo, minha mãe morreu, preciso ser mais maduro.

Meu adversário para o título nacional se chamava Renzo Ceresa. Sardo, vinte e um anos, dito *Bentu Maìstu*, o vento mistral que sopra de noroeste, repentino, cortante, glacial.

— Poeta, no que está pensando?

— Em quando começa uma luta.

A sala se enche, o árbitro manda os pugilistas se aproximarem, bate o gongo, o cronômetro começa a correr.

O capítulo final de uma narrativa maior.

— Nunca sente falta de teu pai?

— Sinto.

— Mas você nunca o conheceu. Minha mãe eu conheci. Tenho um monte de lembranças dela, você só tem palavras. Era um bom lutador?

— Dizem que sim. Sinto falta de nunca ter visto uma luta dele.

— Do que eu sinto falta é quando minha mãe media minha febre. Nunca gritava quando eu estava doente. Me trazia na cama o picadinho com batatas e me punha o travesseiro atrás das costas. Media a temperatura debaixo do braço, o termômetro era frio, eu ria de cócegas. Quando lia a temperatura, segurava o termômetro como se a vida estivesse ali dentro. Você, que é tão entendido sobre a falta, sabe me dizer se vou sentir muita falta?

— Vai sentir sempre.

— Coisas de tristeza.

— É.

— Mas, Poeta, como você pode sentir falta se nunca viu?

— Meu pai?

— Não, não ele. Uma luta dele. Teu pai, você conhece só por palavras, para você não é uma coisa de se enxergar. Já eu, minha mãe eu conheço em mais sentidos, morávamos juntos, estava sempre por ali. Sabe que não consigo pensar em minha casa sem ela lá dentro? Até tento, mas nada, ela está sempre no pensamento. É como quando penso na mão: em minha cabeça, tenho todos os dedos inteiros, não sou um dedo cotó no pensamento. Você não tem lembranças da voz de teu pai, como ele se movia, quando te pegava no colo. Ele nunca te deu bronca. Você não sabe nem o cheiro dele, eu, o de minha mãe sei: tinha cheiro de laquê.

— Não posso ser um dedo cotó na memória, Gerruso. Nunca tive um pai. Não havia nenhum dedo para ficar cotó.

— Então você é um sem-dedo! Ganho eu, um toquinho de dedo eu tenho.

— Não é uma competição.

— Mas você já viu seu pai?

— Ele morreu antes que eu nascesse.

— Não era isso que eu queria dizer. Você, Poeta, conhece teu pai por palavras. Já o encontrou nas palavras que usa?

Abriu um bocejo poderoso e libertador, olhos fechados, boca escancarada.

Nos últimos meses as sessões de treino foram massacrantes.

— Vai, está lento demais, seu preguiçoso, mais rápido, outra vez, mais rápido, de novo.

Tudo era mais intenso e raivoso. Para manter a concentração, eu praticava repassando datas e nomes para as provas da escola. Aumentou o tempo de trabalho no ringue: os exercícios passaram de três para quatro minutos. Naquele de "só bater", em que se ataca e só, o oponente de treino que se defendia de meus ataques era Carlo. O objetivo era conseguir a maior quantidade de pontos possível, dosando velocidade e esforço. No exercício de "só levar", é preciso limitar os danos: fazer fintas, se esquivar, ficar longe. Eram quatro minutos apocalípticos: o oponente de treino mudava, era a vez de Umbertino. Ficar no retângulo com meu tio era uma experiência inesquecível: cento e vinte quilos que caíam em cima da gente num instante. Desferia um golpe e, enquanto o corpo se modificava para apará-lo, já vinha outro. Uma avalanche da qual era impossível fugir. Era preciso mergulhar dentro do vórtice, mover-se pelas frestas do vazio, combatendo a torrente por dentro. Eu o fitava nos olhos para antecipar os movimentos. No centro das pupilas, flamejava um brilho intenso. Depois dos treinos com o Negro, depois de fazer luvas com o Paladino, meu tio voltava a dançar. Não estava mais sozinho com seus demônios. Na academia suspendiam-se todas as atividades. Reinava um silêncio respeitoso. Os outros pugilistas sabiam que nunca chegariam àquele nível. Ao nível de Umbertino e ao meu, quero dizer. Ao assistir aos quatro minutos do exercício, o Mestre Franco lembrava quando era o Paladino que estava no quadrado, devolvendo golpe após golpe com a elegância de quem nada teme. O sangue que corria nos treinos florescia no mais belo dos rebentos. Aquilo não era mais boxe. Era fúria transformada em dança.

Do interior do vestiário ouviam-se o burburinho da sala e a passagem dos helicópteros no céu.

— E aqui estamos.

— Sim, Mestre.

— Quase chegando lá.

Ele me enfaixava as mãos com um vagar maior do que o habitual, como se aquele gesto fosse o último trecho de mar antes de enfrentar a tempestade.

— Rapaz.

— Estou tranquilo, Mestre, estou bem.

— Melhor assim, bom, perfeito, muito bem, rapaz.

Seu tronco ondulava. Um lírio antigo exposto ao vento do outono. Esfregava uma mão na outra.

— Esperei a vida toda por este momento. Com o Paladino, perdi por um triz.

A porta estava fechada, o vestiário não tinha janelas, mas, para Franco, o vento soprava mais forte, agitando-o ainda mais.

— Agora que estou aqui e logo subiremos no ringue, não estou inquieto como achava. Não sinto um vazio no estômago. E sabe por que estou calmo? Porque penso em minha mulher, Livia.

— Mas vocês não vivem brigando?

— E daí? Brigamos porque a Livia tem um gênio terrível. Há domingos em que a gente nem conversa. Depois do almoço, ela fica assistindo na tevê a seus programas de mulher, eu fico ouvindo *Todo o futebol, minuto por minuto* para ver se acerto os treze pontos da loteria, praticamente só nos vemos na hora do jantar. Mas saber que ela está ali na sala ao lado me deixa tranquilo. Sabe do que eu gosto? Das tardes no campo fazendo churrasco, teu tio que conta seus casos de mulheres, Livia que reclama do calor e das cigarras em volta.

A oscilação lhe contagiou os pés. Subiam, desciam, subiam de novo. Quando seu olhar encontrou o meu, o corpo diminuiu a velocidade sem parar. Seus olhos ainda estavam apaixonados.

— Minha Livia é linda, não é?

Seus lábios se arquearam num sorriso.

Eu estava me comportando bem.

Não estava errando nada.

Conseguira ocultar minha angústia também a ele.

Assim que saímos do vestiário, o rumor na plateia se agigantou. No ringue, um apresentador anunciou ao microfone nossos nomes e nosso peso. Gerruso, na segunda fila, gritava meu apelido. Estava com olheiras fundas e a euforia que antecede um desmoronamento. Sentados a seu lado, meu avô e o tio Umbertino.

Mestre Franco e Carlo estavam perto de mim.

Eu saltitava na ponta dos pés, o movimento que, segundo minha avó, era o verdadeiro segredo para andar sobre as águas.

— Nunca se deve apoiar totalmente os pés, assim, faltando peso, não se afunda. Basta ser bem rápido.

As luvas golpeavam o vazio, pequenos socos no nada para soltar os braços, distender os cotovelos, inflamar as tropas de ataque.

Foram apresentados os três juízes e o médico da federação.

— Poeta!

Um jovem fotógrafo na beira do ringue chamou por mim. Pediu que eu posasse para a foto ritual. Permaneci imóvel, as luvas abaixadas, na posição em que me enxugava ao sol. Pediu que eu posasse outra vez, com as luvas erguidas, o olhar orgulhoso, como um guerreiro. Nem então me mexi. Ficou impaciente, tirou a foto e foi até meu oponente.

O apresentador anunciou que eu vestia calções e luvas negras, Renzo Ceresa calções brancos e luvas vermelhas. Pediu um minuto de silêncio para as vítimas dos atentados da Máfia. Enquanto o público se levantava, desceu o silêncio como neve a cair.

Nina.

A morte da mãe de Gerruso.

As bombas.

A Dumas.

Eu não ia bem, não mesmo.

Nunca levara em consideração a hipótese de perder.

Nunca considerava as coisas importantes.

As vozes retomaram a torcida, gritando nomes e apelidos, insultos e profecias. Gerruso estava brigando com duas pessoas da fila de trás. Apontava para mim com o toco de dedo, repetidamente. Meu avô e Umbertino, sentados a seu lado, eram duas esfinges.

O árbitro chamou a mim e Ceresa. Não queria ver nenhum golpe abaixo da cintura, queria um boxe limpo, e se o oponente fosse à lona, deveríamos esperar um sinal dele para retomar a luta. Desejou-nos boa sorte, fez com que encostássemos nossas luvas, mandou-nos para nossos respectivos cantos, junto de nossos treinadores.

Carlo massageava meu pescoço.

Mestre Franco enxaguava meu protetor de dentes.

Era isso o que eu queria?

Mergulhar no mar durante uma tempestade?

Observei o centro do ringue, esperando o começo do fim.

— Oi, loira.

— Oi, boxeador.

— Ouça, tenho só uma ficha, vou direto ao ponto: acabei de falar com a Nina pelo telefone, contei a ela que nós dois...

— Mas você é louco?

— Como?

— O que disse a ela? Não, olha, não me interessa, estou sem palavras.

— O quê?

— Você acha que é o único homem no mundo? Que assina um termo de exclusividade assim que se aproxima de alguém?

— Não entendo.

— Transei com você porque estava com vontade, e você também. Ponto. Chega. Fim. Mas você e tua habitual vocação para a tragédia, o que faz? Ohmeudeus, o sentimento de culpa. Vê se cresce, Davide, o mundo não gira em torno de você.

— Mas o que está dizendo?

— Que você não está nem aí comigo ou com a Nina.

— Bobagem.

— Bobagem? Mas se você acabou de destruir a nossa relação.

— Mas como você pode dizer uma coisa dessas? Vocês duas são amigas, e eu e você...

— E daí? Começa que você e ela não estão juntos já faz muito tempo.

— Estivemos juntos.

— Eu também, aos doze anos trocava cada linguarada com Giuseppe Guagliardo, e daí? Não me desespero quando ele não me manda um cartão de Natal. Foi, acabou, não espero nada do passado.

— Nina é teu passado?

— Você é meu passado.

— Precisava saber.

— Precisava? Como ousa? A relação entre mim e a Nina é a relação entre mim e a Nina, você não tem nada a ver com isso.

— Você é uma hipócrita.

— Você é uma criança, Davide, incapaz de enxergar além do próprio pinto, que, aliás, eu te garanto, não tem nada de especial. Você é patético e egoísta. Você devora as pessoas. Nina fez bem em te deixar.

— Você não passa de uma pobre coitada.

— Vá à merda, você e seus juízos infantis.

Na confusão ensurdecedora do ginásio, a voz que se impunha em meus ouvidos era a mais estridente de todas. Gerruso estava frenético, os da fila de trás tinham apostado em Bento Maìstu, o sardo, favorito nas cotações.

— O que entendem vocês, estou na segunda fila, estou na frente de vocês na vida.

— Quer parar com isso, rapazinho?

— Mas quem leva você em conta? Vocês todos estão sentados atrás de mim, seus lugares são mais pobres do que o meu.

Os flashes dos fotógrafos iluminavam o ar com intermitência irregular. Carlo massageava minhas pernas, Mestre Franco enxugava o protetor de dentes com o lenço. No canto oposto, Ceresa estava ladeado pelo treinador e pelo assistente. Seu rosto não traía nenhuma emoção. O árbitro fez sinal para que os de fora descessem. O quadrado se esvaziou. O barulho da sala diminuiu progressivamente e se converteu num murmúrio. Um mantinha um olho no ringue e outro no relógio. Outro estava pronto para aplaudir, os dedos estendidos, os antebraços em tensão. Outro ainda estava de pé e lhe pediam que se sentasse. Alguém conferia e reconferia o bilhete da aposta, como se a tinta fosse se apagar ou, pior, mudar para o nome errado. Alguém apagou o cigarro com a sola do sapato. Um outro tomou um gole da lata de cerveja. Havia quem assobiasse e quem mexesse nervosamente no cabelo. Gerruso pôs a mão no bolso, tirou uma folha dobrada em quatro, beijou-a, fez o sinal da cruz e rezou para Caterino Gerruso, pedindo que realizasse o milagre.

Um último olhar pela sala.
Não estava.
Não veio.
Eu sabia.
Eu sempre soube.
Era apenas para confirmar a ausência.
Nem ouvi a batida do gongo.
Começara a final nacional.
Ceresa foi o primeiro a ganhar o centro do ringue.
Soprava rápido, o vento.
Fui até ele sem levantar a guarda.
O peito aberto para a batalha.
Uma angústia simples e inconsolável no coração.

— Alô?

— Nina.

— Quanto tempo não me liga.

— Preciso te dizer uma coisa.

— O quê?

— Liguei para você faz uns dias para saber como estava, depois da bomba.

— Eu não estava em Palermo. Estou bem, em todo caso.

Eu mantinha as fichas na mão direita, pronto para colocá-las ao sinal avisando o final dos créditos.

— Estive numa festa.

Se colocasse todas elas, seria sinal de um telefonema descontraído: nenhuma preocupação com o tempo que se perde, conversar sobre nada, só pelo prazer de compartilhar algo, compor frases apenas para ouvir tua voz.

— Você se divertiu?

Colocar uma ficha por vez era um triunfo de precariedade: recortar o tempo em unidades de medida.

— Encontrei a loira.

Lançar a semente.

— Quem é a loira?

O silêncio antes das palavras era o mesmo que antecede uma catástrofe.

— Eliana.

No outro lado da linha, a Sibéria.

A cabine telefônica ficou incômoda, inóspita, desconfortável.

— E daí?

Começar a sequência.

— Eu a acompanhei até a casa dela, em seu scooter.

Sabendo que, mais cedo ou mais tarde, terminará.

— O que aconteceu?

As palavras me pesavam na boca, eram afiadas, a língua tremia e os cortes eram contínuos. Achava que, contando a ela, eu me sentiria mais leve.

O sinal de aviso não indicou o final dos créditos, mas o início do embate. Inseri mais uma ficha e continuei o massacre.

— Nós nos beijamos.

A resposta foi uma ausência de palavras que se transformou em pranto.

A guarda alta, os olhos calmos, Renzo Ceresa esperava.

Os gritos para nos pegarmos choviam dos quatro cantos da sala.

Girando no ringue em torno de Bento Maìstu, eu sentia cada instante se escoar.

Tão logo tocavam o chão, os pés me mandavam para outro lugar.

Tentei uns dois socos, Ceresa opôs um direto de esquerda.

Eram fintas, nenhum dos dois começara a sério.

— Sinto muito, Nina.

Estavam saboreando os instantes que antecedem a carnificina, quando o arpão ainda está firme nas mãos e o peixe nada livre na água.

Minhas duas luvas estavam abaixadas.

Rodavam diante de meu estômago.

Eu não mantinha nenhuma posição de defesa.

— Vocês já estavam na casa dela?

Ceresa partiu com um direito repentino, rapidíssimo.
A luva avançou em direção a meu rosto.
Era vermelha, como uma boca.

— Já, Nina.

Evitei movendo o pescoço para trás no último instante.

— Os pais dela estavam?

O *uppercut* de direita do sardo já fora desferido.
Bateu em meus abdominais.
O mistral se inflara de súbito.

— Não.

Arrojei-me sobre Ceresa e o abracei para impedir seus ataques.

— Vocês estavam sozinhos?

Veio o árbitro e nos separou.

— Sim.

A fase de estudo terminara.

— Por que você está me contando?

Ceresa voltou à carga.

Evitei seu direito saltando para trás e, tão logo toquei o chão, liberei meu esquerdo.

Quando o arpão penetra na carne, a luta é inexorável.

— Sinto falta de você, Nina.

Umbertino não sentia tanto o próprio corpo desde a briga das Sette Fate. Percebia cada sacudidela de carne, como no amor com Giovannella. Faltavam três dias para a final. Sentia a vida correndo nos punhos.

Saiu de casa depois de passar alguns minutos no quarto do Negro, não alimentava nenhuma ilusão. Seu Mestre não voltaria. Na final, no canto, não haveria ninguém.

Do lado de fora, o céu estava plúmbeo, mas não tinha intenção de chover. Removia o sol, e só, nenhuma chuva que lavasse Palermo. Era o início dos anos 1950 e a cidade ainda fedia como na época da guerra, era suja e não havia trabalho. Consolidava-se a verdadeira força emergente: a Máfia. O território era controlado com cada vez mais. O ar era arranhado por alguns gritos. Um furto, uma briga, um esfaqueamento, um acerto de contas. Havia realmente necessidade de violência.

Entre as ruínas da Magione, Umbertino viu um padre distribuindo pão de centeio entre uma fila de mortos de fome. Chegou a vez de um pai que segurava o filho pela mão. Quando receberam sua ração, deixaram a fila. O filho abriu a mão para receber sua parte, mas o pai não deu. Comeu o pão inteiro sozinho, em dois bocados. O filho abaixou a mão sem se queixar.

Não havia tempo a perder.

Era preciso agir, olhar adiante, tomar uma decisão.

Rumou para o beco Marotta, à casa de uma puta que conhecia.

A trepada não aplacou seus pensamentos sombrios.

Ainda faltavam horas demais para a final. Gerruso estava transtornado, confuso. Alternava momentos de aflição e de entusiasmos fulgurantes. Não queria saber de descansar, mas as pálpebras se fechavam sozinhas.

— Gerruso, teus olhos bradam que estão com sono.

— Não ouço nada.

— É maneira de dizer. Você está caindo de sono, tente dormir.

— Mas já já é a hora de tua pesagem.

— Se você dormir, eu te acordo.

— Promete?

— Prometo.

— Me conta uma história? Assim eu adormeço.

— Gerruso, está bem que sua mãe morreu, mas agora você está começando a se aproveitar.

— Ah, vai.

Contei uma história que minha avó tinha me ensinado.

Um rei devia decidir qual de seus dois filhos herdaria o trono: era necessário defender as terras e os habitantes. Ele determinou que os filhos desceriam ao pátio, um por vez, onde havia um tigre a aguardá-los. Quem sobrevivesse seria o sucessor. O filho mais velho tinha tendência à ira e todos o temiam por causa de sua força. O filho mais novo era moderado e todos gostavam dele por causa de sua gentileza. Foi ele o primeiro a descer até o pátio. O tigre se deitou a seus pés. Depois foi a vez do mais velho. Bastou-lhe um olhar e o tigre tremeu de pavor. O poder do mais velho, disse o pai, é enorme. O tigre, só de olhar, viu que estava perdido. Mas é o poder do mais novo que me assombra. O tigre estava disposto a morrer por ele. E foi assim que o filho mais novo herdou o reino.

— E o irmão mais velho?

— A história termina assim.

— Que pena, o mais velho era meu preferido.

— Porque se governa melhor com a força?

— Não, pelo contrário, eu gosto de quem tem a força de desaparecer de uma narrativa.

— Minha avó afirma que entrar numa história é uma obra de arte. Saber sair, uma obra-prima.

Seus olhos finalmente se fecharam, as mãos no ventre, cruzadas como numa prece. O dedo decepado criava um vazio naquela geometria de unhas.

— Os personagens que se perdem nas histórias, Poeta, é deles que eu gosto, e quando voltam de surpresa, que você não está mesmo esperando, aí, para mim, quando acontece, é uma festa. Seria legal se a Nina e a Eliana estivessem aqui conosco, não é? Não amo a Eliana, só um pouquinho, gosto muito dela. Pena que elas brigaram.

Gerruso sabia que não eram mais amigas. A própria Nina lhe contou quando passei o telefone para ele, na noite anterior.

— Minha mãe desmoronou, Nina, como desmorona uma barragem. Sim, ele está aqui comigo, meu pai ainda está no hospital. Mais ou menos, Nina, meus pensamentos doem. Olha, você diz para tua amiga Eliana que minha mãe morreu? Vocês brigaram? Que pena, não, assim, talvez ela fosse ao enterro.

A profundidade das olheiras narrava melhor do que qualquer palavra a angústia que o atormentava.

— Poeta, a Nina gostava de você e agora não quer mais te ver, agora também ficou sem a amiga, coitada, vocês três não podem fazer as pazes?

— Não é tão simples assim.

Quando começa um encontro?

— Quando eu era menino, tinha aquela *piccirìdda*, a Barbarella, lindíssima, tinha beicinho saltado e o cabelo encaracolado. E falei para ela: "Barbarella, te amo." Ela me vem: "Como os adultos?" E eu: "Não, te amo de verdade." Pronto. É assim que devia ser.

— Gerruso, vamos, durma.

— Pena que a Nina e a Eliana brigaram. Poeta, você sabe a razão?

Há um momento, uma passagem que pode figurar como início.

— Não.

— Se soubesse, você me dizia?

Algo que indique o começo de um novo capítulo?

— Sim.

— Ainda bem que você está aqui.

Inclinou a cabeça para a frente e começou a roncar.

Dois minutos depois, me chamaram e eu fui me pesar, sem acordá-lo.

Bentu Maìstu foi atingido em pleno rosto por minha luva esquerda.

O público reagiu com dramaticidade.

Com um gancho de direita, acertei seu rosto mais uma vez.

Mestre Franco, fora das cordas do ringue, quase esmagava o braço de Carlo.

Renzo Ceresa levara os dois socos sem pestanejar.

As pernas estavam firmes, os olhos parados, os braços presentes.

Saltávamos, um diante do outro, fintando movimentos a cada passo, numa disputa de velocidade em nos esquivarmos de ataques nunca desferidos.

Gerruso comentava minhas fintas e meu avô concordava. Umbertino também abandonara a imobilidade. Ameaçava movimentos com todo o corpo, o soco que daria, a finta que faria, um pulinho à frente, uma virada à esquerda. Sílabas de movimentos que não formavam palavra. Um sorriso o iluminou quando ambos executamos o mesmo ataque: o gancho que obrigou Ceresa a se cobrir, enquanto já havia sido liberado um cruzado. Minha mão completou o movimento também para Umbertino, indo se chocar contra o queixo do sardo.

Umbertino abriu os dez dedos como sinal de júbilo.

Ceresa estava dobrado para a frente.

Nos treinos, um mês antes da luta, o exercício do "só bater" tinha mudado. A tarefa era redobrar todos os golpes. A um gancho de direita devia se seguir outro gancho de direita, a um gancho de esquerda, outro de esquerda. Dar duas vezes o mesmo soco.

Mudaram também os quatro minutos do "só levar".

Umbertino pedira a Carlo para subir ao ringue.

— O que foi, tio, já se cansou?

— Cale-se, desmiolado. Carletto, ponha as luvas.

— O que vai fazer, desistiu?

— Você não entende nada.

Ele acabava de redobrar a quantidade de golpes no exercício.

— Mire nos flancos, Carletto. O rosto de meu sobrinho é todo meu.

Uma infinidade de socos chovia sobre mim, de todos os lados.

Saltava e me esquivava para não desabar.

Eu estava quieto.

Vez por outra, desaparecia o sentimento de culpa.

Desferi em Ceresa oito diretos de esquerda, um em seguida ao outro, num redobrar que se multiplicava sozinho.

Umbertino reproduzia meus movimentos e ria.

Cinco socos em oito atingiram o alvo.

Ceresa recebia e continuava reto.

Suas pernas não cediam.

Acertei-o na têmpora.

Bentu Maístu permaneceu absolutamente firme nos pés.

O sorriso desapareceu dos lábios de meu tio.

Faltava um minuto inteiro para o final do assalto.

Umbertino foi ao encontro marcado com seu terno bonito de passeio. Até se perfumou com dois dedos de água-de-colônia. Chegou adiantado. Quando o proprietário do subsolo apareceu, desculpou-se pelo atraso e o convidou para irem ao bar tomar um café.

— Não vim aqui para beber, pegue aqui o dinheiro e agora me dê as chaves do meu espaço.

Voltando para casa, pôs as chaves em cima da mesa da cozinha, tirou o terno, guardou-o de volta no armário e observou seu quarto de dormir com aquela consciência que se tem na hora de abandonar um lugar. Agora havia uma academia a ser construída.

Acomodou numa caixa grande as matérias de jornal, as plaquetas, os troféus conquistados.

Entrou no quarto do Negro.

Estava como seu Mestre o deixara.

— Eia, consegui, arranjei o espaço. Agora monto uma bela academia. Vou morar lá.

Fechou a porta do quarto, vestiu um macacão, pegou a caixa, desceu as escadas e largou seu passado entre os destroços da Vuccirìa.

Comprou o necessário para a faxina e começou a arrumar o subsolo. Depois de lavar o chão, foi a vez de pintar as paredes. Com tábuas de madeira, construiu bancos para sentar. Montou um saco no forro. Fincou quatro tubos de ferro, revestindo-os com cobertas, e esticou cordas de um tubo ao outro. Terminando de montar o ringue, não teve ânimo de entrar nele. Jurou a si mesmo que não voltaria a lutar em combates oficiais, nunca mais. Tomara a decisão antes da final. Agora tinha apenas de levá-la às últimas consequências.

Gerruso dividia seu tempo entre a luta e a briga com a fila de trás.

— O que foi, assim não enxergam?

— Senta, rapazinho.

— Só sento quando eu quiser, vocês estão atrás, que aguentem.

— Sente e se acalme, teu boxeador não tem para onde ir.

Meu oponente parecia fresco e descansado.

Gerruso não conseguia se acalmar.

— Mas que palermitanos são vocês que torcem para o outro?

— Palermitanos que apostam em quem vai vencer.

— Palermitanos que vão levar sonoramente no rabo.

— Rapazinho, agora chega!

— Não me diga "chega", para mim você não é nada, até está aí atrás, cale a boca e me respeite.

O sujeito se pôs de pé num salto, mas o amigo ao lado o reteve.

— Não vê que é um idiota de merda? Vamos ver o sardo que está na retomada.

Gerruso repetiu a frase arremedando e conseguiu irritar o outro também.

— Rapazinho, pare com isso.

— Senão o quê? Vão vender a casa para poder comprar um lugar na minha frente?

Ceresa retomou o centro do ringue e começou o ataque. Saltei para a direita para evitar um *uppercut*, mas foi realmente rápido, um sopro de vento e seu gancho me acertou o peito e me lançou meio metro para trás.

Um "oh" de admiração se ergueu entre os espectadores.

Levantei a guarda, com as luvas à altura do peito. Ceresa arremetia e eu esquivava, obrigado a uma movimentação contínua.

Bento Maìstu insistia, sem afrouxar. Parecia quase não sentir o esforço. Apenas nos últimos segundos do assalto, seu ataque diminuiu de intensidade e tive uma pequena pausa. Terminamos nos encarando, restringindo os riscos, retomando o fôlego. Eu precisava.

No canto, Carlo massageava meus braços.

— Os olhos, limpe meus olhos.

A mão de Carlo parou de massagear.

— Estou com os olhos cansados.

Ele pegou a esponja e passou em meu rosto, devagar, com cuidado.

Mestre Franco tirara o boné da cabeça.

Retorcia-o na mão.

— Ele está menos cansado do que eu, Mestre.

Não respondeu nada.

Os da terceira fileira tinham começado a provocar.

— O sardo agora acaba com o rabo do teu amigo.

Gerruso se ergueu num salto, para atrapalhar de novo a visão deles, mas as quatro mãos enfáticas dos dois sujeitos o puseram sentado de volta. Depois de um silêncio que durou um segundo a mais do que devia, Gerruso voltou a gritar meu apelido, sem olhar mais para eles. Sua voz estava alterada, como no grito que se dá durante uma queda.

Umbertino não percebera nada.

Meu avô, porém, virou-se para fitar a dupla de amigos com seu olhar indecifrável.

* * *

Estavam nos campos de Randazzo, Provvidenza falava com Gigliola, a mulher de Nicola, os dois compadres conversavam sobre ervas aromáticas. Meu pai tinha cinco anos e a ânsia de descobrir o mundo. Entrara na gaiola dos coelhos. Entendera que, para fazer carinho neles, precisava se mover devagar, num gesto calmo e contínuo, até sentir nos dedos a maciez da pelagem. Depois, quis conhecer a consistência da crista do galo, mas o galo era rápido, escapava sempre, e no galinheiro as galinhas estrilavam e cagavam ovos.

Minha avó chamava a atenção dele, o compadre Randazzo a tranquilizava.

— Não faz mal, ele está brincando.

Gostava do filho de Rosario como se fosse seu. O menino o chamava de "tio Nicola", o que o enchia de orgulho. Por isso, quando ouviu o grito, ele deu um salto rápido, quase tão rápido quanto Rosario. O cachorro tinha mordido o menino. Queria pegar na língua dele e o cão Filippo o abocanhara.

— Davidù, eu queria morrer — me contava o compadre Randazzo. — "Filippo", gritei com o cachorro, "o que está fazendo?". Filippo, ouvindo minha voz, abaixou imediatamente as orelhas. Sempre tinha sido um bom cachorro, eu não conseguia aceitar aquilo.

O compadre Randazzo tremia de raiva. Pegou o bastão e se encaminhou com passos rápidos até o cachorro.

— Pare.

Rosario se interpôs. Pediu que lhe desse o bastão. Seu filho trazia leves marcas de mordida na mão, nenhum sangue, todos os dedos se moviam, foi mais o susto do que qualquer outra coisa. Entregou o bastão a meu pai.

— Vingue-se.

Com as duas mãos, meu pai percorria a superfície nodosa da madeira. Deitado, o cão Filippo gania apavorado.

— Ou perdoe.

Meu pai olhou o pai dele. Rosario estava impassível, nenhum estremecimento no olhar. Francesco apoiou o bastão no muro, inclinou-se sobre o cão Filippo e fez um carinho. A serenidade voltou. Francesco passou a tarde jogando pedras que o cão Filippo ia buscar e trazia de volta. Rosario e Nicola regaram as videiras e suas mulheres colheram amoras. Comeram favas descascadas e tomaram vinho moscatel, os adultos um copo inteiro, meu pai apenas dois dedos.

Tão logo soou o gongo marcando o início do segundo assalto, Bento Maìstu já estava no centro do ringue. Suas pernas conservavam agilidade e potência. Minha posição defensiva me obrigava a rodeá-lo sem cessar, como uma mariposa perto do fogo.

Redobrando um esquerdo, acertei-lhe o rosto.

Absorveu o golpe sem que lhe causasse efeito.

Era um recebedor.

Como o pugilista que venceu Umbertino na final.

Tentei de tudo, cruzados, ganchos, diretos, e Ceresa rebatia todos, soco após soco.

A multidão berrava.

Gerruso me implorava para tomar cuidado.

O sardo estava claramente tomando vantagem.

O mistral voltara a soprar.

Atacou de todos os lados.

Lancei-me sobre ele, abraçando-o, para frear sua fúria.

Era incessante.

Mestre Franco não respirava.

Umbertino mordia os lábios.

Meu avô enrijecera na cadeira.

Gerruso gritava "Poeta", mas uma sombra reinava em sua voz.

O árbitro nos separou.

De manhã, indo para o ginásio, Gerruso contou em voz alta todos os bloqueios policiais encontrados ao longo do caminho. Eram doze.

— Então você vai com meu tio e meu avô. O que foi, Gerruso?

— Nada, estava pensando numa coisa de minha mãe.

A voz era de novo um sopro de vento, fraca e assustada.

— Amanhã, quando levarmos o caixão de minha mãe para o cemitério, pode ser que a polícia nos pare e mande abrir o caixão?

— Mas de onde você tira essas ideias?

— Observando Palermo.

— Por que você não descansa um pouco?

— Depois que você se pesar.

— Falta tempo, ainda.

— Eu aguento. Somos fortes, nós da família. Se bem que minha mãe, porém, se rompeu, de fato.

— Gerruso, vamos, não pense mais nisso.

— Mas é a vida, é toda uma história de se romper: quando a gente nasce, é a bolsa d'água que se rompe. Depois de adultas, as pessoas, mais cedo ou mais tarde, se rompem, se quebram como os brinquedos. Com minha mãe, foi o coração que se rompeu. Mas às vezes as pessoas se interrompem, como teu pai, que por dentro estava bem, ele se rompeu contra o mundo de fora, ainda não era sua hora, já pensou nisso?

— Já.

— Às vezes, porém, o brinquedo é tão bem-feito que chega até o final, até onde deve chegar.

— Como meu tio.

— Na verdade, eu pensava no teu avô.

— Gerruso, vamos, descanse agora.

— Sabe de uma coisa, Poeta? A gente devia falar em cores. Daria para economizar palavras e a gente entenderia tudo a partir de uma cor. Só precisaria conhecer as cores dos sentimentos.

— Não é uma má ideia.

— É colorida. Em todo caso, Poeta, fique tranquilo, eu estou aqui com você.

— É, mas no ringue sou eu que levo todos os socos.

— Não é verdade.

— Como não?

— Você leva os socos físicos na carne, nós levamos os invisíveis na alma. Tomara que Caterino Gerruso mantenha a guarda alta, os socos invisíveis atingem direto no coração e doem do mesmo jeito.

Umbertino estava sozinho no vestiário.

Logo subiria no ringue para a final.

O Negro não o veria lutar.

Experimentou uma série de diretos para aquecer os braços, alongou as costas, pegou a corda, saltou.

Ele sempre gostou do aquecimento antes da luta.

O silêncio que antecede a batalha.

Fazia lembrar quando nadava no mar, longe de todos, ninguém participando daquela intimidade.

Esquentar o corpo.

Estar pronto para trucidar desde o primeiro instante útil.

Era a última vez que o fazia.

Não devia cometer erros.

Desferiu uma sequência violenta, rapidíssima.

Sentia cada músculo, cada tendão, cada centímetro de pele.

Estava no máximo das forças e tinha o olhar desesperado.

Abriu a porta, pôs as luvas, saiu do vestiário e foi perder a final.

Os olhos de Nina continuavam a chorar.

A respiração ofegante.

O nariz escorria.

Contudo, insistia em falar comigo do outro lado da linha.

— Continue.

O telefone pesava feito uma pedra.

Eu estava com as fichas na mão.

Eram suficientes para o que tinha a dizer.

— Nina.

Ela se esforçava para chorar baixinho, para não encobrir minha voz.

— Me diga o que devo saber.

Ao sinal avisando o fim dos créditos, seguiu-se o estalido da ficha que eu acabava de colocar.

— Sinto muito.

A frequência dos soluços aumentou.

Eu ainda tinha duas fichas na mão.

Voavam palavrões.

— Rapazinho, você de boxe não entende merda nenhuma.

— Estou na frente e entendo antes de vocês, seus desgraçados.

— Acabe com isso, seu traste, senta logo.

Nem Umbertino nem meu avô se voltaram para dar apoio a Gerruso. Estavam concentrados no ringue.

O árbitro nos fez sinal para recomeçar e Ceresa retomou o centro do quadrado, como se lhe pertencesse de direito.

Estava menos cansado do que eu.

Arremeteu contra mim, obrigando-me a ir para o canto.

O mistral era capaz de me cortar a face.

Fechei a guarda no rosto, deixando a descoberto os abdominais, os cotovelos, os flancos.

— Me diz o que aconteceu depois.

Forçando as panturrilhas, saltei fora daquele vórtice de golpes, esmurrando a esmo.

— Depois do beijo?

Ele não caía nunca.

— Sim.

Precisava me mover o mais rápido possível.

Estava quase derreado.

Tinha de tomar a frente ou estaria ferrado.

— Quer saber se eu e a loira...

Eu falhava todos os ataques.

Minhas tentativas caíam no vazio.
Não conseguia marcar nenhum ponto.

— Sim.

Quando respirar ficou tão pesado?
Quando responder foi tão humilhante?
Quando a mortificação doeu mais do que o gesto?

— O que você quer saber?

Nina não teve medo.
Disse as palavras que eu não conseguira pronunciar.
A pergunta fora formulada.
Mantive os olhos fechados durante toda a minha resposta.
Recebi com alívio o sinal avisando a iminência do fim da ligação.

— Era a última ficha, Nina.

Não respondeu nada.
Chorava e só.
Assim terminou nosso telefonema.
Olhei meu reflexo no vidro da cabine.
Ainda não havia acabado.
Inseri a ficha que sobrara na mão e liguei para a loira.

Nicola Randazzo não sabia como era possível. Rosario estava escavando fazia horas, sem descanso. Eram quatro ossos de pé que, mesmo assim, andavam.

Na contagem faltavam inúmeras pessoas. Deviam estar presas entre os escombros. Somente quando havia a certeza de que alguém estava vivo, pedia-se ajuda aos outros. Era necessário concentrar as forças que restavam, dando preferência aos sobreviventes. Os mortos seriam retirados num segundo momento.

Desde que deixara a sepultura de D'Arpa, Rosario não descansara um instante. Continuava a afastar detritos, vigas de madeira, pedaços de corpos. Nicola não resistiu ao ritmo.

— Não aguento mais, Rosario.

— Deite aqui perto, assim depois eu te encontro.

Faltavam duas horas para o entardecer, mas Nicola deitou mesmo assim, ao lado da parede da cozinha, no local que meu avô lhe indicara. Exausto, adormeceu imediatamente.

A poeira e a fumaça tinham tornado o ar irrespirável.

De vez em quando alguém desmaiava.

As forças começavam a faltar a todos.

— Estávamos quase nas últimas.

No dia seguinte chegariam as tropas dos Aliados.

— Vô, mas quem sabia disso?

Iriam cuidar de todos, inclusive dos prisioneiros.

— Ninguém.

Oito meses mais tarde, terminada a guerra, eles seriam repatriados.

— Nem Nicola?

Naquele dia, porém, ainda havia duas horas de luz para escavar, antes que a escuridão baixasse sobre tudo.

— Só o senhor sabia?

O gemido era fraco, como um fio rompido, mas mesmo assim Rosario ouviu.

Lá, algumas horas antes, estava o dormitório.

O som do lamento guiava o percurso dos dedos de meu avô.

Devia remover apenas os destroços necessários para retirar o sobrevivente, principalmente para evitar novos desabamentos.

Erguendo e tirando os escombros, Rosario abrira um túnel entre eles. Entrava, pegava um pedaço de pedra, de terra, de madeira, saía, jogava fora e entrava de novo. Às vezes, deslocava algo que fazia cair tanta poeira que ele era obrigado a sair dali para respirar, e o ar de fora, cheio de fumaça, ainda assim era melhor do que o de dentro, saturado de poeira.

A voz continuava a gemer. Permanecera uma última barreira, a tela de uma cama de campanha. Rosario apanhou uma lasca pontuda e furou a lona.

Alongou a mão e tocou um rosto.

— So... corro.

Não importava que a poeira dificultasse a visão.

— So... cor... ro.

Os dedos de meu avô o reconheceram imediatamente.

Melluso.

A voz era débil.

Da cabeça para baixo, o corpo estava todo esmagado.

Melluso não podia se mover.

Rosario retirou a mão.

— So... co... o.

As sílabas se rompiam cada vez mais. Algo estava pressionando Melluso com intensidade crescente, ou talvez fosse apenas o corpo que estava se rompendo.

— So... o...

Rosario não estendeu o braço, não retrocedeu, não disse nada.

— So... c... o.

Permaneceu imóvel.

Passados alguns minutos, uma parte da poeira do túnel se dissipou.

As pupilas de Melluso se dilataram.

Ele o havia reconhecido.

— Mo... mo... so... co...

Tossiu.

Não tinha mais saliva.

Os olhos estavam cheios de terra.

Hematomas e sangue no rosto inteiro.

— So... so... co...

Ele respirava pela boca, entre um gemido e uma tossida, mas o gemido, a respiração, a tosse eram cada vez mais fracos.

Rosario o olhava.

Sua imobilidade era interrompida apenas pelo bater dos cílios.

— So... so...

Nos olhos de Melluso formou-se uma lágrima que não teve força de sair.

Os lábios começaram a tremer.

Tentou mais uma vez implorar ajuda, mas não foi capaz de emitir nenhum som.

Tentou mais uma vez e a boca falhou de novo.

Somente então Rosario se mexeu.

Os olhos de Melluso se abriram ainda mais.

A vida começara a recuar.

Melluso tentou gritar, mas as pupilas permaneceram mudas.

Uma chuva de poeira caiu onde antes se filtrava a última luz do dia.

Meu avô saíra do buraco.

O sol tinha quase se posto.

Ao redor, alguns continuavam a cavar e outros tentavam confortar os feridos.

Rosario foi até Nicola.

Viu que continuava a dormir.

Deitou ao lado, apoiando-se em seu ombro.

Fechou os olhos, veio a escuridão e ele desabou dentro dela.

Gerruso, tomado por um tremor contínuo, não conseguia mais tirar os olhos do ringue.

Umbertino cruzara os braços.

Meu avô estendera as mãos sobre as pernas.

Ninguém dizia nada.

Era por dentro que se intensificava a batalha.

Ceresa voltou à carga e, arrojando-se sobre mim, acuou-me no canto outra vez.

Não havia mais nenhuma saída.

— Quer saber se eu e a loira...

Um batalhão de socos.

Um depois do outro.

Eram tremendamente fortes.

— Sim.

O que eu esperava quando disquei o número?

Nina sempre fora uma pessoa orgulhosa.

Nina não temia nada.

Estava pronta para receber o golpe final, de cabeça erguida.

— O que você quer saber?

Cerquei com as luvas a nuca de Ceresa, puxando-a para mim.

Continuar preso a ele.

Se atingisse minha cabeça, seria o fim.

— Vocês transaram?

Os socos se despejaram nos flancos.

Me atingiram vinte vezes.

Eu queria estar ali, na frente dela, sem a proteção da distância.

Um tapa, uma cuspida, um arranhão.

Tudo seria melhor do que aquele silêncio, pesado como a covardia.

— Não.

Isto é perder?

— Jure para mim.

Esta impossibilidade de agir diante do inevitável?

— Foi só um beijo.

Eu não respirava mais.
Os olhos estavam cheios de lágrimas.
As pernas a ponto de ceder.

Para Gerruso foi como reviver as pancadas no parque de diversões.
Levantou e começou a gritar, levando as mãos à cabeça.
Meu avô se ergueu para acalmá-lo.
Umbertino estava afundado na cadeira.

— Jure que não transaram.

Por que telefonei a ela?
Por que lhe contei?
Por que toda vez precisa de tudo isso?

— Juro.

Meus braços o afastaram.
As costas ardiam muito, mas eu voltara a respirar.
Ceresa se atirou de novo sobre mim.
Nunca dava descanso.
Afastei-o com os cotovelos, voltou, afastei-o de lado com as duas luvas.
Quando bate o vento, nunca se entra na correnteza.
Bento Maìstu voltava, eu empurrava.

Toda vez. Durante o assalto inteiro.

Quando o gongo marcou o final do segundo assalto, eu estava em frangalhos, mas ainda de pé.

Uma batida da nadadeira e voltei para meu canto.

Umbertino não devia demonstrar mais nada.

Em cinco assaltos, mandara o oponente à lona duas vezes, sem forçar.

Agora o importante era não cair.

Ninguém jamais o derrubaria.

No nono assalto, o rosto era o próprio calvário: lábio e supercílio rompidos, sangue por toda parte. Seu oponente era mais lento, mas lutava boxe de respeito. Meu tio tinha de reprimir, toda santa vez, o instinto de trucidar. Na sala assobiavam todos. Ele pouco se importava e recebia o enésimo soco.

Passara toda a manhã jogado na cama, vestido. Havia um pernilongo no forro. Foi necessária uma força de vontade absurda para sugar o sangue, pensara. O pernilongo alternava imobilidades esculpidas com trajetórias irregulares. O último voo terminara exatamente nas costas da mão. Poderia matá-lo a qualquer instante, esmagando-o com um tapa ou pegando-o na mão. Ele era mais rápido do que o inseto. Deixou-o tomar seu sangue, respeitando aquele desprezo pelo perigo. Depois o matou, apertando-o na mão. Eu trabalho em Palermo, não preciso de dinheiro. Ele nunca teria o fim do pernilongo. Pegou no bolso o bilhete da aposta clandestina e o olhou. Se desse certo, pagaria uma dinheirama. Era apontado como perdedor. Havia apostado todas as suas economias. Colocou o bilhete no criado-mudo, acendeu um cigarro, cruzou as mãos atrás da nuca e, olhando o forro, começou a projetar o futuro.

Mestre Franco falava comigo enquanto Carlo me massageava as panturrilhas.

— Como está se sentindo?

— Ele não me quebrou, Mestre, não conseguiu.

— Diga-me a frase do Evangelho que seu tio sempre cita, agora, já.

— Quem atinge antes fere mais.

— Você é bem duro, jovem. Tua cabeça ainda funciona. Pernas você ainda tem?

— Acho que sim.

— Mire na cabeça, rapaz, não se move mais como antes.

— Não?

— Não.

Os da terceira fila caçoavam de Gerruso.

— E aí? Não grita mais "Poeta"? Aprenda a vida, rapazinho. "Poeta", ah sim, até parece.

Gerruso não aguentou mais. Jogou-se sobre o maior dos dois para brigar, mas meu avô o agarrou voando.

— Que porra você quer? — berrou o da terceira fila.

— Eu te mato quando quiser — continuou.

— Filho da puta — concluiu.

Gerruso ficou de boca aberta. A tensão do corpo afrouxou de uma vez só, como um lençol cansado. Tinha desistido de opor resistência. Finalmente ocorrera a queda. Gerruso acabava de se dar conta de que era órfão de mãe, para sempre. Docilmente, saiu do abraço de meu avô e ficou sentado. Sem cobrir o rosto, começou a chorar em silêncio, os braços cruzados, os ombros sacudidos por soluços.

Meu avô deteve o salto de Umbertino roçando-lhe o ombro, depois olhou o homem que errara nas palavras.

— Peça-lhe desculpas, já.

O homem sustentou aquele olhar apenas por alguns segundos.

O amigo não sabia como se comportar e, na dúvida, não fez nada.

Umbertino triturava com os dedos o encosto da cadeira.

O homem enfiou as mãos nos bolsos.

— Desculpe, rapazinho.

Sentou-se, mantendo os olhos baixos.

Gerruso, porém, não chegara a ouvir aquelas palavras de desculpas.

Estava presente apenas para seu próprio desespero.

Inclinando-se sobre ele, meu avô tentou consolá-lo.

Umbertino voltara a olhar o ringue depois de lançar um último olhar sombrio para a terceira fila.

Carlo e Mestre Franco se posicionaram fora das cordas.

O som do gongo assinalou o início dos últimos três minutos da final.

— Poeta, como se escreve uma poesia?

— Uma palavra depois da outra.

— E o que é preciso?

— Uma caneta e uma folha de papel em branco.

— Depois você escreve uma poesia para mim também? Se minha mãe ainda estava viva, hoje à noite ficava feliz se você ganhou, pois significava que eu também estava contente.

— Você errou todos os tempos, Gerruso.

— Não faz mal, a felicidade ultrapassa o tempo. Por isso, agora eu estou um pouco feliz, porque daqui a pouco, talvez, será a nossa vitória.

— Nossa?

— Nossa, teu apelido fui eu que inventei. Posso te pedir uma última coisa e depois chega?

— Diga.

— Vença por mim também, hoje à noite, eu preciso.

Ceresa voltara ao centro.

Meus pés deixaram.

Estavam reencontrando o ritmo perdido.

Abaixei a guarda.

Precisava ver tudo.

O sardo avançou meio passo e meu gancho de direita, já em movimento, fez-se sentir no seu zigoma.

Não houve sangue.

Não houve expressão de dor.

Ceresa recebera o soco sem nem dar sinal.

Não importava.

Não importava mais.

Se continuasse de pé, poderia feri-lo mais.

Foi Gerruso quem me passou a ligação. Sua mãe acabava de morrer e mesmo assim ele lhe lembrara que no dia seguinte eu ia lutar a final, em Palermo, Nina, coisa rara de acontecer.

— Como ele está?

— Levou um golpe e tanto, está aturdido, delira.

— Já estamos chegando aí.

— Não, não, Nina, meu tio está vindo, vamos levá-lo para minha casa, minha mãe disse que é melhor que ele não passe a noite aqui, pelo menos hoje.

— Você, como está?

— Como quem vai enfrentar amanhã a final nacional.

— É um estado de espírito?

— É.

— Bom saber.

— Você vai vir?

Estava lançada a semente da angústia.

— Você não quer realmente que eu vá.

— Como?

— Você precisa que eu não esteja presente para lutar melhor. Com Pullara, você interveio só quando ele ia me esfaquear, com Raul, quando ele tentou me dar um tapa. Você é assim. Precisa do limite. E de qualquer forma, como sou sincera, jamais poderia ir, me sentiria muito mal vendo você aos socos.

— De verdade?

— Obrigada por cuidar de meu primo. Tente não estragar teu rosto amanhã.

Desligou.

Com a cabeça, eu já estava na luta.

— Ela vem para a final?

— Não.

— Que pena. Posso ir?

— Vamos ver o que diz minha mãe.

— Puxa, você tem agora uma mãe que te diz o que fazer, eu não. Me diga você o que devo fazer.

— Vamos esperar. Meu tio está vindo nos buscar.

— Posso te perguntar uma coisa?

— Claro.

— O que você sente quando está no ringue?

Olhei minhas mãos.

No dia seguinte seriam enfaixadas.

— Tento não apanhar.

As unhas iam se ensanguentar outra vez.

As faixas não protegeriam dos hematomas e escoriações.

— E quando ataca?

Eu não tinha mãos para acariciar costas, dedos para trançar cabelos.

Usava-as para golpear desde que tinha nove anos.

— Uma sensação de paz.

Pena ter de encerrá-las dentro de um par de luvas.

— Já eu, em tuas lutas, fico muito mal, brigo com todo mundo.

— Você provoca.

— São os outros que estão do lado errado.

— Gerruso, mas por que você se ligou tanto a mim?

— Você precisava, Davidù.

Cruzei dois ganchos nos lados de Ceresa, calcando fundo, até sentir os nós dos dedos nas costelas.

Pela primeira vez, ele deu mostras de sentir o golpe.

Não caiu, mas não reagia mais como antes.

Os olhos estavam confusos.

Soltei um direto.

Gerruso.

Vamos.

Pare de chorar.

Acertei em cheio seu supercílio.

Levante a cabeça e veja esta retomada aqui.

Defasando os pés, executei o movimento de pernas da Puta.

Acertei sua testa em cheio.

Quando é tua, é tua, loira.

Gostei muito de transar com você.

Você tinha um sabor delicioso.

Ceresa recuou até o canto.

O vento, fechado, não podia se desencadear.

Mais uma vez, meu esquerdo foi de impacto contra seu rosto.

Não era mais capaz de manter a guarda.

Mestre Franco apertava as cordas. Carlo torturava a toalha. Umbertino ressuscitara e imitava a ação de ataque. Meu avô apontava o ringue com uma das mãos, com a outra erguera a cabeça de Gerruso, olha o tubarão trucidando o oponente.

Meus socos atingiam com uma velocidade que jamais tiveram.

A angústia se transformara em horizonte.

O Negro ficaria orgulhoso de mim.

Meu pai me olharia com amor.

Eu estava no estado de graça de quem destrói.

Bentu Maìstu parara de respirar.

Não respondia mais.

Melhor assim.

Acertei-o sete vezes em cheio no rosto.

Esquerdo. Esquerdo. Direito. Esquerdo. Direito. Esquerdo. Esquerdo.

Eu esperava que não acabasse nunca.

Estava calmo e sereno como a ira divina.

— É para adquirir uma estrutura de movimento: fintar à direita e soltar um gancho de esquerda.

— E repete?

— Durante meia hora.

— Repete o mesmo balé por meia hora seguida?

— Chama-se sequência e, sim, repito.

— Mas não se enjoa? Que sentido tem?

— Gerruso, lembra que, para aprender a escrever, você enchia páginas inteiras de "a", de "e" e de todas as vogais? É a mesma coisa. Assim como a mão aprende o movimento de desenhar a vogal, o corpo também, com a repetição, aprende os movimentos de atingir e desviar.

— Você está dizendo que a mão aprende?

— O corpo tem sua inteligência própria. É uma folha a ser escrita.

— Tááá, tá bom.

— Tudo é escrita.

— Tudo?

— Tudo.

— Mesmo o macarrão com sardinha?

— Sim.

— E os quadris das garotas?

— Sim.

— E as bombas na cidade?

— Sim.

— E o que escrevem essas palavras de socos e fintas?

— A história de minha família.

Minha mãe acordara inquieta. Sentia uma enorme falta de meu pai. Sem ele, a casa estava vazia. Provvidenza tinha saído para fazer compras. Minha mãe se levantou da cama sem pedir ajuda e foi ao banheiro sozinha. Diante do espelho, acertou as contas com o rosto de pós-gravidez. Cansada, cabelos úmidos de suor e despenteados, as olheiras fundas, abriu a água fria e se enxaguou com lentidão. Mantinha os ouvidos sempre alertas para qualquer ruído que pudesse vir do berço. Aquele breve percurso lhe trouxe fraqueza. Saiu do banheiro e percorreu o corredor apoiando-se à parede. No quarto, encontrou Umbertino e Rosario. Tinham entrado sem fazer barulho.

— Mas são sempre tão miúdos? Ou é ele que é anão?

— São miúdos, depois crescem.

— Eu, minha finada mãe me contou, nasci com cinco quilos e duzentos. Esses *picciriddi* modernos me parecem todos doentes. E com quem se parece, aliás? Tua mulher diz que com Zina. Já eu acho que se parece com todos os outros *picciriddi* do mundo. Oh, Zina, você aqui, devagar, o *picciriddo* está dormindo, deixa te ajudar, assim.

Assim que Rosario levantou o lençol, Umbertino a ajudou a se deitar.

— Agora descanse. O menino está ótimo. Agora você precisa dormir. Rosario mais tarde faz o peixe, precisa comer alguma coisa, tem um sargo lindo, praticamente vivo, falei que fizesse ensopado, eu gosto demais.

Acariciou-lhe os cabelos, afastando-os da testa.

— Não podemos perder, minha Zina.

Deu-lhe um beijo na testa e fechou suas pálpebras.

Quando minha mãe acordou, não sabia se tinha sonhado ou não, mas lhe parecia que, por todo o tempo em que descansou, Umbertino e Rosario ficaram diante da porta entreaberta a me observar enquanto dormia no berço.

Suas pernas se dobraram.

Ceresa tentou apoiar as costas nas cordas.

Falhou.

Enfiou a cabeça entre os cotovelos, deixando o estômago a descoberto.

Eu parti com uma série de *uppercuts* baixos.

Ele se curvou ainda mais.

Parecia quase de joelhos.

Quando o atingi com o gancho de direita, pulei no lugar com ambos os pés.

Ceresa foi à lona, bem na frente de seu canto.

O público respondeu com um estrondo.

Gerruso, transtornado, fazia sinais para todo mundo, pondo o toco de dedo na frente da boca para fazerem silêncio. Estava com os olhos vermelhos das lágrimas, o rosto em chamas, os cabelos suados. Vibrava. Ao lado dele, meu avô e meu tio fitavam o ringue, trocavam olhares e assim seguiam obsessivamente.

Ceresa não se levantava.

Comecei a saltitar.

O árbitro se plantou diante do sardo e, erguendo a mão, exclamou:

— Um!

Além das cordas, Mestre Franco meteu três chicletes na boca, Carlo mordia a esponja.

O treinador e o assistente de meu adversário incitavam o lutador a se levantar.

Punham as mãos em concha na frente da boca, para aumentar o volume de seus chamados.

O árbitro disse:

— Dois.

Meus pés iam e vinham, para a frente e para trás, roçavam a lona, a água sobre a qual andar.

Ceresa não se levantava.

— Três.

As luvas se reviravam no ar, diante de meu ventre.

Umbertino apertava as mãos.

— Quatro.

Gerruso pegou a folha que guardava no bolso.

Beijava-a e fazia o sinal da cruz.

— Cinco.

O treinador de Ceresa tentava incentivar o aluno, o segundo repetia "Vamos, vamos, vamos", como uma ladainha.

— Seis.

Ceresa não se levantava.

Meu avô cerrava os dentes.

— Sete.

Umbertino esmurrava o ar à sua frente.

— Oito.

Minha respiração estava tranquila.

Dentro da luva, os dedos ainda tinham fome.

— Nove.

Franco apertou o braço de Carlo.

Na sala começaram os assobios e os aplausos.

Umbertino e Rosario se apoiaram um no outro.

Gerruso me chamou pelo nome.

Ceresa não se levantou.

Mestre Franco deixou de apertar Carlo.

Umbertino e Rosario se fitaram mutuamente.

— Dez.

A multidão gritou.

Umbertino explodiu em lágrimas e Rosario lhe deu um abraço.

O árbitro veio até mim, segurou meu pulso e ergueu meu braço direito.

Gerruso beijou sua folha, gritou "E tomem, desgraçados" aos da terceira fila, abriu espaço na multidão, correu para fora do ginásio, alcançou um telefone público e ligou para minha mãe.

— Senhora! Uma coisa maravilhosa! Acabei de ganhar quinhentas mil liras nas apostas! Minha mãe ficaria muito orgulhosa de mim!

* * *

O ofício fúnebre foi celebrado na igreja de San Michele.

Gerruso passou a noite em minha casa, em minha cama, com o troféu do lado.

— Assim, se vierem os pesadelos, derrubo a socos.

Eu tinha vontade de ligar para Nina, para contar que ganhara.

Pensando nisso, adormeci vestido no sofá.

Minha mãe não me acordou.

— Senhora, o que devo vestir para o enterro de minha mãe?

— Sua roupa preferida, querido.

— É meu pijama, posso?

— Então vamos até sua casa e escolheremos juntos, não se preocupe.

Uma estátua que representava o arcanjo Miguel nos observava do alto da igreja. Uma túnica comprida, sandálias nos pés, a espada desembainhada firme na mão. Banhava-o o sol, mas a luz era absorvida, não havia nenhum reflexo que brincasse com nossos olhos.

— No que está pensando?

— Cintilação é uma palavra bonita, acelera até o fim e aí freia no "a", deixando ao "ão" o espanto da luz que apareceu.

Todo funeral devia mostrar a luz. Lembraria, a quem permanece deste lado da vida, que é possível resplandecer com intensidade no tempo fugaz.

— De que outra palavra você gosta?

— Quinquilharia, tem o som dos objetos que tinem, a língua faz tanto movimento ao pronunciá-la, e mesmo assim os lábios nunca se encostam.

— Eu gosto de mozarela, é gostosa.

— Gerruso, não é assim que funciona.

— É assim sim, ou melhor, para mim funciona melhor, minhas palavras são melhores: requeijão, empadão, almôndega. Já as tuas, senhor cintilação, não têm quase o que comer.

Você gosta delas na cabeça, das minhas eu gosto no estômago, ganhei.

Gerruso havia escolhido um terno brilhante, que lembrava as festas de aniversário de Nina. Vestia-se assim nas grandes ocasiões.

— Você gosta, Poeta? É o terno irmão daquele que eu usei na feira, lembra?

Minha mãe passou sua camisa. Gerruso a vestiu ainda quente do calor do ferro de passar.

— Brriii, senhora, me dá arrepio. Que pena que minha mãe morreu, senão eu dizia a ela para me dar as camisas sempre quentes assim, este arrepio é maravilhoso, faz rir.

Meus avós desceram do Fiat 500 azul. Rosario tinha feito a barba, estava de terno escuro, colete preto, camisa branca, gravata azul. Providdenza, com uma saia marrom e uma blusa cinza-escuro, trazia um xale preto nas costas. Estava com os olhos menos vivazes do que o habitual. Os funerais lhe recordavam demais aquele de que queria nunca ter participado. Minha mãe resistia melhor. No hospital, deparava com a morte com frequência.

Meu avô apertou a mão de Gerruso, minha avó lhe deu um abraço e dois beijos, um em cada face.

Gerruso esperava a chegada do carro fúnebre erguendo-se na ponta dos pés, a mão direita em pala para se proteger do sol. Seu pai, apoiado na porta de entrada da igreja, sem ter se barbeado, olhos vermelhos, apagava um cigarro, acendia outro. Aferrar-se a uma ação para não desmoronar.

Até Umbertino veio, de macacão.

— Como você se sente, campeão? O pau bem duro?

Foi até Gerruso e lhe pôs as mãos nos ombros.

— Qualquer coisa de que precisar, é só dizer.

— Na verdade, senhor tio, tem uma coisa.

— Pode dizer.

— Me vesti para a cerimônia, mas esqueci a gravata, o senhor consegue me arrumar uma?

Meu avô já estava ali. Tirou a gravata e ajeitou nele.

— Viu? É só pedir.

Umbertino apertou a mão de Rosario, que, voltando a abotoar a camisa, recuou alguns passos.

Gerruso se iluminara.

— Viu, Poeta? Sou um velho, agora.

Mantinha o peito esticado, orgulhoso da gravata azul.

Um Fiat Panda branco estacionou. Desceram os tios de Gerruso e Nina.

Finalmente voltei a vê-la.

Não sabia se abençoava esse luto ou se amaldiçoava esse pensamento.

A mãe de Nina, irmã da mãe de Gerruso, não conseguia se manter de pé. Vestida de negro, foi levada à igreja carregada pelo marido.

Gerruso os cumprimentou com a mão inteira.

Nina se esforçava em reter as lágrimas e conseguia.

Estava ainda mais bonita.

— Veio toda a sua família, Davidù.

— E você também está aqui.

— Você venceu, ontem.

Ela sabia.

Perguntara de mim.

Apareceu o carro fúnebre com o caixão.

Não houve cigarro que desse conta.

O pai de Gerruso se dissolveu num pranto descontrolado.

Gerruso não sabia o que fazer, se ia ao encontro do caixão ou do pai. Minha mãe e minha avó intercederam, tomando-o pelas mãos. À minha avó coube a mão com o dedo cotó. Acompanharam-no primeiro ao caixão, depois ao interior da igreja. Umbertino, com três passadas, alcançara o pai de Gerruso, uma das mãos com o maço de cigarros, a outra com o isqueiro.

— Se fumar um desses agora, vai se sentir melhor.

Rosario, ali ao lado, estendeu-lhe o lenço para secar as lágrimas e assoar o nariz.

Os olhos de Nina voltaram aos meus.

— Sinto muito, Nina, por tudo.

— O que devo fazer agora?

— O que deve ser feito.

Entramos juntos.

Na igreja estávamos apenas nós.

Quando saímos, o sol estava intenso como o trânsito. Nina abraçava Gerruso, o tio e o vô sustentavam o pai dele, mamãe e a vó ladeavam seus tios. Eu ficava três passos atrás, mãos nos bolsos e vontade de assobiar.

No adro, encontramos a Dumas.

— Eliana! Você veio! Sou o homem mais feliz do mundo.

Gerruso, por um instante, conseguira se esquecer da morte de sua mãe.

A loira foi até ele.

— Meus pêsames, Páris.

Fez-lhe um carinho no rosto, longo e intenso.

Em silêncio, abraçou Nina.

Depois, veio até mim.

— Você estava bonito no ringue, coberto de suor.

— Você foi?

Ela me deu um beijo no rosto, úmido e delicado.

— Tchau, boxeador.

Voltou à scooter, ligou-a e foi embora.

— Foi você que a chamou? — perguntou-me Gerruso.

— Fui eu que disse a ela — respondeu Nina.

— Agora, só falta não encontrarmos bombas nem bloqueios policiais até o cemitério e está tudo perfeito.

Nina mordeu os lábios para não chorar.

A entrada do caixão no carro foi mais complicada do que o previsto. O carro da funerária estava na perpendicular do trânsito e bloqueara o tráfego. Alguém se sentiu no direito de buzinar com insistência. Umbertino foi peremptório.

— Quem é que está com o cu ardendo tanto? Venha, desça do carro e vamos ver se também mija fora do penico.

Baixou um silêncio sacrossanto.

Após alguns minutos, o carro fúnebre saiu e o engarrafamento se desfez.

Pegamos os carros e fomos para o cemitério.

O cemitério dos Rotoli, encarapitado no monte Pellegrino, oferece aos mortos a vista para o mar.

Eu não gostaria de ser enterrado. Estava de acordo com Umbertino.

— Tá louco, virar comida pros vermes, cremação e cinzas jogadas no mar.

Meu avô, porém, queria ser sepultado sob a terra.

— Assim observo o céu.

O caixão da mãe de Gerruso foi lacrado e baixado ao túmulo. Era o primeiro enterro a que eu assistia. Foi rápido.

— Tchau, mãe, está sol hoje, fique tranquila, não estou suando.

Ele se despedia dela com a mão do dedo decepado, com a direita acariciava a gravata.

Seu pai pôs água num vaso e colocou um ramalhete de flores frescas compradas por minha avó Provvidenza.

Gerruso veio para perto de mim.

— Caramba, Poeta, empatei, estamos um a um, falta um genitor para cada.

Nina, arrasada, não conseguiu conter as lágrimas.

Gerruso lhe acariciava a cabeça com o cuidado que se reserva a um filhote.

— É estranho que nós, que estamos numa ilha, não ponhamos nossos mortos num barco, de noite, assim o mar os levaria embora e nós ficaríamos a olhar os fogos que desaparecem no horizonte da vida.

— Os cemitérios existem porque dá mais consolo saber que o morto está num lugar preciso.

— Está bem, mas que lugar mais preciso do que o coração pode existir?

Era meio-dia.

Sem dizermos nada, eu e toda a minha família nos dirigimos até meu pai.

Nina e Gerruso quiseram vir conosco.

Mamãe e vovó tiraram as flores velhas e colocaram novas, vermelhas e amarelas.

Meus avós ficaram de mãos dadas, Umbertino abraçava o ombro de minha mãe.

— Poeta, conte para teu pai, talvez ele ainda não saiba.

Tinham acontecido muitas, muitas coisas.

E fazia muito tempo que eu não vinha visitá-lo.

Eu estava mais alto, passara de ano na escola, as bombas haviam retornado.

Minhas mãos tinham vencido a batalha.

Na foto da lápide, o Paladino sorria.

— Olá, papai, esta é a Nina.

Este livro foi impresso
pela Lis gráfica para a
Editora Objetiva em
abril de 2013.